ゴルディオスの絆

結婚のディスコースと
イギリス・ルネサンス演劇

楠 明子・原 英一 編
竹村はるみ・小林かおり・高田茂樹
阪本久美子・境野直樹・近藤弘幸

松柏社

[Roxb. Coll. I. 28, 29.]

The Cruell Shrow:

Or,

The Patient Man's Woe.

Declaring the misery, and the great paine,
By his vnquiet wife he doth dayly sustaine.

To the Tune of *Cuckolds all arowe.*

Come, Batchelers and Married men,
  and listen to my song,
And I will shew you plainely, then,
  the iniury and wrong
That constantly I doe sustaine
  by the vnhappy life,
The which does put me to great paine,
  by my vnquiet wife.

ゴルディオスの絆——結婚のディスコースとイギリス・ルネサンス演劇

カバー

初代バッキンガム公爵のファミリー・ポートレイト

イギリス国立肖像画美術館所蔵

本扉裏

「残酷なじゃじゃ馬」(『ロックスバラー古謡集』)

大英図書館所蔵 (AC992812)

目次

はじめに

楠　明子

中世から近代への過渡期にあった一六、一七世紀のイギリス社会が多くの面においてそうであったように、「結婚のディスコース」も大きな矛盾をはらんでいた。生涯独身を貫くことを最高の徳とみなし、結婚は第二の選択肢であったカトリシズムの結婚観と異なり、プロテスタントの結婚観は結婚により神の意にかなう家庭を築くことを、人間に課せられた最も重要な務めとみなした。

この新しい結婚観の台頭は従来の人間関係、特に男性と女性の間の力関係に大きな変化をもたらした。結婚により良きキリスト者の家庭を創り上げることが重要視されることにより、当然ながら、家庭における妻の役割の大きさが強調され、女性の存在そのものが見直されることになった。女性は原罪の根源であったイヴの末裔としてよりも、現在および未来のキリスト教社会を築くために必要不可欠な存在として考えられるようになったのである。

プロテスタンティズム、特にピューリタニズムの教義では、夫と妻の互いの理解（mutuality）やパートナーシップが、結婚生活の最も大事な要素をなすとされ、妻は夫の最大の「援助者」（"helpmate"）と定義された。[1] しかし、このような斬新な視点を提供したプロテスタンティズムおよびピューリタニズムの結婚観は、同時に夫を妻の「頭《かしら》」（"head"）とみなし、夫に対する絶対的な「従順」を妻に要求した。[2] そのうえ、「貞節」

「寡黙」「謙虚」といった中世以来強調されてきた「婦徳」が、一層声高に主張された。

プロテスタントの「結婚のディスコース」を社会に広めるのに最大の貢献をした当時の聖職者たちが、はたしてこの矛盾を認識していたかは、はなはだ疑わしい。当時、数多く出版された結婚や結婚生活に関する「説教書」や「教訓書」のどれもが、この矛盾の多い結婚観を平然と唱えているのである。

たとえば、最も人気の高かった書物の一つであるジョン・ドッドとロバート・クリーバーによる『神の意に沿う家庭のあり方』では、妻は夫の「助け手」("helper")とくり返し呼ばれ、結婚は夫と妻の信仰心、人徳、互いに対する寛大な気持ちと愛情、そして神から課せられた義務をそれぞれが勤勉に果たすことで成り立つものと説かれている。[3] しかし同時に、夫には家父長としての絶対的権威を与え、夫に対する妻の従順さを神に対する教会の従順さに喩えて、絶対に守らなければならない妻の義務とする。

> 夫は神の命により妻の「頭《かしら》」である。すなわち、夫は妻にとって教師であり、妻に心の安らぎを与えてくれる者でもあるから、妻は夫を敬わなければならない。従って妻は、教会がキリストに従順であるように、夫に従順でなければならない。
> (Dod and Cleaver 224)

ドッドとクリーバーに拠れば、妻が夫より賢い場合であっても、妻の「賢明さ」とは、夫が自分の「頭《かしら》」であると認識することにあるというのである (Dod and Cleaver 224–25)。

当時、家庭と国家および世界はマイクロコズムとマクロコズムの関係にあると考えられていたので、夫に対する妻の従順さは、国王に対する国民の忠誠、そして神に対する教会の従順さとのアナロジーとして捉えられ、この秩序は疑われる余地もなかった。

このように大きな矛盾を含む新しい結婚観が社会に拡がるなか、結婚に対する女性の期待が高まる一方で、現実には父親、夫といった家父長の権威が相変わらず絶対視され、女性が自分の考えを行動に移せる機会はきわめて限られていた。プロテスタントの聖職者による結婚に関する説教は、「パートナーシップ」という聞こえの良い言葉を隠れ蓑にして、夫の権威の絶対性と妻の従順さの重要性を、妻の内面に浸透させる役割を果たしたといってもよい（Lucas 224–40）[4]。

しかし、女性の結婚への期待と現実との落差は大きかったとはいえ、夫婦の愛情を結婚の「かなめ」とみなす結婚観は、家父長の絶対的権威が個人の意思に組み込まれていく過渡期の社会を反映する結婚観でもあった。たとえば、ジェイムズ国王（一五六六―一六二五）は、親が子供に結婚を強要することを公然と批判している[5]。しかし、一方で貴族やジェントリーといった上流階層の結婚には経済的要件が大きく関わり、相変わらず、父親や後見人が当人の意思を考慮せずに仕組んだ結婚（arranged marriage）の比率が圧倒的に高かった。このような状況の下で、結婚が当時の人々にさまざまな問題を提起したことは容易に想像できる。

「結婚のディスコース」に内在する矛盾がもたらす問題を、聖職者たちは充分に認識していなかったかもしれないが、シェイクスピアをはじめとするイギリス・ルネサンス期の劇作家たちは強く意識していた。当時の演劇はさまざまな視点から結婚の問題点を扱っている。結婚を中心テーマにしている作品が多いのは、作家自身の問題意識もさることながら、観客の関心を考慮した結果でもあるといえよう。

シェイクスピアなどイギリス・ルネサンスの華ともいえる才能豊かな男性の劇作家たちが描いた結婚をめぐる作品は、当時の人々が抱えていた多くの複雑な問題をわれわれに示唆してくれる。その半面、この時代の女性が「結婚のディスコース」に対してどのような見解をもっていたかは、一九八〇年代前半までほとんど知ることができなかった。ところが、一九八〇年代の後半から一九九〇年代にかけて、特にアメリカで、イギリス・ルネサンス期の女性作家が書き残した手稿や、初版の後何世紀も再版されることのなかった作品が、主にフェミニスト学者の努力により次々と刊行され、この分野の研究がさかんに行なわれてきた。その結果、エリザベス・ケアリ（一五八五―一六三九）やメアリ・ロウス（一五八七?―一六五一?）といった当時の代表的な女性作家が脚光を浴びることが多くなったが、彼女たちの作品もほとんどが結婚をテーマに扱っている。こうして最近活発になった女性作家研究のお陰で、イギリス・ルネサンスを生きた女性自身が当時の「結婚のディスコース」にどのような想いを抱いていたかが、かなり明瞭にみえてきた。二〇世紀末になって初めて、結婚に関する四世紀以前の女性自身の声を聞くことができるようになったというわけである。

たとえば、メアリ・ロウスの『ユーレイニア第二部』のなかで農夫の娘ファンシーが主張する非婚主義は、先に引用したドッドとクリーバーが説く男性中心の結婚観と比較すると、きわめて興味深い。

> 結婚なんてものは、すてきな自由を束縛するだけのもの［……］一人暮らしで少しでも楽しく過ごせれば、家庭で束縛されたり、子供のしつけにあくせくしたり、何ヶ月も家に引きこもって家事だの家畜の世話だのに追いまくられて苦労したりするより、はるかにましだと思ったのよ［……］結婚すれば自由がなくなってしまう。暮らしは豊かになるかもしれないけど、ちっとも楽しくはない。結婚して少し良いことがあっても、結局は大変な苦しみを背負わされて、その楽しみなんてご破算になってしまうわ。[6]
>
> （『ユーレイニア第二部』三八頁）

ミドルトンとデッカーによる『大声の女』のなかでも、男装の女すり、モルが同じような理由で独身主義

「食前の祈りをする家族」
シェイクスピア生誕記念財団所蔵（ストラットフォード・アポン・エイヴォン）

を述べている（第二幕第二場、三六―四五行）。しかし、男性作家が男性俳優の演じる女性に言わせる非婚主義と、女性作家が女性自身の科白として表現する非婚主義とでは、その社会的意味合いは大きく異なる。

さらに、一六、一七世紀の演劇で「結婚」のテーマが多く取り上げられた背景には、当時の結婚の成立形態の混乱がある。将来の結婚を約束した、いわゆる「婚約」(*de futuro* contract) や、当人同士が誓いの言葉を交わしただけで成立した「結婚」(*de praesenti* contract) が、教会の儀式を通して正式に行なわれた結婚と同じ効力をもちうるか否かというのは、当時、深刻な社会問題であった。[7] マーティン・イングラムは、すでに一六世紀末には *de praesenti* contract はほとんど力をもたなくなったと論じているが（Ingram 52–54）、この説には反論も多く、実際、一七世紀に入っても、特に見合い結婚が普通であった貴族の間では、*de praesenti* contract によって父の意思に背いた結婚を成し遂げようとしたカップルが多かった。たとえばメアリ・ロウスはロバート・ロウスとの結婚以前にウィリアム・ハーバートとこの結婚の誓いを交わしていた可能性が強いといわれている（Roberts 121）。第四代ペンブルック伯となるフィリップ・ハーバートはスーザン・ドゥ・ヴィアと当人の誓いだけによる秘密結婚をした後で、一六〇四年一二月二七日に、教会において盛大な結婚式を挙げている。やがてシドニー家の当主となるメアリの弟のロバートも、第九代ノーザンバランド公爵の娘、ドロシー・パーシーと一六一六年に秘密結婚をし、翌年になって結婚を公式のものとしている。

シェイクスピアは『尺には尺を』で、またジョン・ウェブスターは『モルフィ公爵夫人』で当時の結婚の契約の混乱がもたらした問題を取り上げている。[8] またメアリ・ロウスも『ユーレイニア』で、当人の誓いだけによって秘密結婚をする多くのカップルを描き、その問題点を提起している。

◇

本書の目的は、当時の「結婚のディスコース」がもたらした複雑な問題がイギリス・ルネサンス演劇でどのように表象されているか、またそれは文化的・社会的にどのような意味をもっているのかを、さまざまな視点から探究しようとすることにある。

本書に収められている論文の多くは、第三九回日本シェイクスピア学会（二〇〇〇年一〇月）でのセミナー、「結婚のディスコースと英国ルネサンス演劇」で発表された論文を加筆、改訂したものである。さらに、新たな視点を加えるために、近藤弘幸氏、境野直樹氏、および高田茂樹氏に寄稿をお願いした。高田氏の論文は、同シェイクスピア学会のシンポジウム「舞台を読む―― *King John* の場合」で発表された論文を改訂したものである。

本書は四部から成る。ただし、当然のことながら、各論文はそれぞれの境界線を超え、他の論文と微妙に関わり合っている。

第一部、「ロマンス・民話の変容と結婚」における最初の論文は、竹村はるみ氏による「祝婚喜劇の非婚論者――『お気に召すまま』におけるユーフュイーズ的言説の行方――」である。『お気に召すまま』三幕二場のロザリンド／ギャニミードがオーランドーに語る、アーデンの森に住む彼女の女嫌いの叔父の言説に注目し、通常見落とされがちな、ロッジの『ロザリンド』の材源となったリリーの『ユーフュイーズ』の視点がここに生かされているとする。シェイクスピアが『お気に召すまま』のなかでロマンティックな結婚と、『ユーフュイーズ』および『ユーフュイーズとイングランド』で描かれる結婚そのものに対する懐疑的言説を対置した意味を探る。

小林かおり氏による「ペトルーキオの「物語」――父権制と「男らしさ」――」は、『じゃじゃ馬ならし』をペトルーキオの一人前の男となるまでの成長過程の物語とみる。キャタリーナを中心とした従来の視点からの作品解釈とは異なり、家父長社会で権威を握る男性にとっての「結婚のディスコース」の意味が考察される。

第二部「王権と結婚」では、まず高田茂樹氏が「家族の肖像――シェイクスピア『ジョン王』論――」において、「結婚のディスコース」から間接的に出てくる問題である息子と両親、特に母親との関係に的をしぼって論じる。ジョン王、アーサー、バスタードとそれぞれの母親という三組の親子関係の描かれ方を、シェイクスピア自身の親子関係を背後に考えながら探究する。

阪本久美子氏の「娘にとっての「ハッピー・エンディング」？――結婚のディスコース、処女女王、『テンペスト』――」は、亡きエリザベス一世に対する国民の追憶の念が強まっていた時期に書かれたロマンス劇のなかで、王位継承権をもつ女性登場人物がみな、結婚することによって王位を夫に渡してしまう点に焦点を当てる。『テンペスト』を中心に扱い、ミランダがナポリ王子のファーディナンドと結婚するハッピー・エンディングは実は何を意味しているかを、当時のエリザベス一世のリバイバルブームに関わらせて論じている。

第三部「ベッド・トリックと結婚」は、結婚という「結論」が包含できない作品中の問題点をベッド・トリックの観点から解明した論文を収めている。境野直樹氏による「解体するロマンス――ベッド・トリックの周辺――」は、イギリス・ルネサンス演劇のなかで一六世紀末から用いられることの多くなったベッド・トリックというモティーフを手がかりとし、シェイクスピアの「問題劇」、特に『尺には尺を』を中心に、家父長制における結婚が喜劇というジャンルに扱われることの問題性を明らかにする。ベッド・トリックを、ロマンスとの関係をも考慮に入れながら、共同体の結集に焦点を当てたドラマから、個人に与えられた行動の選択の自由度を描くドラマへの展開のなかに位置づける。

続いて、近藤弘幸氏が「暗闇の中の主体性――『終わりよければすべてよし』における結婚と女性主体――」で、ベッド・トリックというモティーフの例外的な面が描かれている作品として、『終わりよければすべてよし』を論じ、この戯曲を中心に、家父長制秩序のなかでの女性主体のあり方について考察する。女性の性的主体形成を禁じる家父長制社会のなかで、ヘレナが父権制的権力のディスコースとの正面対決を避け、その内部にとどまりながら「抜け穴」を探り出す戦術を選択するに至る軌跡がたどられる。ヘレナによるこの主体的戦術が、作品にもたらす意味の検討へと議論は発展する。

第四部「女性の主体と結婚」では、まず原英一氏が「耐えるグリゼルダ、耐えられない夫――結婚と犯罪のディスコース、その融合と変容――」で、イギリス・ルネサンス演劇に多く登場するグリゼルダ型妻に同居する受動性と能動性というパラドックスを取り上げる。ドメスティックドラマをロマンスに、さらに犯罪劇へと変容させていくさまざまな要素が並立している意味を、結婚と近代資本主義の関係から論じ、結婚と犯罪のディスコースの関係を浮き彫りにする。

最後に楠明子が「「結婚のディスコース」と女性の主体、男性の暴力——女性作家・男性作家の場合——」において、「結婚のディスコース」に適応しようとする結果生じた女性のアイデンティティの分裂と、女性の主体を否定しようとする男性による暴力の表象を扱う。男性劇作家による表象と、メアリ・ロウスやエリザベス・ケアリといった女性作家による表象とを比較し、その違いの意味を検討する。

イギリス・ルネサンス期の「結婚のディスコース」がもたらした矛盾に果敢に取り組んだ当時の男性劇作家と女性作家の作品に、またそれらを生み出した文化に、本書を通じて新たな光が当てられればと願っている。

◇

最後に、本書に収められた写真や図版を提供し、版権の許可をくださった大英図書館、イギリス王室コレクション、イギリス国立肖像画美術館、ペンズハースト館当主ドゥ・ライル子爵、シェイクスピア生誕記念財団、シェイクスピア・センター・ライブラリーにご協力を感謝する。また、第三九回日本シェイクスピア学会のセミナーのメンバーであり、本書の刊行の発起人でもあり、そして組版・校正・版下出力用データ作成を一手にお引き受けくださった原英一氏には御礼の言葉もない。原氏のご尽力がなければ、セミナー「結婚のディスコースと英国ルネサンス演劇」をめぐって交わされたあの刺激的なエネルギーは、まさに「大気の中に融け去って」しまっていたのである。

二〇〇一年晩秋

注

1　当時のイギリス社会におけるプロテスタンティズムとピューリタニズムは複雑に重なっており、両者を明確に区別することはできない。本書ではピューリタニズムという言葉を「急進派プロテスタンティズム」の意味に用いる。ピューリタニズムの結婚観については、Haller 235–72 を参照のこと。

2　夫を妻の「頭《かしら》」とみなす考えは、新約聖書「エペソ人への手紙」第五章二三—二四節に拠る。

3　Dod and Cleaver 154. 本書からの引用は拙訳による。なお、当時人気の高かった Gouge, Whately の著書においても同様の結婚観が説かれている。

4　ピューリタニズムの結婚観が女性に与えた影響については議論が分かれる。ピューリタニズムの結婚観は、女性を中世以来の女性蔑視から解放し、シェイクスピア劇もその風潮を反映しているとする Dusinberre の見解には、その後多くのフェミニスト学者から反論が唱えられた。たとえば Jardin; Novy; Neely; Lucas; Kusunoki, 185–204 を参照。

5　"Parents may forbid their children an unfitt marriage, but they may not force their consciences to a fitt." BM Harl. MS 7582, fol. 53v.

6　引用は拙訳による。

7　この問題は Henry Swinburne が詳細に論じているが、*de praesenti* contract と教会で正式に行なわれた結婚の関係についての説明は明快とはいえない。この点については Macfarlane, Houlbrooke, Ingram, Wrightson をも参照のこと。

8　『尺には尺を』における結婚の契約の問題については、Harding, Schanzer を参照のこと。

引用文献

Dod, John and Robert Cleaver. *A Godlie Forme of Household Government*. London, 1612.

Dusinberre, Juliet. *Shakespeare and the Nature of Women*. Basingstoke: Macmillan, 1975.

Gouge, William. *Of Domesticall Duties Eight Treatises*. London, 1622.

Haller, William and Malleville Haller. "The Puritan Art of Love." *Huntington Library Quarterly* 5 (1941–42): 235–72.

Harding, Davis P. "Elizabethan Betrothals and *Measure for Measure*." *Journal of English and Germanic Philology* 49 (1950): 139–58.

Houlbrooke, Ralph A. *The English Family, 1450–1700*. London and New York: Longman, 1984.

Ingram, Martin. "Spousals Litigation in the English Ecclesiastical Courts, c.1350–1640." *Marriage and Society*. Ed. R. B. Outhwaite. 35–57.

——. "The Reform of Popular Culture?: Sex and Marriage in Early Modern England." *Popular Culture in Seventeenth-century England*. Ed. Bary Reay. London: Routledge, 1985. 129–65.

James I. BM Harl. MS 7582, fol. 53v.

Jardin, Lisa. *Still Harping on Daughters: Women and Drama in the Age of Shakespeare*. Brighton: Harvester, 1998.

Kusunoki, Akiko. "'Their Testament at their Apron-strings': The Representation of Puritan Women in Early Seventeenth-Century England." *Gloriana's Face: Women Public and Private in the English Renaissance*. Ed. S. P. Cerasano and Marion Wynne-Davies. Hemel Hempstead: Harvester Wheatsheaf, 1992. 185–204

Lucas, Valerie A. "Puritan Preaching and the Politics of the Family." *The Renaissance Englishwoman in Print: Counterbalancing the Canon*. Ed. Anne M. Haselkorn and Betty S. Travisky. Amherst: U of Massachusetts P, 1990. 224–40.

Macfarlane, Alan. *Marriage and Love in England 1300–1840*. Oxford: Basil Blackwell, 1986.

Middleton, Thomas and Thomas Dekker. *The Roaring Girl*. The Revels Plays. Ed. Paul Mulholland. Manchester: Manchester UP,

1987.

Neely, Carol Thomas. *Broken Nuptials in Shakespeare's Plays*. New Haven: Yale UP, 1985.

Novy, Marianne. *Love's Argument: Gender Relations in Shakespeare*. Chapel Hill: U of North Carolina P, 1984.

Outhwaite, R. B. ed. *Marriage and Society: Studies in the Social History of Marriage*. New York: St. Martin's, 1981.

Roberts, Josephine A. "'The Knott Never to be Untide': The Controversy Regarding Marriage in Mary Wroth's *Urania*." *Reading Mary Wroth: Representing Alternatives in Early Modern England*. Ed. Naomi J. Miller and Gary Waller. Knoxville: U of Tennessee P, 1991. 109–32.

Schanzer, Ernest. "The Marriage Contracts in *Measure for Measure*." *Shakespeare Survey* 13 (1960): 81–89.

Stone, Lawrence. *The Family, Sex and Marriage in England 1500–1800*. London: Weidenfeld & Nicolson, 1979.

Swinburne, Henry. *A Treatise of Spousals, or Matrimonial Contracts*. London, 1686.

Whately, William. *A Bride-Bush: Or, Direction for Married Persons*. London, 1619.

Wrightson, Keith. *English Society 1580–1680*. New Brunswick: Rutgers UP, 1982.

Wroth, Mary. *The Second Part of the Countess of Montgomery's Urania by Lady Mary Wroth*. Ed. Josephine A. Roberts, completed by Suzanne Gossett and Janet Mueller. Tempe, Arizona: Renaissance English Text Society in conjunction with Arizona Center for Medieval and Renaissance Studies, 1999.

第一部　ロマンス・民話の変容と結婚

祝婚喜劇の非婚論者

――『お気に召すまま』におけるユーフュイーズ的言説の行方――

竹村 はるみ

序――『お気に召すまま』の文学的縁戚関係

『お気に召すまま』の三幕二場に、ロザリンド扮するギャニミードが、オーランドーに牧人らしからぬ言葉遣いを怪しまれて、その出自を語る箇所がある。

ロザリンド　いや実を言えば、年老いた信心深い叔父に物の言い方を教わりましてね。叔父は若い頃都に住んだことがあって、口説きも宮廷の作法もよく心得ているのです。というのも、そこで恋に落ちたものですから。叔父からは恋愛批判の説教をさんざん聞かされたので、僕は女に生まれなかったことを感謝しているのですよ。叔父が女に付物だと非難した多くの欠点にまみれていないという

ことをね。（三幕二場三三五―四二行）[1]

この後ギャニミードは、恋に悩むオーランドーを嘲弄するかのように、叔父直伝の女性攻撃と恋愛風刺を披露する。いわゆる「恋の治療」（“love cure”）と呼ばれる場面である。

さて、物語の進行の点から言えば、ここで唐突に言及されるギャニミードの叔父が一体何者であるかということは、さして重要な問題ではない。所詮ギャニミードとは男装したロザリンドの仮の姿にすぎないことを知っている観客にとって、ここで語られる話を真に受ける必要性はもとよりないからである。実際、従来の研究はこの台詞をほとんど等閑に付してきた。しかし、求愛と結婚という劇の主題を考える上で、ギャニミードがふと漏らす女嫌い《ミソジニスト》の――そしてどうやら独身らしい――叔父の存在は、無視できない重要性を秘めている。シェイクスピアの『お気に召すまま』と言えば、ロマンス的喜劇（“romantic comedy”）と呼ばれる喜劇群の代表的な作品として知られているが、それは男女の友愛に根ざすロマンティックな結婚を描く一方で、結婚そのものに対する懐疑的な言説を対置させるという興味深い構造をとっている。恋人たちを冷やかに眺めるジェイクィーズの風刺的立場、道化タッチストーンのいかにも不純な結婚、そしてギャニミードの口を通して語られる女性蔑視の台詞の数々は、いずれもこの劇の祝婚喜劇としての基盤に終始揺さぶりをかける。では、こうした女性誹謗と恋愛呪詛の言説は一体どこに由来し、またそれは劇中いかに機能しているのであろうか。ギャニミードの叔父なる人物には、これらの問題を解く手がかりが隠されているように思われるのである。本稿は、『お気に召すまま』とその周辺の作品を比較検討することにより、祝婚喜劇の中の明らかな不協和音が何を意味するかを明らかにしようとするものである。まずは、ギャニミードとその謎めいた叔父の関係によって示唆される、この劇自身の「出自」に目を向けてみたい。

シェイクスピアが『お気に召すまま』を執筆するに際して、トマス・ロッジの『ロザリンド』(一五九〇)を登場人物の名前から筋立てに至るまで、かなり露骨に模倣したことはよく知られている。しかし、その『ロザリンド』もまたある作品の模倣作であったことは看過される傾向にある。『ロザリンド』には、「ユーフユイーズの黄金の遺産」という、物語の筋とはまるで無関係な副題が付されている。『ロザリンド』という散文ロマンスを『ユーフュイーズ』という別の散文ロマンスの主人公の創作とする趣向が、果してロッジ自身の案であったのか、それとも友人のロバート・グリーンの勧めに従ったものかは定かではない。[2] しかし、この作品が当時一世を風靡したジョン・リリーのユーフュイーズ・シリーズに触発されて書かれたものであることに間違いはない。

リリーがその執筆活動の初期に発表した『ユーフュイーズ』(一五七九)と『ユーフュイーズとイングランド』(一五八〇)は、一六三〇年の時点で実に二六もの版を重ね、二作品をまとめた三つの版も出版されるというほどの人気を博する。ユーフュイズムと呼ばれるリリー独特の凝った文体は宮廷で大流行し、ユーフュイズムを話すことはフランス語を話すことに匹敵する宮廷人必須のたしなみとされたという(Hunter 72)。こうしたユーフュイーズの人気ぶりにあからさまにあやかろうとしたのが、ロッジとグリーンの二人であった。グリーンは『メナフォン――まどろむユーフュイーズに対するカミーラの警告』(一五八九)や『フィロータスに対するユーフュイーズの譴責』を、ロッジはロザリンド以外にも『ユーフュイーズの影――感覚の闘い』(一五九二)を出版するという具合に、二人はユーフュイーズの名を冠したロマンスを立て続けに世に送りだした。一五八五年から一六〇〇年にかけて頂点を極めたエリザベス朝ロマンスの一時代は、まさにリリーとその模倣者たちによって始まったといっても過言ではないのである。

ユーフュイーズ・シリーズのあらすじをかいつまんで説明すると、以下のようになる。第一作の『ユーフユイーズ』では、アテネの青年ユーフュイーズの恋と友情と挫折が描かれる。物語は、莫大な富と端麗な容姿に恵まれた才気煥発なユーフュイーズが、学問の都アテネを去って歓楽の都ナポリに赴くところで始まる。悦楽の危険性、とりわけ女性の欺瞞について諭す老紳士ユービュラスの忠告を無視してナポリに逗留したユーフュイーズは、フィロータスという青年と親しくなる。しかし、ユーフュイーズがフィロータスの婚約者であるルーシラを恋するに至って、二人の友情は破綻する。その後ユーフュイーズは、実はルーシラが不実な女性であったことを知り、自らの過ちを悔いてフィロータスと和解する。作品の後半部は、ユーフュイーズがフィロータスを始めとする様々な人物に宛てて書いた複数の書簡文から成っている。中でも最もよく知られているのが、「フィロータスとすべての愚かな恋人たちに送る恋醒ましの一手」(以下「恋醒ましの一手」)と題された書簡で、ルーシラに裏切られた失意のユーフュイーズの女性と恋愛に対する呪詛が綴られている。続編の『ユーフュイーズとイングランド』は、タイトルこそユーフュイーズの名を挙げてはいるものの、物語の中心はフィロータスの恋に移る。ユーフュイーズと共にイギリスを訪れたフィロータスは、その宮廷でカミーラという絶世の美女に恋をする。ユーフュイーズは恋愛の愚かさを友人に説くものの、フィロータスはその忠告を無視してカミーラに求愛する。しかしながら、カミーラにはスリウスという意中の男性がいるために、フィロータスの求愛は今回も不首尾に終わる。物語は、辛い恋に見切りをつけたフィロータスがフランシスという別の女性との結婚に落ち着く一方、ユーフュイーズが一人イギリスを去ってシリクセドラ山での隠遁生活に入るところで終わっている。

ユーフュイーズ・シリーズが同時代の作家に与えた影響については、リリーとその模倣者達の小説を「放蕩息子小説」("prodigal fiction")と呼んだヘルガーソンの研究で詳細に論じられている。ヘルガーソンは、リリーの人気の理由を専らその特殊な文体のみに求めてきたそれまでの批評家とは異なり、ユーフュイーズに付与された人物像に着目した（Helgerson 58–78）。ヘルガーソンによれば、ユーフュイーズ・シリーズの魅力は、自らの若気の過ちに嘆息しながら、架空の山中の隠遁先でイギリスの若者の教化に勤める主人公にこそ求められる。恋愛に代表される宮廷風快楽の空しさを説く、かつての放蕩者の厭世感と諦観は、エリザベス朝の知識人たちの間で格好のポーズとして受け入れられたという。ユーフュイーズが体現する「悔い改めた放蕩者」の姿は、人文主義的な教育を受けながらもその野心を達成できないまま悶々とした日々を送る作家たちに、自己投影も交えた新しいヒーロー像を提供したのである。

ほんの短い一節ではあるが、ギャニミードの描写から浮かび上がる叔父は、当時の観客にとってお馴染みの人物であったことがわかる。かつては宮廷に暮らして恋もしたが、何があったのか今は森で隠遁生活を送り、年若い甥に女性と恋愛の危険性を説いてきかせる説教好きの世捨て人——ギャニミードの叔父は、ユーフュイーズ的ヒロイズムを踏襲する人物として設定されていると考えてよいだろう。同時に、その叔父の訓戒を受け売りするギャニミードもまた、ユーフュイーズの後継者を任じていると言える。そして、この叔父への言及箇所がロッジの『ロザリンド』には見られないシェイクスピアの創作であることを考慮すれば、それはそのまま『お気に召すまま』とユーフュイーズ・シリーズの直接の繋がりを示す内証として解釈できるのではないだろうか。では、ギャニミードの女性攻撃の背景にあると考えられるユーフュイーズの言説とは具体的にどのようなものであったのだろう。次に、ユーフュイーズの恋愛・結婚論の特質を考察したい。

ロマンスの破壊分子——ユーフュイーズ流非婚のすすめ

数々の模倣者を生み出し、エリザベス朝ロマンスに先鞭をつけた格好になったリリーではあるが、実際にはロマンス作家としてのリリーの立場は極めて脆弱なものとなっている。そもそもユーフュイーズ・シリーズをロマンスとして位置づけることを疑問視する向きさえある。[3] これはひとえに、物語の主題である恋愛の顛末と主人公であるユーフュイーズの人物像の特異性によるところが大きい。

前述のあらすじから明らかなように、リリーのユーフュイーズ・シリーズは男女の恋愛を物語の中心に据えながらも、その求愛は決して結婚には結びつかないという特徴を有している。たしかに、『ユーフュイーズとイングランド』の結末部ではフィロータスとフランシス、カミーラとスリウスという二組のカップルが誕生する。しかし、一応はハッピーエンドに与かるかのように見えるフィロータスとて、求愛していた女性と目出たく結婚するわけではないのである。同じ傾向は、リリーがユーフュイーズ・シリーズ以降手がけた一連の宮廷喜劇にも共通している。リリーが書いた八つの喜劇の中で、無事に結婚という結末に辿り着く恋愛を描いたものは『ガラテア』(一五九二)のみである。その『ガラテア』ですら、男装した女性二人が互いに相手が女性であるとは知らずに恋に落ちる、という変則ぶりである。「男女」の求愛とその結婚を描いたものとは到底言い難く、結末も辛うじて結婚の可能性を示すにとどまっている。若い男女が求愛を通して自己を確立し、やがて幸福な結婚へ至るという、エリザベス朝ロマンスやロマンス的喜劇の定石はリリーの作品にはあてはまらない。ノースロップ・フライがロマンスの原則として定義した「願望充足」("wish-fulfillment")の夢は達成されずに終わるのである (Frye 186)。「我々の求愛は昔の芝居のような具合には終わらない。ジャックはジルと結ばれない。」――シェイクスピアの作品中最もリリー的であるとされる『恋の骨折り損』の幕切れの一節は、リリーのこの基本精神を的確に言い当てている。[4]

結婚で大団円を迎える喜劇やロマンスが量産されたエリザベス朝のイギリス文壇で、リリーの一連の作品はある種の異彩を放っていたようである。そして、リリーのこのアンチ・ロマンス的な方向性を最初に決定づけると共に、それを代弁する役割を果したのが、『ユーフュイーズ』の主人公であった。ルーシラの裏切りによって女性と恋愛に幻滅したユーフュイーズは、「二度とそのような愚かしい悦楽には陥らない」ことを誓うと同時に、他の男性にも恋愛の愚を説く使命感を持つに至る (Lyly, *Euphues* 259)。「恋醒ましの一手」の冒頭部分で、ユーフュイーズはこの書簡を書くに至った動機について次のように説明する。

親愛なるフィロータス、僕は無聊の手遊びに、どうすれば人の役に立てるかということについて考えていたのだが、僕達の友情を続けていく上でも、また僕達の愚行を絶つ上でも、多くの人々が不治の病と考えるもの、すなわち恋の治療法について考えてみることほどふさわしいことはないと思い至ったのです。

(Lyly, *Euphues* 246)。

恋を病に、恋する者を病人に喩える恋愛文学の常套表現は、オヴィディウスの『恋の治療』に始まる。その表題が示すように、恋の病のモチーフは恋の治療のモチーフと対にして扱われることが多い。オヴィディウスが挙げた恋患いの治療法は、田舎暮らし、狩猟、旅行、食事療法等多岐に亘るが、ユーフュイーズ的な言説との関連で特に興味深いのは、次に引用する一節である。

どうしても恋を忘れられないという者は、
忘れられないのだが忘れられればと思う者は、私を訪ねて来るとよい
君の恋する邪悪な女がどんな仕打ちをしたかについてひたすら考え続けることだ

おかげで自分が被った被害の数々を目の前に並べてみるとよい
(Ovid 298–301)

女性の悪徳について熟考すること、さらには「それらについて雄弁に語る」ことによって、「もう大丈夫。彼女は君の攻撃に手も足も出ない」(Ovid 310, 347)。女性嫌悪の言説によって恋の愚行を断ち切るという点に、オヴィディウス流の恋の治療と「恋醒ましの一手」の共通点が認められる。ユーフュイーズは、ルーシラに対する求愛を若気の過ちとして後悔し、フィロータスを含めた全ての恋に悩む男性達に対して、自分の苦い経験から教訓を得るように説く。すなわち、華美な衣装、化粧、秋波といった男性を欺く女性の媚態を共に糾弾し、「女性を忌み嫌い、その僕になることを恥とする」ように諭す(Lyly, *Euphues* 256)。その言葉は、女性嫌悪の伝統的なレトリックを多用したものとなっている。[5]男女の恋愛を謳うロマンスにとって、これほど破壊的な存在はない。ユーフュイーズは、ロマンスの主人公でありながらも、そのロマンスの基盤を根底から覆す矛盾を孕んでいるのである。

男性読者に向けて執筆された『ユーフュイーズ』と比較すると、女性読者を主な対象とした『ユーフュイーズとイングランド』では、さすがにこうしたあからさまな女性嫌悪の言説は影を潜める。それどころか、前作では女性攻撃の先頭に立つことを宣言したユーフュイーズが、ここではうってかわって女性賛美の側に回る。その変わり身の早さには、友人のフィロータスも当惑するほどである。しかしながら、ではユーフュイーズは完全に前言を翻すのかといえば、無論そうではない。ユーフュイーズはイギリスの宮廷女性を賞賛するものの、恋に落ちることはやはり二度とないのである。恋愛をめぐる物語はフィロータスを中心として進行し、ユーフュイーズは依然として友人の恋を諫める忠告者の役割を担う。

ロマンスの流れに逆行するユーフュイーズの恋愛観が端的に表されている箇所として、結末近くで展開されるフィロータスとユーフュイーズの恋愛談義を見てみたい。ユーフュイーズは、カミーラへの求愛が受け入れられそうにないことに落胆するフィロータスに対して、次のように説教を施す。

僕自身はと言えば、仮に恋愛に陥るとしても、そのご婦人と好きな会話に興じ、彼女の真面目な意見や賢明な受け答えを聞き、その鋭敏な知性を拝見し、そしてその貞節を確信すること以上には何も望まない。これこそ、性欲以外には何の楽しみもない獣と僕達が異なる点なのだ。

(Lyly, *Euphues and his England* 158)

ここでユーフュイーズは、そもそも結婚を望んで恋をすること自体が間違っていると、フィロータスを諭す。「欲望とは愚行に始まり、後悔に終わるもの」と考えるユーフュイーズにとって、恋愛の成就はむしろ回避されねばならない結末なのである (Lyly, *Euphues and his England* 158)。

リリーの初期の批評家であるジェファリーは、ユーフュイーズのこの意見を、カスティリオーネの『宮廷人の書』におけるピエトロ・ベンボの恋愛論に依拠したものとして解釈している。[6] ベンボは、官能的な愛と理性的な愛を区別した上で、後者を宮廷人に相応しい恋愛の形態として理想化する。たしかに、同じく官能と理性の対比に基づくユーフュイーズの恋愛論は、ベンボの新プラトン主義的な概念に倣うかのように思われる。しかし、ユーフュイーズの論とベンボの論を各々語られる文脈に置いてみると、両者には一つの重要な相違点があることに気づく。ベンボの発言は、恋愛を若者の特権とするガスパル・パラヴィチーノの意見に対して、老人の恋を弁護したことに始まる。ベンボは、「老人は非難を受けずに恋をすることができるばかりではなく、若者よりも幸福な恋をすることができることを示すために」、二種類の恋愛の区別を持ち出す

(Castiglione 303)。すなわち、理性的な愛はあくまでも老年に達した者が到達すべき境地として提示される。ここで注目したいのは、ベンボが必ずしも若者に官能的な愛を禁じるわけではないという点である。美しい女性への思慕に始まり、より崇高な美、神への瞑想に至る新プラトン主義的な愛の梯子において、最下段の官能的な愛は、それが高次の段階へと進む限りにおいては肯定される。だからこそ、ベンボは「官能的な愛はどの年齢であれ良くない」としつつも、それが「若者の場合は釈明の余地があるし、場合によっては正当である」と述べさえするのである(Castiglione 306)。ところが、ベンボのこうした寛容さは、ユーフュイーズには見られない。それどころか、理性的な愛を論じるその訓戒は、むしろ若者に対して向けられたものである。「悔い改めた放蕩者」の使命感は、若気の過ちについて語ることを通して、若者に老年の分別を獲得させることにあると言える。その説に従えば、そもそも新プラトン主義的な愛の梯子の第一段に足をかけること自体が固く禁じられていることになる。

一見すると、ユーフュイーズの説はきわめて道徳家然とした教訓に満ちているように思われる。ところが、これに対するフィロータスの反論は、ユーフュイーズの恋愛論を意外な観点から糾弾した興味深い指摘になっている。フィロータスは、まずユーフュイーズの説教を「異端」と呼んで非難した上で、「僕は女性とのつきあいは大好きだ。だが、きちんと結婚することの方がもっと好きだ」と述べる(Lyly, *Euphues and his England* 158)。さらに、フィロータスは、次のようにユーフュイーズ流の恋愛を批判する。

> いやいやユーフュイーズ、君ときたら恋愛を永久に続く求愛にしているだけではないか。もし恋愛が成就することを禁じるのなら、恋愛は終わりのないものになってしまう。[……]釣りの目的は魚を捕まえることであって、釣り糸を垂らすことではない。鳥撃ちの目的は鳥を捕まえることで、口笛を吹くこ

とではない。そして、恋愛の目的は結婚で、求愛することではないのだ。僕にこの意見を否定させることは絶対にできないよ。

(Lyly, *Euphues and his England* 158–9)

恋愛の「目的」をめぐる二人の立場の違いは、重要な節目を迎えていた当時の恋愛観と併せて考えると興味深い。結婚を性欲に駆り立てられた不純な結びつきと見なし、成就しない恋愛を正しい恋の道とするユーフュイーズの立場は、中世以来のヨーロッパ的な宮廷愛の原則に従うものである。[7] これに対して、結婚に至らない恋愛を「きちんと」していない恋愛として糾弾するフィロータスの考えは、一六世紀後半のイギリスで喧伝された人文主義的結婚礼讃の風潮に通じる。[8] ここでとりわけ目をひくのは、フィロータスがユーフュイーズを説教壇に登った異端者になぞらえている点である。イギリスにおける結婚礼讃の言説は、プロテスタントによる聖職者の結婚擁護論に始まったといういきさつがある。[9] 中世カトリック的な禁欲・純潔主義は、結婚制度に対して過度の罪悪感を抱かせ、人間の自然な性に反した独身生活を強いるものであるとして、改革派の批判の対象となった。その論調は、カトリック聖職者の間で横行した姦通への糾弾と相俟って、時に激烈さを極めた。プロテスタント牧師のヘンリー・スミスは、結婚式に際しての説教の中で、信徒に禁欲・非婚を説くカトリック教を「悪魔の教義」と呼んでいる (Smith 22)。また、一五四一年に英訳されたハインリッヒ・バリンガーの『キリスト教における婚姻の位置づけ』においても、結婚の精神性を否定したローマ教皇の意見は神意に反した考えとして糾弾されている (Bullinger 27)。

ユーフュイーズの非婚主義に対するフィロータスの反発に、こうしたプロテスタント的な婚姻観をある程度窺うことは可能であろう。フィロータスとユーフュイーズの意見の相違を「イギリス的気質とイタリア的気質の違い」と見なしたジェファリーの指摘は、この点において示唆的である (Jeffery 34)。実際、フィロータスのユーフュイーズ批判は、イタリア帰りの若者に対するロジャー・アスカムの批判を想起させて興味深い。当時貴族階級の子弟の間で大流行していたヨーロッパへのグランド・ツアーに批判的であったアスカムは、とりわけイタリアから帰国した若者に結婚軽視の風潮が見られることを憂慮していた。「彼らは一様に結婚を軽蔑するようになって国に帰ってきては、他の者にもそれを説いてまわる」と憤慨したアスカムの指摘は、エリザベス朝の非婚論者の一つの典型を垣間見せる (Ascham 235)。その宮廷風の結婚懐疑の精神を代弁したのがユーフュイーズとすれば、イタリア人ではあるが結婚によってイギリスに定住することを選ぶフィロータスは、アスカム流の結婚観を標榜する人物として対置されていると考えられる。

ユーフュイーズとフィロータスの論争は、ベイツの言葉を借りれば、「求愛のための求愛か結婚のための求愛か」という論点に尽きる (Bates 108)。ユーフュイーズがいかにも宮廷風の遊戯的な恋愛を擁護する一方で、フィロータスは、結婚という形で報われるのでなければ恋愛には意味がない、という結婚至上論を展開する。では、リリーは二人のこの論争にどのような結論を与えているのであろうか。ジェファリーは、結婚礼讃派のフィロータスをリリーの代弁者とし、語り手はフィロータスの論に軍配をあげていると捉えている (Jeffery 30–4)。だが、この解釈は、リリーの作品に一貫しているアンチ・ロマンス趣味をふまえれば、妥当なものとは考えにくい。一方ベイツは、二人の論争には決着がついていない点を重視し、その不確定な要素を強調するにとどめている (Bates 108–10)。たしかに、ユーフュイーズとフィロータスの議論は平行線を辿ったまま中断される。明確な結論を出さないオープンエンドな語り口は、いかにもリリーらしい趣向ではある。しかし、物語全体の枠組みから二人の議論を完全に隔離した解釈は、この論争に託されたリリーの意図を理解する上で十分とは言えない。

むしろ、論争の勝敗は、フィロータス自身の恋の行方に着目して初めて明らかになるように思われる。やがてカミーラとスリウスの婚約を知ったフィロータスは、ついにカミーラへの求愛を断念し、拍子抜けするほどの素早さで別の女性フランシスとの結婚にこぎつける。つまり、フィロータスは、結婚に結実する求愛、という自論をはからずも裏切るような行動をとるのである。フィロータスの結婚を祝うユーフュイーズの祝辞は、フィロータスが擁護したロマンス的結婚観の敗北を読者に印象づける。

今や君は立派な立場についたのだから、かつての愚行はすっかり忘れたまえ。そして、これまでは浮ついた生活を送ってきたが、これからはそれを返上するということ、かつては恋愛のせいで放蕩したが、今では節制しなければならないこと、かつては女性に求愛することに勝る快楽は無かったが、今では妻を娶ることに勝る喜びは無いということを肝に命じることだ。 (Lyly, *Euphues and his England* 227)

求愛と結婚が完全に切り離されている点に注目したい。ユーフュイーズは、ルーシラやカミーラに対するフィロータスの求愛をあくまでも過去の愚かしい「放蕩」として位置づけ、結婚したフィロータスの「立派な立場」と区別する。その結果、フィロータスの結婚が、求愛から結婚へというロマンス的帰結では決してないことが改めて強調されることになる。ユーフュイーズの祝辞のアンチ・ロマンス性は、それだけではない。ここで読者は、フィロータスもまたユーフュイーズと同様「悔い改めた放蕩者」の一人であることに気づかされる。何故なら、その結婚は、過去の放蕩を悔いる者が諦観の境地で選び取る選択という点において、シリクセドラ山に引きこもるユーフュイーズの隠遁生活と何ら変わるところはないからである。こうなると、ハッピーエンドのはずのフィロータスの結婚は、ロマンティックとは程遠いものにならざるをえない。

以上見てきたように、ユーフュイーズ・シリーズにおけるユーフュイーズの言説は、結婚という大団円に向けて収斂していくロマンスの構造とは本質的に相容れない要素を有している。それだけに、このアンチ・ロマンス的な異端児が何故、そしていかに祝婚喜劇に取り込まれていくのかという問題は一層興味深く思われる。『お気に召すまま』とユーフュイーズ的言説の相関を分析するに先立って、まずは直接の材源である『ロザリンド』におけるユーフュイーズ主義を検証してみたい。

書き換えられたユーフュイーズの遺訓――ロッジの『ロザリンド』の場合

『ロザリンド』の第二版の扉に記された全文は、以下のようなものである。「ロザリンド／ユーフュイーズの黄金の遺産／その死後シリクセドラ山の洞窟で発見される／イギリスで父と暮らすフィロータスの息子に遺される／カナリー諸島からT・L氏［トマス・ロッジ］が持ち帰る」(Lodge 91)。そして、本文に先立って付された「ユーフュイーズの遺書の付属文書」と題された書簡は、次のように始まっている。

フィロータスよ、僕の病はひどく、この先生きられるかどうか怪しくなってきた。だが、君への愛情から、僕はソクラテスのように忠告を残して死ぬつもりだ。君にはカミーラとの間に息子がいると聞いている。［……］君への多大な愛情ゆえに、僕はその子供達に黄金の遺産を遺すことにした。(Lodge 96)

このように、『ロザリンド』は、フィロータスの息子に宛てたユーフュイーズの最後の訓戒という体裁をとっている。しかしながら、この書き出しは、ユーフュイーズ・シリーズの読者にとっては首を傾げたくなる内容になっている。フィロータスはカミーラを諦めてフランシスと結婚するという、『ユーフュイーズとイングランド』の結末が完全に無視されているからである。この書簡によれば、カミーラに対するフィロータスの求愛は目出たく成就し、二人は子供達と共にイギリスで幸福に暮らしていることになる。この大幅な結末の変更は、一体何を意味するのだろうか。

この記述に初めて疑問を表したベイツは、ロッジのみならずグリーンもフィロータスとカミーラを結びつけていることに着目し、二人がリリーのテクストを「誤読」したと結論づけている。求愛は当然結婚で終わるものという前提に立っていたロッジは、「フィロータスがカミーラに求愛したのなら、カミーラの結婚相手はフィロータスに違いない、という結論に飛びついた」というのである（Bates 94）。ベイツの指摘は、結婚の主題をめぐるリリーとロッジの扱いの差異に対する注意を喚起している点において興味深い。しかし、これほど重要な筋の変更をロッジの単なる「誤読」として済ますには、やはり無理があろう。また、恋愛や結婚の主題に対するロッジの姿勢は、ベイツが述べているほど一貫していたわけではない。リリーよりもはるかに職業的作家としての自覚が強かったロッジの場合、描かれる恋愛の形態は作品によって異なる傾向がある。例えば、同じくユーフュイーズの名を冠したロマンスでも、『ユーフュイーズの影』においては、『ロザリンド』とは対照的な男性中心主義的な宮廷風恋愛観が表されている。ロッジは、ジャンルや読者層の好みに合わせて、作品の中の女性像や恋愛観を調整した可能性が高いのである（Schleiner 8–9）。

ロッジのこうした便宜主義的な創作傾向は、その模倣の性質を考える上で重要な視座を与えてくれる。『ロザリンド』が『ユーフュイーズ』の出版以後ほぼ一〇年近くも経過して出版されたという事実を考慮すれば、ロッジがリリーのユーフュイーズ・シリーズのいわゆる二番煎じを狙ったとは考えにくい。その意図は、むしろユーフュイーズ・シリーズを利用することで新たな創作の分野を開拓することにあったと考える方が妥当であろう。『ロザリンド』に付された「男性読者に宛てた献辞」の中に、先行作品に対するロッジの対抗意識をうかがわせる興味深い一節がある。

> おそらく皆様方は、ここにあるヴィーナスの天人花の葉が無骨なまさかりで切りとられたものであって、とぎすまされた言葉の誘惑で手にしたものではないことにお気づきになることでしょう。紳士諸君よ、手短かに申し上げれば、一兵卒、一船員がここに海上での労苦の産物を差し出す次第です［……］。
> (Lodge 95)

「葉」（"leaves"）は「頁《ページ》」（"leaves"）の掛け言葉になっており、「ヴィーナスの天人花の葉」とは、ここでは特に愛を主題にした作品、すなわちロマンスを指す。まず注目したいのは、宮廷人ではなく軍人が書いたロマンスという点がわざわざ強調されている点である。実際、『ロザリンド』はロッジが軍医としてカナリー諸島への航海に随行した際に船上で執筆された作品である。ロッジが「無骨なまさかり」をあえて「とぎすまされた言葉」と対比してみせた背景には、宮廷風の優雅な文体で知られるリリーのユーフュイーズ・シリーズへの揶揄が込められていると解釈できる。宮廷文学へのあてこすりは、この献辞が対象とする読者層の特異性にも見受けられる。エリザベス朝ロマンスの主要読者は、女性、とりわけ宮廷女性を中心とする上流階級の女性であった。それゆえ、当時のロマンスには男性読者だけでなく「淑女の皆様」に対する献辞を付したものが多い[10]。ところが、『ロザリンド』の献辞は、男性パトロン、男性読者に宛てたものに限られており、少なくとも表面上は女性読者の存在を完全に無視した格好になっている。「『ユーフュイーズ』は学者の書斎で広げられるよりも淑女の小箱にしまい込まれる方が望ましい」とおもねた『ユーフュイーズとイングランド』の女性読者への献辞と比較すると、その違いはいっそう明確になる。また、リリーがいかにも宮廷文人らしく自分の作品をほんの手遊びとして卑下してみせるのに対して、ロッジの場合は労作であることがかえって強調されている。以上の点をふまえると、『ロザリンド』が、リリーやシドニーの作品に代表される宮廷風ロマンスとは異なる路線を目指して執筆された可能性は高いと考えられる。とすれば、ユーフュイーズの遺書で仄めかされるフィロータスの求愛の成就は、ロッジによる意図的なリリーの改作と見なすべきではないだろうか。ユーフュイーズの忠告は、「誤読」されたというよりも「書き換え」られたのである。

ユーフュイーズの名を騙りながらも、ロッジが『ロザリンド』においてユーフュイーズ・シリーズとは対照的なロマンスを構築しようとしていたことは、冒頭部分で既に窺える。物語は、『お気に召すまま』では故人として名前だけが言及される三兄弟の父親の臨終の場面で始まる。その姿が、フィロータスの息子達に遺訓を残して死ぬユーフュイーズに重ねられていることは言うまでもない。サー・ジョンは、三人の息子を枕元に呼び寄せると、とりわけ恋愛と女性の危険性について次のように諭す。

恋愛には気をつけるがよい。楽しい以上に危険なものだ。そいつはセイレーンのように人を誘き寄せる。おお息子達よ、恋愛とはかくもあてにならぬもの［……］女性の眼差しは見る分には結構だが、見つめるには有害だ。喜びを与えるだけではなく、死へと陥れるものだからな。優しくしてくれたからといって女性を信用してはならぬ。女の恋とは、火打金に吐きかけた息のようなもの。ぽっと火がついたかと思えばもう消えてしまうのだから。その恋心ときたら、何を見ても色を変えるポリプのように移ろいやすい。(Lodge 100)

ユーフュイーズの「恋醒ましの一手」を想起させる女性攻撃と恋愛呪詛である。ところが、この一見ユーフュイーズ的な遺訓の締めくくりは意外な展開を見せる。

そういうわけで、これだけは言っておこう。女性はふしだらだ。だが男は女なしではいられないものだ。そこで、もしお前達が女性を愛するなら、一点だけを見つめる鉄石のような瞳と一つの形にしかならない金剛石のような心と南東の風が吹かぬ限りはそよともしないアカシアの葉のような舌を持った女性を選ぶがよい。(Lodge 100)

女性嫌悪で凝り固まった老父は、それでも息子達が結婚することを望んでいるのである。恋愛はするな、しかし結婚はするように、というサー・ジョンの遺訓には明らかに矛盾がある。それは、女性に対する伝統的な不信を拭い去らないままに結婚礼讃へと向かった、ルネサンス期の結婚論が抱える矛盾と相通じるものがある。[11] しかし、本稿で留意したいのは、ロッジがユーフュイーズ風の懐疑的な女性観・恋愛観をサー・ジョンに語らせつつも、その非婚論だけは切り捨てている点である。「男は女なしではいられないもの」というサー・ジョンの前提は、ユーフュイーズの非婚主義に真っ向から対立するアンチ・テーゼと言えよう。結婚に至らない恋愛を奨励したユーフュイーズとは対照的に、サー・ジョンは恋愛を経ない結婚を説く。

ロッジによるユーフュイーズ主義の否定がさらに決定的となる場面を見てみよう。本稿の冒頭で引用した『お気に召すまま』の場面の原型となった箇所で、ロザダー(『お気に召すまま』のオーランドーに相当)が恋の苦悩を訴える場面である。ギャニミードに扮したロザリンドとその従姉妹のエーリンダ(同シーリアに相当)を前に、ロザダーは、ロザリンドへの思いについて切々と語る。

それは安まることのない痛み、常に苦しい病毒、眠る希望を取り去る病なのです。もし、これほど多くの悲しみ、突如として生じる喜び、束の間の快楽、絶え間ない恐怖心、日々の苦悩、夜ごとの悲嘆といったものが恋にあるのなら、こういう諸々の感情を沈黙でもって押し殺す者は病人と考えてもよいのではないでしょうか。(Lodge 161)

ロザダーの恋患いは、先に述べたユーフュイーズ流の療法とは全く対照的な治療を施される。ギャニミードとエーリンダは、恋に悩むロザダーを自分たちの家に連れ帰る。そして、エーリンダは、ギャニミード演じるロザリンドとロザダーの模擬結婚式を執り行うことで、ロザダーの苦悩を和らげようとする。つまり、リリーが失恋の痛手とその結果の女性呪詛を何よりの恋の治療として呈示したのに対して、ロッジは恋の治療とは結婚による恋の成就にほかならないと示唆するのである。それは、ロザリンドとロザダー、他二組のカップルの結婚式の宴席で牧人コリドンが歌う俗謡でも繰り返して強調される。

少年は言った。「ああ、どうしてそんなに悲しむの
ヘイホウ、どうしてそんなに悲しむの」
娘は言った。「手の施しようのない傷のせい
私は死んでしまうのではないかしら」
牧人は言った。「そんなことなら」

牧人は言った。「ヘイホウ」と
「いとしい娘よ、僕は君と結婚しよう
そうして君を病から救ってあげよう」
(Lodge 224)

恋の病とその治療という問題は、単なる文学上のモチーフにとどまらなかった可能性がある。近代初期の医書として知られる『憂鬱の解剖』(一六二一)の中で、ロバート・バートンは憂鬱の主要な原因として恋愛を挙げている。バートンは、まず「労働、食生活、薬、絶食等による恋の憂鬱の治療」について述べた後、「訓戒と説得による」治療法を記す(Burton 584, 594)。これは、女性の悪徳や悲惨な結婚の例を列挙した、ユーフュイーズの「恋醒ましの一手」の治療法に類似した内容になっている。そして、媚薬や魔術による恋の治療法に関する記述の後、バートンは「恋の憂鬱に関する最後の且つ最良の治療は、二人に欲望を遂げさせること」と題した章を掲げて、次のように結論づけている(Burton 609)。

この結婚こそが、英雄的な愛の最後の、そして最良の治療法であるので、これで全ての迷いと障害は取り除かれる。もう一度言うが、他に仕方がないのであれば、双方の欲望に従って二人が幸せに結ばれること以外にどんな手段があろう。
(Burton 624)

バートンが聖職者であったこと、そして『憂鬱の解剖』が医学的な療法だけでなく信徒に対する説教の役割を担っていた可能性を考慮に入れると、これはプロテスタントの友愛的婚姻論に連なるものと解釈してよいだろう。[12] 紙幅の都合上、医書とはいえ古典作品への膨大な引証を含むこの稀代の奇書にこれ以上立ち入ることは控えることにする。ここではただ、恋患いに対する究極の対処法を結婚に見出したロッジの趣向が、社会的な文脈と連動していた可能性を示唆するにとどめたい。

以上の考察から、「ユーフュイーズの黄金の遺産」であるはずの『ロザリンド』が実はユーフュイーズ的な言説をことごとく裏切った作品になっていることがわかる。求愛の結末という問題に関して言えば、『ロザリンド』は、ユーフュイーズではなくむしろフィロータスの書きそうなロマンスと言える。男性の求愛は意中の女性に必ず受け入れられ、辛い恋は最終的には結婚という形で報われる。物語は、ちょうどユーフュイーズとの論争でフィロータスが主張した結婚至上論に従う形で進行するのである。とすれば、「ユーフュイーズの黄金の遺産」という表題には、ロッジの実に皮肉なメッセージが込められているように思われる。『ロザリンド』は、リリーが世に送り出した散文ロマンスの寵児の遺志を継承するどころか、むしろその死を宣告するべく書かれた作品と言えよう。ロッジの真の意図は、リリーの宮廷風ロマンスに取って代わる、求愛から結婚へという新しいロマンスの流れを確立することにあったと考えてよいだろう。

アーデンの森の独身男——『お気に召すまま』とユーフュイーズ

第一章で確認したように、『お気に召すまま』で言及されるギャニミードの叔父は、明らかにユーフュイーズを思い起こさせる人物として配置されている。このアーデンの森の隠者は、決して表舞台に登場することはない。しかし、シェイクスピアがあえてロッジの『ロザリンド』に付け加えた人物は、ユーフュイーズに対する両者の扱いの差異を際立たせてまことに興味深い。ロッジがユーフュイーズの臨終場面を盛り込んだのとは対照的に、シェイクスピアはわざわざその健在ぶりを示すのである。ロッジが丁重かつ巧妙に葬り去ったユーフュイーズは、シェイクスピアの『お気に召すまま』において息を吹き返す。そして、新生ユーフュイーズは、散文ロマンスから喜劇に、シリクセドラ山からアーデンの森に居を移し、そのアンチ・ロマンス的なメッセージを発信する。本章では、この劇に散見されるユーフュイーズ的言説をたどった上で、作品における その意義を考察していきたい。まずは、恋の治療のモチーフをめぐるリリーとロッジの相違を念頭におきながら、冒頭で引用した三幕二場に再び目を向けてみよう。果して、シェイクスピアは同じモチーフをいかに用いているのであろうか。

ギャニミードの叔父の女性論に興味を示したオーランドーは、その女性批判とはいかなるものであったか尋ねる。するとギャニミードは、恋の病とその治療の比喩を用いて以下のように返答する。

僕の薬は病んでいる者にしか与えられないのだ。「ロザリンド」と彫りつけて若木の幹をいためつけている男がこの森をうろついているらしい。［……］もしこういう恋愛惚けに出会えたら、そいつにこそ良い忠告を与えようと思うのだ。どうやらその男は恋の熱病にとりつかれているようだから。

（三幕二場三四九―五六行）

これを聞いたオーランドーは、それが自分であることを打ち明ける。「私なのです。恋の熱病にかかっているその男とは。お願いですからあなたの治療法を教えてください」（三五七―八行）ギャニミードは、自分の治療が「忠告」（三九三行）によるものであることを再度強調する。そして、女性の変わりやすい気質を演じて見せることで過去に一人の恋患いを治療したことを得意げに語る。

アーデン版の編者であるレーサムは、ギャニミードが申し出る恋の治療が「リリーに負う所が最も大きい箇所の一つ」であると述べた上で、リリーの宮廷喜劇『月の女』の影響を指摘している（Latham lix–lxii）。『月の女』（一五九七）では、女性の度を超した心変わりの様に恐れをなしてすっかり恋から目が醒めた牧人たちの姿が滑稽に描かれる。しかし、ギャニミードとユーフュイーズの繋がりを考えれば、やはり直接の出所は、先に引用した『ユーフュイーズ』の「恋醒ましの一手」の一節に求められるべきであろう。「恋醒ましの一手」との類似は、ギャニミードの恋の治療が「忠告」によるものであることが二度に亘って強調されていることからも明らかである。ギャニミードは、女性と恋愛の非を説く叔父の訓戒を通して、ユーフュイーズ式の治療法を実践する。また、レーサムは「ロッジの物語にはこれに相当する箇所がない」としているが、この指摘も誤解を招くおそれがある。[13] たしかに、リリー的な恋の治療は『ロザリンド』には見当たらない。しかし、ロッジがあえてリリーとは異なる恋の治療を描いたことは、既に前章で述べた通りである。模倣の意図という問題を考える上で重視しなければならないのは、単にシェイクスピアがリリーを採り入れたということではない。むしろ、一度ロッジが否定したリリーにシェイクスピアが再度目を向けた点にこそ、シェイクスピア独自の視線と関心の在り処が窺えるのである。

ロッジは、女嫌い《ミソジニスト》が施す恋の治療というリリーのアンチ・ロマンス的な趣向を避け、その代わりに、結婚による恋の治療というきわめてロマンス的な趣向を選択した。一方シェイクスピアは、ギャニミードをさながらユーフュイーズの後継者のように仕立て上げる。ただし、そこにロマンスの破綻を防ぐ巧妙な仕掛けが作用していることは言うまでもない。すなわちそれは、オーランドーの恋の治療を請け負う「自称ユーフュイーズ」のギャニミードが、実は女性であり、しかもオーランドーの恋の相手ロザリンド本人である、という逆転の構図である。ギャニミードのユーフュイーズ的な態度は、あくまでも求愛の遊戯に興じるロザリンドのポーズにすぎない。その女性攻撃は、それに対するオーランドーの反論を聞きたいがための仕業ともとれる。[14] シーリアは、「あなたの恋愛論ときたら、まったく私たち女性へのひどい中傷だわ」（四幕一場一九一―二行）と、男装した従姉妹の女性批判に憤慨してみせる。しかし、ロザリンドの真意を知っているシーリアは、本当に怒っているわけではないのである。同じことは、観客の反応についても言える。ギャニミードがいくら女性と恋愛を罵ろうと、常にその背後にロザリンドの姿を意識している観客は笑ってすますことができる。このように、それがロザリンド扮するギャニミードの口を通して語られる時、ユーフュイーズの女性嫌悪の毒舌はもはや他愛ない冗談として理解される。無論、それがロマンスを破壊する危険は皆無である。

ここで、ロマンスにとっては破壊的要素になりかねないユーフュイーズという難しい素材をあえて用いることで、実際にはどのような効果が得られているかという問題を考えてみる必要があろう。オーランドーは、ギャニミードが過去に治療した男性が「浮き世にはすっかり懲りて、人里離れた地に引きこもってしまった」（三幕二場四〇七―九行）ことを聞かされると、「若者よ、僕は治療してほしくないよ」（四一三行）と答える。この台詞の前例は、先に引用したユーフュイーズとフィロータスの恋愛談義の冒頭部分に見ることができる。ユーフュイーズは、「恋と訣別しようとする者は、恋人のことを思い出しては駄目だ」と諭し、フィロータスにカミーラへの思慕を断つように説得する。それに対して、フィロータスは次のように答える。

傷を探ってくれるのは有り難いさ。だけど、僕はその傷を治してほしくはないのだ。でも、患者の役目は療法を処方することではなくて処方された療法を守ることだから、薬を飲む覚悟はできているよ。十分な富があれば、薬の代金を君に払ってもかまわない。

(Lyly, *Euphues and his England* 157)

オーランドーもフィロータスも、恋の病を嘆きはするが、その病からの治癒、すなわち恋することを止めることを必ずしも望んでいるわけではない。そこに、甘美な片恋の苦悩に耽溺するペトラルカ風の恋人のナルシシズムの典型を見出すことも可能であろう。[15] しかし、この二人には大きな違いもまた認められる。右の台詞からわかるように、フィロータスは、不承不承ながらもユーフュイーズの恋の治療を受けることに同意する。この後の物語の展開は、前述の通りである。ユーフュイーズの恋愛論には最後まで異議を唱えるフィロータスではあるが、結局カミーラに対する恋の病は別の女性と結婚することで癒される。これに対して、オーランドーは、ギャニミードの叔父のようなユーフュイーズ的療法を拒否し、むしろ恋の病を甘受することを選択する。ここに、ユーフュイーズ的言説をわざわざ採り入れたシェイクスピアの、実に巧妙な反転の仕掛けを見ることができる。つまり、オーランドーの「治療拒否」によって、ユーフュイーズのアンチ・ロマンス的な恋の治療のモチーフは、逆によりいっそう物語のロマンス色を強める効果を発揮する。ギャニミードのユーフュイーズ主義に反駁する場を与えられることにより、オーランドーは『ロザリンド』のロザダーよりもさらにロマンスに相応しい人物として呈示される。

興味深いことに、ユーフュイーズ的な恋の治療の申し出が退けられるというパターンは、この場面に先立つ二幕の最終場にも見受けられる。ジェイクィーズが公爵に語る次の台詞は、その病と治療の比喩において、これまで見てきた三幕二場の伏線となっている。

斑の服を着せていただきましょう。そして本心を語る自由をお与えください。
そうすれば、この疫病にかかった世界の汚れた肉体を
徹底的に浄化してみせましょう。

もし、私の薬を我慢して飲んでくださりさえすればの話ですが。

（二幕七場五八―六一行）

ギャニミードと同様、ジェイクィーズもまたその皮肉な毒舌でもって病める者を治療する役目を買って出る。もちろん、ジェイクィーズがその不機嫌な怒りの矛先を向けるのは、恋愛に限らない。「疫病にかかった世界」とは、より全般的な世の腐敗を意味していると解釈できる。ところが、これに対する公爵の返答は、ジェイクィーズの発言をギャニミード同様の恋愛批判として捉える。

公爵　ふん、何を言うか！お前のやろうとしていることはわかっている。
ジェイクィーズ　善いこと以外に私が何をしたいと？
公爵　罪を咎めるとは最も汚らわしい罪だ。
　お前自身がかつては放蕩者であったくせに。
獣のような肉欲そのものとも言えるほど官能に耽りおって。
そのお前が、かつての放蕩で罹った
忌わしい病毒の膿やら傷やらを
世間に向かって吐き出そうというのだからな。

（二幕七場六二―六九行）

「病毒の膿」への言及は、性交渉、さらには恋愛の危険性を説く際に当時しばしば引き合いに出された性病の記述に基づいている。[16] ジェイクィーズの過去にまつわる公爵の暴露がどこまで真実であるかはわからない。

しかし、ここで重要なのは、それがジェイクィーズをちょうどギャニミードの叔父と同じような「悔い改めた放蕩者」として位置づけている点である。ジェイクィーズは、この劇に配されたもう一人のユーフュイーズ的な登場人物と考えてよいだろう。そして、その忠告もまた、ギャニミードの忠告と同様に、にべもなく拒絶される。公爵の台詞が、ユーフュイーズ的言説の欺瞞を指摘している点に注目したい。劇中とりわけ恋人たちに対して辛らつな批評を加えるジェイクィーズの訓戒は、所詮かつての放蕩者の身勝手な繰言として反撃されているのである。

ジェイクィーズに投影されたユーフュイーズ的な人物像を確認したところで、ギャニミードとジェイクィーズという、いわばこの劇の二人のユーフュイーズが対面する興味深い場面を見てみよう。これは、二人が森で出逢う四幕一場で、「あなたとはもっとお近づきになりたいものだ」(四幕一場一―二行)と、ジェイクィーズがギャニミードに対して親近感を表するくだりで始まっている。そのやりとりの中で、ジェイクィーズは自分の憂鬱について語り始める。

ジェイクィーズ　[……]私の憂鬱は、様々な材料から構成され、様々な事物から抽出された独自のものであり、自らの旅路についていろいろ思いめぐらすことなのです。しばしばその物思いのために、実に気紛れな悲しみに包みこまれる。
ロザリンド　旅人か!たしかに、あなたがふさぎ込むのはもっともだ。どうやらあなたは他人の土地を見るために自分の土地を売ってしまったらしい。そして、いろいろ見たが何も残っていない、すなわち目は肥えたが、両手はからっぽというわけだ。
ジェイクィーズ　そうです。私は経験を得たのです。

オーランドー登場

ロザリンド　そして、その経験のせいであなたはふさぎ込む。私は、憂鬱にする経験よりも、ましてやそのために旅に出かけるよりも、陽気にしてくれる阿呆を一人欲しいと思いますね。

（四幕一場一五—一七行）

憂鬱な（"melancholic"）、あるいは不機嫌な（"malcontent"）皮肉屋は、エリザベス朝演劇で非常に好まれたお決まりの登場人物であり、ジェイクィーズはその代表と言える。[17] 右の台詞で特に興味深いのは、ジェイクィーズの憂鬱が旅と関連づけられていることである。一六世紀後半のイギリス文学における憂鬱のテーマの人気の背景には、当時の若者の文化におけるイタリア志向があったという。グランドツアー帰りの若者がイタリアの知識人の間で既に定着していた憂鬱のポーズを気取ったことから、これを揶揄する描写がエリザベス朝の舞台を賑わすことになった（Babb 73–75）。とりわけ喜劇に多く見られる憂鬱なキャラクターは、その大半が他の登場人物の嘲弄の対象となる半ば道化的な存在であった。「エリザベス朝及びスチュアート朝初期において最も好意的に描かれた憂鬱な不平家像」（Babb 92）とされるジェイクィーズではあるが、その道化的な役回りは明らかで、公爵や家臣たちの格好の笑いの種となる。自ら「斑の服」を着ることを申し出るあたりなど、ジェイクィーズのかなり自意識的な道化ぶりが窺える。「ゴンドラで遊んだことのある」（四幕一場三五—六行）ジェイクィーズの物憂げな態度は、当時の貴族階級の子弟にありがちなお決まりの気取りとして、観客の笑いを誘ったにちがいない。

旅に由来するジェイクィーズの憂鬱に関してさらに注目すべき点は、それがジェイクィーズのユーフュイーズ的な性格をいっそう強調する効果をもつということである。ここで、遍歴はユーフュイーズの重要な特徴の一つであったことを思い出したい。ユーフュイーズは、最後にシリクセドラ山に落ち着くまでは、アテネからイタリア、そしてイギリスへ、という具合に常に旅の途上にある。その厭世感は、新しい土地で貯える知恵や経験と比例して募っていく。しかし、ジェイクィーズに対するギャニミードの反応は、他の登場人物達とは異なり、あながち嘲弄として片づけられない共感を帯びている。「あなたがふさぎ込むのはもっともだ」（"you have great reason to be sad"）というギャニミードの台詞の "reason" という語には「道理」という意味以外に、「理性」という意味もある。つまり、ギャニミードは、ジェイクィーズが旅で培った知性に対して一応の理解と敬意を表するのである。

ところが、これに続く台詞は、同じくユーフュイーズを気取ってきたギャニミードが実はそうではないことを露呈するものになっている。「憂鬱にする経験よりも、陽気にしてくれる阿呆を一人」所望するギャニミードの台詞に見える「阿呆」とは、一体誰の事を指すのであろうか。これは、おそらく、この台詞の直前に舞台に登場するオーランドー、ロザリンドにとっては未来の夫を指していると捉えるのが自然であろう。ギャニミードは、ジェイクィーズの「理性」に感嘆しつつも、自分は「阿呆」との生活を選び取る。すなわちこれは、ギャニミードがそれまでのユーフュイーズ的な独身主義のポーズを返上し、結婚への決意を述べる瞬間と考えられる。それは同時に、ロザリンドがついに変装を終止することを仄めかす場面でもあり、劇の終盤に向けての大きな転機となっている。

しかし、これでユーフュイーズ的言説が完全に排除されるかと言えば、そうとも言えない結末が用意されている。四組の結婚式が執り行われる中、ジェイクィーズはユーフュイーズよろしく、祝婚の輪に加わることを頑なに拒否する。

浮かれ騒ぎなど見たくありません。ご用とあれば
あの打ち捨てられた洞窟でお聞きいたしましょう

アイザック・オリヴァー『若者の肖像』(1590－5 頃)
イギリス王室コレクション
The Royal Collection © 2001, Her Majesty Queen Elizabeth II

(五幕四場一九四―五行)

シリクセドラ山の洞窟に引きこもるユーフュイーズと同様、ジェイクィーズはアーデンの森の洞窟に退却する。それは、祝婚喜劇の結末部に用意される一種の「厄払い」("exorcism")としての役割を担っているとも解釈できよう。しかしその一方で、将来「ご用」があることを確信するかのようなその台詞は、ユーフュイーズ的言説もそれを信奉する若者も決してなくならないことを示唆している。シェイクスピアは、ジェイクィーズに敗北と挫折の美学とも言えるユーフュイーズらしい引き際を用意しつつも、その復活を暗示さ

せる捨て台詞を吐かせているのである。この実に印象的な幕切れのジェイクィーズは、アイザック・オリヴァーによる『若者の肖像』(図版)としばしば比較される(Bath 15)。光を避けるかのようにつばのある帽子を被り、物憂げに木によりかかった黒ずくめの男性には、当時の憂鬱な若者の典型的な表象を見ることができる。さらにこの絵の遠景に目を凝らすと、屋敷の庭園を寄り添って歩く一組の男女の姿が小さく描かれていることに気づく。塀外の森に身を置く若者の憂鬱は、整然とした庭やそこにシメトリカルに配置された男女に象徴される家庭の秩序や友愛的な結婚と対置されている。しかしながら、若者の表情は、陰鬱とはほど遠いある種満足げとも言える不敵な笑みを浮かべている。田園から宮廷へという牧歌的帰還を拒んでアーデンの森にとどまるジェイクィーズもまた、同様の冷笑でもって、結婚を寿ぐ集団とは一線を画するのである。

以上見てきたように、『お気に召すまま』は、ユーフュイーズの結婚呪詛と恋愛批判をロマンスの破壊分子とばかりに排除した『ロザリンド』とは、著しい対照をなしている。シェイクスピアは、ロマンス的な結婚観に拮抗するユーフュイーズ的言説をあえて随所に用いることにより、求愛から結婚へというロマンス的喜劇の平板になりがちな定石に変化をつける。『お気に召すまま』はシェイクスピアの他の喜劇と比べて、恋の成就を妨げる物理的な障害をほとんど持たない点に特徴があるとされてきた。たしかに、ことに舞台がアーデンの森に移ってからは、事件らしきものはほとんど起こらない。むしろ、アーデンの森に逃げ込んだ若者たちが直面するのは、ジェイクィーズ、ギャニミードの叔父といった森の隠者たちが説く説教と言えよう。その非婚論との葛藤を経てこそ、ロザリンドとオーランドーは結婚というロマンス的帰結を獲得するのである。ただし、ユーフュイーズ流非婚主義とロマンス的な結婚愛賛美をめぐる最終的な評価は——この劇の投げやりな表題が示すように——あくまでも観客の判断と嗜好に委ねられる。ジェイクィーズのシニカルな女性論も自己陶酔的なオーランドーの「阿呆」ぶりも、共に観客の笑いに供される。『お気に召すまま』は、ロッジとリリーの対照的な散文ロマンスのそれぞれの流れを汲んだ上で、さらにそれを自意識的に喜劇化した作品と言える。そこに我々は、ルネサンス期の結婚観の不均質な断層を見ることができるのではないだろうか。

注

1 引用箇所で用いられている「口説き」（原文では "courtship"）という語は、当時は現在の「求愛」という意味以外に宮廷における処世術をも意味していた。以下、『お気に召すまま』からの引用は全て William Shakespeare, *As You Like It*, ed. Agnes Latham による。なお、本文中のすべての日本語訳は拙訳による。

2 『ロザリンド』の編者ビーチャーは、ユーフュイーズの名前を利用した副題は同様の趣向を既に試みていたグリーンの案であろうと推測している (Lodge 16–9)。

3 シュライナーは、エリザベス朝散文小説を二種類に分類した上で、リリーのユーフュイーズ・シリーズを「宮廷風物語」("courtly fiction") と呼んで、ロマンスとは区別している (Schleiner 1–20)。また、ユーフュイーズ・シリーズを貴族階級の男性読者に向けられた人文主義的な礼儀作法書として捉える解釈については、Kinney 133–80 を参照。

4 『恋の骨折り損』は、シェイクスピアにおけるリリーの影響を論じる際に最もよく取り上げられる劇であるが、特に Mincoff 15–24、Bevington 1–13 を参照。

5 「恋醒ましの一手」における女性嫌悪のレトリックについては、Woodbridge 61–2 を参照。

6 Jeffery 30–35. ベイツもこの解釈を受け入れている(Bates 108)。
7 宮廷愛の文学伝統に関しては、Morton, Capellanus, Boase を参照。
8 人文主義的婚姻論については、特に Tilney 1–93 を参照。
9 カトリックの純潔主義に対するプロテスタントの批判については、Ozment 3–25 を参照。
10 Hackett 39–40. 女性向けのロマンスを執筆することに対する男性作家の精神的葛藤を論じた以下の論考も参照。Fleming 158–181.
11 プロテスタントの結婚擁護論における性意識の矛盾については、Tentler を参照。
12 『憂鬱の解剖』の宗教書としての特質については、Vicari を参照。
13 Latham, lix. ベリーもまた、この場面における恋の治療のモチーフをシェイクスピアの創作とする立場をとっている (Berry 49)。
14 例えば、ロザリンドの変装の目的をオーランドーの恋愛指南として解釈した Garber 102–12 を参照。
15 恋の病とその治療と同様、恋の病の治療拒否というモチーフもまた重要な文学伝統を成していた。恋の治療のモチーフに関してテオクリトスの牧歌とルネサンスの牧歌を比較検討したウォーカーは、ペトラルカの洗礼を受けた後者の詩の登場人物は恋の治療を望まない、と指摘している。ウォーカーは、「ルネサンスの牧人は、自らの悲嘆、「甘き苦痛」を愛し、それを取り除く意思をもたない」と述べた上で、オーランドーのこの台詞を例として挙げている (Walker 358)。
16 当時プロテスタントが性病の記述に用いたレトリックに関しては、Shugg 301–3、Takemura 149–69 を参照。
17 エリザベス朝文学における憂鬱のテーマについては、特に Babb と Lyons を参照。

引用文献

Ascham, Roger. *The Scholemaster, English Works of Roger Ascham*. Ed. William Aldis Wright. Cambridge: Cambridge UP, 1904.

Babb, Lawrence. *The Elizabethan Malady: A Study of Melancholia in English Literature from 1580–1642*. East Lansing: Michigan State College P, 1951.

Bates, Catherine. *The Rhetoric of Courtship in Elizabethan Language and Literature*. Cambridge: Cambridge UP, 1992.

Bath, Michael. "Weeping Stags and Melancholy Lovers: The Iconography of *As You Like It*." *Emblematica* 1 (1986): 13–52.

Berry, Edward J. "Rosalynde and Rosalind." *Shakespeare Quarterly* 31 (1980): 42–52.

Bevington, David. "'Jack Hath Not Jill': Failed Courtship in Lyly and Shakespeare." *Shakespeare Survey* 42 (1990): 1–13.

Boase, Roger. *The Origin and Meaning of Courtly Love: A Critical Study of European Scholarship*. Manchester: Manchester UP, 1977.

Bullinger, Heinrich. *The Christen State of Matrimony*. Trans. Myles Coverdale. 1541; Amsterdam: Theatrum Orbis Terrarum, 1974.

Burton, Robert. *The Anatomy of Melancholy*. Oxford: Thornton's, 1993.

Capellanus, Andreas. *The Art of Courtly Love*. Trans. John Jay Parry. London: Norton, 1969.

Castiglione, Baldassare. *The Book of the Courtier*. Trans. Sir Thomas Hoby. London: J. M. Dent, 1928.

Fleming, Juliet. "The Ladies' Man and the Age of Elizabeth." *Sexuality and Gender in Early Modern Europe*. Ed. James Grantham Turner. Cambridge: Cambridge UP, 1993. 158–181.

Frye, Northrop. *Anatomy of Criticism*. Princeton: Princeton UP, 1957.

Garber, Marjorie. "The Education of Orlando." *Comedy from Shakespeare to Sheridan: Change and Continuity in the English and European Dramatic Tradition*. Eds. A. R. Braunmuller and J. C. Bulman. Newark: U of Delaware P, 1986. 102–113.

Hackett, Helen. "'Yet Tell Me Some Such Fiction': Lady Mary Wroth's *Urania* and the 'Femininity' of Romance." *Women, Texts and Histories 1575–1760*. Eds. Clare Brant and Diane Purkiss. London: Routledge, 1992. 39–40.

Helgerson, Richard. *The Elizabethan Prodigals.* Berkeley: U of California P, 1976.

Hunter, G. K. John Lyly: *The Humanist as Courtier.* London: Routledge & Kegan Paul, 1962.

Jeffery, Violet M. *John Lyly and the Italian Renaissance.* Paris: Librairie Ancienne Honoré Champion, 1929.

Kinney, Arthur F. *Humanist Poetics: Thought, Rhetoric, and Fiction in Sixteenth-Century England.* Amherst: U of Massachusetts P, 1986.

Latham, Agnes. "Introduction." William Shakespeare. *As You Like It.* The Arden Shakespeare. London: Routledge, 1975. ix–xcv.

Lodge, Thomas. *Rosalind: Euphues' Golden Legacy Found After His Death in His Cell at Silexedra.* Ed. Donald Beecher. Barnabe Riche Society. Ottawa: Dovehouse, 1997.

Lyly, John. *Euphues. The Complete Works of John Lyly.* Ed. R. Warwick Bond. Vol. 1. Oxford: Clarendon, 1902.

——. *Euphues and his England. The Complete Works of John Lyly.* Ed. R. Warwick Bond. Vol. 2. Oxford: Clarendon, 1902.

Lyons, Bridget Gellert. *Voices of Melancholy: Studies in Literary Treatments of Melancholy in Renaissance England.* London: Routledge & Kegan Paul, 1971.

Mincoff, Marco. "Shakespeare and Lyly." *Shakespeare Survey* 14 (1961): 15–24.

Morton, M. Hunt. *The Natural History of Love.* London: Hutchinson, 1960.

Ovid. *The Cures for Love. Ovid: The Love Poems.* Trans. A. D. Melville. Oxford: Oxford UP, 1990.

Ozment, Steven. *When Fathers Ruled: Family Life in Reformation Europe.* Cambridge, Mass.: Harvard UP, 1992.

Schleiner, Louise. "Ladies and Gentlemen in Two Genres of Elizabethan Fiction." *Studies in Literature 1500–1900* 29 (1989): 1–20.

Shakespeare, William. *As You Like It.* Ed. Agnes Latham. The Arden Shakespeare. London: Routledge, 1975.

——. *Love's Labour's Lost.* Ed. R. W. David. The Arden Shakespeare. London: Routledge, 1951.

Shugg, Wallace. "Prostitution in Shakespeare's London." *Shakespeare Studies* 10 (1977): 301–3

Smith, Henry. *A Preparative to Marriage.* 1591; Amsterdam: Theatrum Orbis Terrarum, 1975.

Takemura, Harumi. "'Whilest louing thou mayst loued be with equall crime'?: *The Faerie Queene* and the Protestant Construction of Adulterous Female Bodies." 『姫路獨協大学外国語学部紀要』第14号 (2001): 149–69.

Tentler, Thomas N. *Sin and Confession on the Eve of the Reformation*. Princeton, New Jersey: Princeton UP, 1977.

Tilney, Edmund. *The Flower of Friendship: A Renaissance Dialogue Contesting Marriage.* Ed. Valerie Wayne. Ithaca: Cronell UP, 1992.

Vicari, E. Patricia. *The View from Minerva's Tower: Learning and Imagination in The Anatomy of Melancholy*. Toronto: U of Toronto P, 1989.

Walker, Steven F. "'Poetry is / is not a cure for love:' The Conflict of Theocritean and Petrarchan Topoi in the *Shepheardes Calender*." *Studies in Philology* 76 (1979): 353–365.

Woodbridge, Linda. *Women and the English Renaissance: Literature and the Nature of Womankind, 1540–1620*. Urbana and Chicago: U of Illinois P, 1986.

ペトルーキオの「物語」
——父権制と「男らしさ」——

小林　かおり

Do but consider, pray, what is a man,
till such times as he doth marry.

"The Benefit of Marriage"[1]

結婚する前の男とは「男」なんでしょうか。

『じゃじゃ馬ならし』は、シェイクスピアのほかの喜劇と同じく、結婚前の若者が成人していく通過儀礼的な過程を描いている。ただし、ほかのほとんどの喜劇が若者が結婚にたどり着くまでの困難な過程を追っているのに対して、『じゃじゃ馬ならし』は結婚そのものにおける若い男女の様子を扱っている。求愛、結婚式、そして、結婚後の過程までが描かれている点では、ほかの喜劇とは異なっている。ペトルーキオは強引にケイトに結婚を申し込み、自分の妻にしてからは、彼女を飼い馬のようにならしていく。この過程は、しばしば一方的で残酷なものと見なされるが、「じゃじゃ馬」と呼ばれ共同体の逸脱者と見なされていたケイトは、この過程を通して「妻」としての役割を学んでいく。[2] しかしながら、じつは、この過程はペトルーキオが「夫」としての役割を学んでいく過程でもあるのだ。本論では、近代初期イングランドで考えられていた「一人前の男」になるための条件や「男らしさ」に焦点を当て、「半人前の男」ペトルーキオが結婚を通して「一人前の男」になっていく「物語」を解明する。

結婚の重要性

結婚は、近代初期イングランドの女性にとって極めて重要なことであった（Lawrence 41–60）。しかも、女性のアイデンティティーは男性との関わりからしか規定されることはなかったのである。『尺には尺を』のなかで、公爵はマリアナに「おまえはいったい何者だ」と尋ねる。

公爵　なに、おまえは結婚しているのか。
マリアナ　いいえ。
公爵　まだ、結婚していない娘だというのか。
マリアナ　いいえ。

公爵　それでは、未亡人なのか？
マリアナ　いいえ、そうでもありません。
公爵　とすれば、何でもないわけだな。娘でも、未亡人でも、人妻でもないとすれば。
ルーシオ　きっと、淫売女でしょう。淫売女には娘でも、未亡人でもないのがいくらでもいますから。

（五幕一場一七三―八一行）[3]

マリアナのアイデンティティーは結婚しているか否かで決まるものであって、彼女自身は「なんでもない」存在なのである。しかも、ルーシオの言葉が表すように、「娘でも未亡人でも人妻でもないとすると」、「娼婦と見なされてしまう。ティリーの格言集にも、こんな諺がある。「人妻でも未亡人でも処女でもない女は、娼婦である」（M26）。このように、女の自己同一性は男との関係によってのみ規定されるもので、そうでない女は共同体のアウトサイダーと見なされた。

他方、男にとっても、結婚することは一人前になるために不可欠な過程であった。当時、男は結婚してはじめて「一人前の男」になると考えられていたのである。たとえば、マシュー・グリフィスは、結婚していない男は「半人前の男」であると述べている。[4]男は結婚してはじめて、共同体の一員として認められ、特権を与えられ、尊敬を払われた。たとえば、トーマス・スミスは「結婚して子供をもうけ近隣の人々のあいだである種の権威を持たない限りは、誰も彼をヨーマンと呼ぶことはない。」と述べている（Smith 45）。また、「結婚したての男の嘆き」と呼ばれた当時のバラッドには、独身生活を懐かしんでは、結婚生活に不平ばかり述べる夫に、妻が「男は妻をめとってはじめて信頼を得られるのです。妻は夫に社会的な信頼を与えることができるのです」と諭す場面がある。[5]『じゃじゃ馬ならし』の序幕では、領主が酔っ払いのスライを騙し、彼に鋳掛け屋ではなくじつは貴族であると信じ込ませるためにさまざまな工夫を凝らすが、スライはなかなか信じようとしない。ところが、スライは、自分に「妻」がいることを知らされると、自分を「正真正銘の貴族」(序幕二場九七行)であると納得する。[6]つまり、「妻」がいてはじめて、自分が「一人前の貴族」であると確信するのである。

近代初期イングランドでは、男が一人前として認められるには、「妻」が必要であった。女たちのアイデンティティーがつねに男たちとの関係の上に成り立っており、結婚が重要視されたと同じように、じつは、男たちにとっても結婚は「一人前の男」になるために必要不可欠な過程であったのである。

「一人前の男」

それでは、「一人前の男」とはいったいどんな男を指したのか。また、当時の「男らしさ」とはいったいどんなものだったのだろう。『近代初期イングランドにおける男らしさ』を著したエリザベス・フォイスターは、当時、「理性」と「肉体的な強さ」を兼ね備えた男を「男らしい」と称していたと指摘する(Foyster, *Manhood* 29–31)。人間は、理性を持っている点で野獣とは区別され、男性の理性は、情熱、情欲、誘惑に負けやすい女性の理性とも区別され、尊重されていた。たとえば、ウィリアム・グージは『家庭内の義務』(一六三四)のなかで、「頭が肉体を守り必要なものを与えるように、夫は妻を守って養うのです」と述べているが、ここでは、男性が理性を持った頭に、女性は肉体に喩えられているのである(Gouge 28, 77)。理性を欠いた女を支配するのは男の役目であると考えられていたのである。

そして、理性で自分をコントロールできない男は、「男らしくない」もしくは「女々しい」と見なされた。たとえば、嫉妬に狂う男、激情に駆られる男、また、酒に酔った男などは、自制できない男として軽蔑された。たとえば、『じゃじゃ馬ならし』で、劇の冒頭、路上で酔いつぶれているスライを見つけ、領主は「ああ、忌まわしい獣！ 豚のように眠りこけておる！ 恐ろしい死も、この姿からすれば、汚らわしい、いとわしいものとしか思われぬ」（序幕一場三〇―一行）と述べるが、酒を飲んで理性を失う行為は、野獣のすることであり、男らしさに悖る行為と考えられていたのである。また、男性は、肉体的な強さの点で女性とは異なっていると考えられていた。当時の体液病理学は、男性と女性の肉体的構造は同一でも、女性の体液は、「冷たい」ために、肉体的に虚弱で機能的に劣っていると見なされていた（Fletcher 30–82; Sommerville 10–11）。さらに、男性は、肉体的な強さを維持するために、狩猟、レスリング、フェンシングなどのスポーツを行うことを勧められていた（Ben-Amos 183–207）。

そして、理想的な男とは、理性と肉体の強さを兼ね備えたうえに、独立していなければならなかった。経済的に自立していない徒弟や息子は、けっして一人前の男と見なされることはなかった（Amussen, "Christian" 227）。一人前になるには、結婚していなくてはならず、男の義務は家長として家族を守り養うことにあり、もっとも大切なのは、家長として家庭の秩序を守ることであった。しかも、こうした「男らしさ」は生まれや地位とは関係なく、自分で身につけなければならないものであり、男の力量は他人に誇示してはじめて認められた[7]。つまり、家族をしっかりと管理し家庭の秩序を保っていることを共同体に指し示すことは、「男らしさ」の重要な要素であると考えられていたのである[8]。

近代初期イングランドでは、家族の管理は為政者の国家管理とのアナロジーで捉えられていた。つまり、家長が家族の秩序を守ることは、国王が国家秩序を守ること同様、精神的だけではなく、政治的にも重要なことであった。とくに、ピューリタンを中心としたプロテスタントたちは、家庭が今までの教区の代わりとなり、家長が以前の牧師の役目を果たすべきであると説いた。夫は、家族の頭として家族の倫理面、精神面を管理する責任を担うようになったのである。グージは、家族を「小さな王国」に喩え、家長は家庭の君主であると述べている（Gouge 17）。ローレンス・ストーンが指摘するように、ピューリタン的な新しい家族観は、夫の妻や子供に対する支配権を減少させるどころか、反対に強化していった（Stone 124–202）。家族は、以前にもまして、家族の頭である夫に服従するように求められたのである。

こうした厳しいヒエラルキーのなか、妻、子供、召使といった家族を管理できる力量を見せてはじめて、夫は「一人前の男」として扱われた（Foyster, "Male" 215）。裏を返せば、男は家長として家族を管理できなければ、公的な場での管理能力を問われ、「一人前の男」としての義務を果たしていないと非難を受けたのである。一六一二年に書かれた教訓書には、「自分の家庭をどのように管理していいのかわからない男は、国家を管理することなど到底無理である。」とある（Dod & Cleaver 16）。つまり、家族の秩序を保っていることを共同体に指し示すことは、「男」の力量を証明することであり、きわめて重要なことだったのである。

妻の管理

家族のなかでも、とくに、妻を管理することが一人前の男としての義務であった。トーマス・スミスは、『アングロ共和国』（一五八三）のなかで、神は「女を理性と力で従属させるために、知恵と肉体的な力、そして勇気を男にお与えになった」と述べている（Smith 13）。ことに、妻のセクシュアリティーの管理を誤り、共同体に「寝取られ男」のレッテルを貼られるのは、男として最大の恥とされていた（Foyster, *Manhood* 9–10, 19, 103–07）。当時の演劇やバラッドには、「寝取られ男」になり名誉を失うことを恐れる男たちの話が多く存在する。シェイクスピアの『ウィンザーの陽気な女房たち』のフォードは、妻に浮気をされ、夫としての名誉が損なわれないよう東奔西走する。また、ジョン・フォードの『壊れたハート』のバサーネスは、自分の名誉を守るために妻を閉じ込めておくのである。

夫に従順でない妻や「じゃじゃ馬」、「がみがみ女」は、逸脱する存在としてたびたび社会的制裁を加えられたが、罰せられて辱しめを受けるのは彼女たち自身だけではなく、彼女たちの夫たちでもあったことは注目に値する。たとえば、当時、こうした社会的制裁としてよく行われていたものに「シャリヴァリ」がある。イングランドでは、「シャリヴァリ」の一種である「スキミントン」がよく行われたが、これは妻が夫の主導権を握っていたり、花婿が老人で花嫁よりずっと年をとっていたり、花嫁が年をとった未亡人で花婿が若すぎたりと、村落共同体が定めた「常識」を逸脱した結婚生活をおくる夫婦に対して行われた社会的制裁であった。スキミントンでは、若い男が反逆的な「妻」に変装し、ほかの男が「夫」に変装して逸脱した夫婦をパロディ化した。また、近所の人々が鍋ややかんを叩き「ラフ・ミュージック」と呼ばれる大騒ぎをし、逸脱した夫婦の家に行列を繰り出して制裁を行った。[9] こうした「ばか騒ぎ」は、共同体が定めた男女の役割分担を徹底させる目的で行われ、規範を逸脱した夫婦を嘲りの対象とし、スケープ・ゴート化することによって共同体の秩序を守っていくものであった。[10]

また、スキミントンのほかに、とくに、「じゃじゃ馬」や「がみがみ女」に対してなされる社会的制裁として、「懲罰椅子」（"cucking stool"）と呼ばれた責め道具を使った体罰があった。懲罰椅子とはまさに椅子のような形をしており、罰せられる者は椅子に座らされ、縛りつけられたあと、家の前や広場に据え置きされて衆人の嘲りの的にされたり時には水を頭からかけられたりした。この水は近くの川の水が使われることもあったが、馬の洗い場の水をかけられることもあった。[11]村落共同体では、懲罰椅子は違った名前で呼ばれ、さまざまな形態のものがあった。しばしば、椅子が荷車の上に括りつけられ、「じゃじゃ馬」や「がみがみ女」は、村中引き回されることもあった。口うるさい女たちは、「荷車に乗せられ、手には紙を持たされ、洗面器をがんがんと鳴らす音で周囲の注意を集められ［……］懲罰椅子に乗せられた後、水の中に漬けられるのであった」(Boose 186)。

「じゃじゃ馬」を罰する道具として、ほかには、「がみがみ女の轡」("scold's bridle") もしくは「ブランク」("blank") と呼ばれたものがある。これらの道具を使うことは法で禁じられていたので、裁判記録には残っていないが、じっさい、さまざまな共同体で、さまざまな形態の「轡」が使われていた。T・N・ブラッシュフィールドは、一九世紀に彼がチェシャーで見つけた「轡」について次のように述べている。

> 「轡」は、口やかましい女の頭にきっちりはまるように蝶番のようなもので留められていた。どんな頭の大きさにも合うように工夫が施され錠前もついていた。頭部の形に合わせて丸くなった部分の内側には小さな金属がついており、この道具をきちんと頭にかぶせると、この金属が女の舌を押しつけ効果的に「轡」の役割を果たしたのである。［……］これをかぶせられ舌を使えないまま、がみがみ女は時々町なかの市の立つ広場など目立つ場所の杭に縛りつけられた。[12]

マーティン・イングラムが指摘するように、こうした制裁を受けた女のうち、大半が結婚した女であった。

そして、体罰の結果、妻ばかりではなく、夫も屈辱を受け、夫婦そろって隣人に復讐をする者もいたのである（Ingram 61–63）。前述したスキミントンでも、辱しめを受けた夫が町を去ったあと、自分と妻に屈辱感を与えた隣人たちを告訴したケースが記録されている。[13] スキミントンや懲罰椅子、「ブランク」を使った社会的制裁を受け辱められたのは、常識を逸脱した妻ばかりではなく、妻の管理を誤った夫の両方であった。つまり、妻をコントロールできない夫も制裁の対象となったのであり、「一人前の男」としての管理能力の欠如を嘲りの対象にされたのである。

理性と暴力

それでは、近代初期イングランドでは、「一人前の男」として、どのように妻を管理するべきとされていたのだろう。当時の説教集などでは、妻を暴力ではなく、理性によって管理するようにと説いている。たとえば、ウイリアム・ヒールは『女の弁護』（一六〇九）のなかで、人間は野獣と異なって理性を持った存在であるから、理性を失って暴力に訴えてはならないとしたうえで、「妻は理性で持って説得すべきです」としていた。[14] S・D・アムゼンは、以前は、「男らしさ」を誇示するには、肉体的優位や暴力を通してなされていたものが、この時期に自制心にとってかわられたと指摘している（Amussen, “Christian” 227）。こうした変遷は、「結婚に関する説教」（一五六三）によくあらわれている。

夫とは、調和を求めるために、愛情に基づいた指導者、創造者となるべきです。そしてそのためには、暴虐ではなく自制を持たなくてはなりません。[……] 夫は、いくらかのことに対しては目をつぶって、すべてのことを寛容に解釈し、耐えなくてはならないのです。[……] しかしながら、通俗な男は、自制するなど、男に悖る行為だと判断します。というのも、自制など女々しい臆病者の印であり、いきまいてこぶしを振り上げて戦うことこそが、男の役目であると考えるのです。[15]

つまり、以前は、肉体的優位を誇って妻を暴力で屈服させることが夫の役目とされていたが、もはやそういった考えは、通俗な男が持つものにすぎず、男らしい男は理性でもって妻を管理するべきだと説いているのである。

たしかに、当時、秩序だった家庭のなかで、「矯正」や「訓練」を目的とする家長の暴力は認められていた。とくに、子供や召使に対する暴力は、家長だけではなく女主人や母親にも認められていたのである(Amussen, "Being" 72–77)。しかしながら、何の理由もなく暴力を振るったり、殴られたものが怪我をしたり、といった「限度」を超えたものは、けっして許されることはなかった(Amussen, "Punishment" 32)。とくに、夫の妻に対する暴力は節度を持ってなされるべきであるとされた。一六三一年に書かれた『女性の権利の法的な解決』では、夫は妻に対して「思慮分別のある矯正」を行うべきであるとしている(T. E. 128–29)。また、ウィリアム・ウエイトリーは、妻が極端に傲慢であったり反抗的である場合に限って、暴力に訴えてもよいが節度を保って行うべきであるとしている(Whateley 123, 128–29)。「限度」を超えた暴力は、肉体的な力を行使するさいに、理性で自分を抑制することができない結果であるとみなされた。ウエイトリーは、妻を不当に殴ることは「きちがい沙汰」であると捉え、グージは、結婚して夫と妻は一心同体になったはずだから、妻を殴ることは自分を殴ることであり、「血迷った、猛烈に怒った、自暴自棄な男だけ」がすることであると述べている(Whateley 170–73; Gouge 395)。また、ドッドとクリーヴァーは、『神の意に沿う家庭のあり方』(一六一二)のなかで、「妻を傷つけることは自分の名誉を傷つけることである」と述べている。[16] このように、正当な理由もなくたんに妻を殴ることは、理性を失った行為であり、「一人前の男」にとって不名誉なことであった(Foyster, "Male" 219)。どの説教集も、「一人前の男」は理性を尊ぶべきであると説いた。前述したように、理性は人間を野獣と区別し、男を女から差別化するものであった。

当時の教会の裁判記録には、夫の「限度」を超えた暴力を訴える記録が多く存在する。[17] 実際に、家庭内の暴力があとをたたなかったために、暴力による家族の支配を諌める説教が出されたと考えるのが妥当であろう。ところが、当時の裁判記録には、「限度」を超えた暴力は、隣人や友人の戒めの対象になっていたことを示しているものがある(Amussen, "Being" 79–82)。アムゼンが指摘するように、近代初期イングランドにおいて、家庭内暴力は限度を超えることのないよう共同体の監視下に置かれており、暴力を行使する家長の権限もつねに限られたものであった(Amussen, "Being 82–84)。不当に主張された父権的な権力は制裁の対象となった。つまり、肉体的な優位さを誇って女性を管理することは、けっして、名誉なことでも父権制を強化するものでもなかったのである。

「半人前の男」ペトルーキオ

このように、近代初期イングランドの「一人前の男」に要求された義務や当時の「男らしさ」を調べてみると、『じゃじゃ馬ならし』の新たな一面が浮かび上がってくる。『じゃじゃ馬ならし』には、「半人前の男」ペトルーキオが、結婚を通して「一人前の男」になっていく過程が描かれている。多くの批評家が指摘するように、『じゃじゃ馬ならし』では、ケイトは、「がみがみ女」と称されているにもかかわらず、じつは舞台の上ではほとんど話すことはない。ペトルーキオの強引な求婚のあとや、第五幕の「従順」に関するスピーチのあとに、ケイトに与えられた台詞はなく、観客は、彼女がなにを考えているかなど知るすべもない。一方、ペトルーキオには、観客が、彼の「意図」を推し量るに十分な台詞を与えられ、独白をも与えられている。『じゃじゃ馬ならし』は、その題名のとおり、ならされる女の物語ではなく、ならしていく男の物語なのである。この「物語」のなかで、「半人前の男」ペトルーキオは、結婚という過程を通して、家長として家族を管理していくノウハウを学んでいく。

父を亡くしたばかりのペトルーキオは、「故郷を離れて幸運をつかむ」(一場二幕四八行)ために、パデュアへとやってくる。彼にとっての幸運とは、妻になる女を捜し、成功することである。つまり、ペトルーキオは、父の死後、家長を継がなくてはならず、そのためには妻が必要なのである。ところが、出会った女は並外れた「じゃじゃ馬」で、「一人前」の夫になるためには、彼女を管理し、「貞節・寡黙・従順」といった当時の女の美徳を身につけさせねばならない。[18]

前述したように、近代初期イングランドでは、公然と意見や不満を述べる「じゃじゃ馬」や「がみがみ女」は、男性支配を揺るがす脅威として捉えられていた。『英国説教集』が述べるように、「じゃじゃ馬」は社会の秩序を守るために、屈辱を与えられ、罰せられるべき存在だったのである。

口論をすることは、国中の共同体、また、秩序ある社会にとって有害であるから、騒ぎ立てるものやがみがみ女はしかるべき苦痛を与えて罰するべきである。［……］悪魔を罰してしまえば二度と悪魔の舌は使われることはないのだ。[19]

そして、前述したように、限度を超えた「じゃじゃ馬」や「がみがみ女」は、社会的制裁を受けて罰せられていた。

ペトルーキオも、父権制社会の一員として「じゃじゃ馬」を矯正していく。もし妻を管理し損なえば、自分の夫としての管理能力を疑われてしまうのである。しかも、この過程のうらにはケイトのセクシュアリティーを管理しようとする試みが見られる。「じゃじゃ馬」や「がみがみ女」は、しばしば、「娼婦」や「姦通者」と同じく、飽くことのない性欲を持った淫らな女だと考えられていた。女性の舌は男性の男根とのアナロジーで捉えられ、自分の言葉を自在に操る女性は、男性の権利を不当に侵害するばかりか、亭主を「寝取られ男」にしかねない「淫らな女」とみなされていた。フランスのある教会の聖職席の畳み込み椅子の裏に取りつけられた持ち送り（ミセリコード）には、舌に錠前をつけられた女の図像が彫られている。この修道女、もしくは農婦は、男根を象徴するベルトを身につけている。そして、男根をあらわすような彼女の舌には錠前がかけられているのだ（Borin 228）。女性のセクシュアリティーを管理しようとして貞操帯を生み出した父権制社会は、同じように女性の舌を管理しようとしたのである。前述した「がみがみ女の轡」が、貞操帯をさかさまにしたような形になっているのは偶然ではないだろう。

『じゃじゃ馬ならし』では、ケイトは「じゃじゃ馬」であるために、しばしば「淫らな女」であると捉えられている。たとえば、グレミオは、ケイトに結婚を申し込む（"court"）くらいなら、彼女を町中荷車に乗せて引き回す（"cart her"）ほうがましだ（一幕一場五五行）、と言っているが、前述したように、「荷車に乗せられること」(“carting”) は「じゃじゃ馬」だけではなく「娼婦」の宿命であった。また、求婚の場では、ペトルーキオがケイトの「貞節」を疑っているように取れる個所がある。

ケイト　残念ながら、私は驢馬ではないわ、あなたみたいな。
ペトルーキオ　残念ながら、俺だって乗っかる気はないな、
　だって、君は、若くて軽い (light) んだもの。
(二幕一場一九七―九行)

ケンブリッジ版『じゃじゃ馬ならし』の編者であるアン・トンプソンが指摘するように、この“light”は、「やせている」という意味であると同時に、「多くの男性と性関係がある」という意味を持つ。[20] そして、ペトルーキオは、「ああ、君こそダイアナたれ、ダイアナこそはケイトたれ、ケイトは貞節に、女神は淫らになりますように」(二幕一場二五〇―一行)と願う。ペトルーキオの「ならし」は、ケイトに「寡黙」、「従順さ」を身につけさせるためのものだけではない。彼はケイトの「貞節」を疑い、彼女のセクシュアリティーをも管理しようとするのである。前述したように、妻の管理を誤り「寝取られ男」のレッテルを貼られるのは、「一人前の男」にとっては最大の屈辱であった。ペトルーキオは、なんとしてもケイトを「矯正」しなければならないのである。

「私を殴るのなら、あなたに紳士の資格はないわ」

中世・ルネサンス期のヨーロッパでは、「じゃじゃ馬ならし」の話はバラッド、民話、演劇を通じて広く知れ渡っていた。シェイクスピアは、「じゃじゃ馬」のステレオタイプとその「ならし」の話をこうした伝統から取ったと言われている（Hosley 289–308）。たとえば、一六世紀には、『羊の皮に包まれた妻』と『よい行いをしたために塩漬けの馬の皮に包まれた口うるさい妻の陽気な話』という二つの「じゃじゃ馬ならし」のバラッドが書かれたが、そのプロットは『じゃじゃ馬ならし』に驚くほどよく似たものである。[21]『羊の皮に包まれた妻』で、ロビンという名の臆病な夫は、妻の親族の手前、気の強い妻を直接に叩けない。そのため、妻を羊の皮に包んで従順になるまで叩く。これより野蛮なのが『よい行いをしたために塩漬けの馬の皮に包まれた口うるさい妻の陽気な話』で、夫は妻を叩いた後で塩漬けにした年老いた馬の皮に包んでさらに叩き、妻を飼いならしていく。この話は宴会のシーンで終わるのだが、そこでは妻がすっかり従順になっている。そして、「これよりうまくじゃじゃ馬を飼いならせるお方がいらっしゃったら、一〇ポンドと金の財布を差し上げましょう」というエンディングで話は終わる。[22]こうしたバラッド、民話、戯曲は細かい点では異なっているものの大筋はみなよく似ている。男性中心社会の定めた「貞節・寡黙・従順」といった女の美徳から逸脱した「じゃじゃ馬」は、共同体の厄介者であり、夫や父権制社会の規範に服従してはじめて共同体に受け入れられる存在になる。

しかし、シェイクスピアの『じゃじゃ馬ならし』には、ほかの「じゃじゃ馬ならし」の話とは大きく異なっている点がある。それは、ケイトの扱われ方である。ペトルーキオの「ならし」の過程は、ほかのバラッドや民話に比べると、さほど残酷でも野蛮でもない。ペトルーキオは、男の肉体的優位性を誇示し暴力に訴えて妻を矯正してはいないのである。二幕一場、求婚の場で、ケイトはペトルーキオを殴る。ペトルーキオは、「もう一度やってみろ、こっちも本気で手を上げるぞ」（二幕一場二二四行）と言い返すが、それに対して、ケイトはこう応える。

手を上げて私を放してくれるのね、と同時に、
あなたも紳士としてはお手上げになるわ。
だって女の私を殴るようなら、あなたに紳士の資格はないわ。
（二幕一場二二五―六行）

たしかに、現代の観客にとっては、ペトルーキオの「ならし」の過程は暴君的で残酷なものとして映るかもしれない。しかしながら、この過程は当時の「一人前の男」の規範にのっとったやり方なのである。つまり、共同体に非難されないよう家庭の秩序を守るため、妻を矯正するのは家長の役目であった。しかも、妻の管理を正当な理由もなくむやみに暴力に訴えることは、「一人前の男」のすべきことではなく、「半人前の男」ペトルーキオが、「一人前の男」になるためには暴力で妻を矯正する道を選ぶべきではない。この求婚の場では、楠も指摘するように、ペトルーキオは、ケイトをまさしく「言葉」によって圧倒していくのである（楠 96）。

たしかに、ペトルーキオは、召使を「矯正」するために、たびたび暴力を行使する。しかし、妻に対して肉体的優位性を強調することはあるとしても、けっして手を上げることはない。[23]彼の「ならし」の方法は、四幕一場の独白で明らかである。

こうして俺は、「巧く」（"politicly"）亭主としての支配権を確立し始めた。
このままうまく行ってくれればいいのだが。

（四幕一場一五九―六〇行）

シュミットの『シェイクスピア・レキシコン』は、『じゃじゃ馬ならし』のこの場面を例に挙げ、"politicly" は、"prudently, wisely" を意味するとしている[24]。つまり、ペトルーキオの方法は、分別のある賢明な計画にのっとったものであり、その場限りの激情に駆られて暴力に訴えるものではない。しかも、自分の妻を「鷹」のように馴らす方法は、じつは、当時、鷹との友愛を育てるものであって、けっして鷹の気質を損なう方法ではなかった（Dolan 306）。鷹匠は、鷹に餌を与えなかったり眠らせなかったりするときに、自分も食事や睡眠を断っていた。ペトルーキオも、「ならし」の過程で、ケイトと同じように食事も睡眠も取ってはいない。一六一五年に鷹の訓練法について著したサイモン・レイサムは、鷹を訓練するさいには、怠け者であってはならず、鷹の様子を知るためにつねに一緒にいるべきだとしている。そして、鷹匠はほかのことに気をとられたりすることなく、鷹との関係に専念すべきであると述べている（Latham 8）。この鷹匠と鷹の関係は、理想的な夫婦の関係を思わせるものがある（Ranald 128）。

ペトルーキオの方法は現代の意味での「友愛的な」方法ではけっしてない。しかしながら、彼の「ならし」の手法は、ほかのバラッドや民話と比較すると、残酷でも非情でもなく、また、けっして暴力に訴えるものではない。ペトルーキオが、「一人前の男」になるために学ぶべきことは、暴力ではなく「理性」による妻の管理なのである。

「男」としての力量

そして、当時の「一人前の男」にとって大事だったのは、男としての力量を他人に誇示して共同体に「男らしさ」を確認させることであった。つまり、自分が夫として妻をしっかりと管理していることを共同体に認められなければ、「一人前」ではないのである。『じゃじゃ馬ならし』の五幕二場の「賭けの場」は、まさに、妻を管理する男の力量を証明する場である。ここでは、結婚したばかりの夫三人のうちで、誰が一番妻を思い通りにすることができるかを賭ける。たしかに、妻の「従順さ」を鷹や猟犬のように扱って賭けの対象にすることは、男性優位の図式そのもののように一見、見受けられる。しかしながら、じつは、妻の「従順さ」を他人に見せつけなければ、男は「一人前の男」として認められないのである。ビアンカや未亡人のように夫に従わない妻を持つ男は、「百クラウン」（五幕二場一二八行）を損するばかりではなく、男としての名誉も失ってしまう。つまり、従順な妻がいてはじめて、男は「一人前の男」になるのであって、「男らしさ」とは絶対的なものではなく、相対的な関係から生じるものであった。

「賭けの場」に続くケイトの妻の「従順さ」について語るスピーチには、こうした男／女の関係があらわれている。たしかに、ケイトは、妻にとっての夫とは、召使にとっての主人であり、体の部位であれば頭であり、臣下にとっての君主である、という当時のヒエラルキー的な秩序観を受け入れている。

夫は、私たちの主人、私たちのいのち、私たちの保護者、
私たちの頭、私たちの君主なのよ。
（五幕二場一四六―七行）

しかしながら、シェイクスピアの『じゃじゃ馬ならし』のケイトのスピーチには、同じ頃に書かれた作者不明の劇『ジャジャ馬ならし』と比較すると、異なったジェンダー観を見てとることができる。『ジャジャ馬ならし』では、「イヴの罪」が強調され、中世的なジェンダー観が述べられている。

今までわがまま放題に生きてきた人たち、
私の言うことを聞きなさい。
［……］
世界の最初は、形のない形をしていたのです。
［……］
世界の偉大な指令者、神の国の王者が現れるまで、
すべてのものは混沌としていました。
神は、六日間でその仕事を終えられ、
すべてのものを秩序ある形に整えられたのです。
それから、神は自分の姿形に似せて男を創られました。
これがアダムです。そして、彼が寝ているあいだに、
その肋骨を取って、アダムが「人間の災い」と呼んだ女を創られました。
女のせいで私たち人間は罪を背負うことになったのです。

女のせいでアダムは死ぬはめになったのです。
ですから、私たち女は、サラが夫アムラハムに仕えたように、
夫に従順になり、夫を愛し、世話をし、食事の支度をしなくてはならないのです。
もし夫が助けを求めたら、
私たちは夫の足元に踏まれてもかまいませんから手を差しのべるべきです。
そうすれば、たとえ最初の罪が私たちのせいでもたらされたとしても、
安らぎを与えることができるかもしれません。
ですから、こうして私は夫の足元に手を差しのべるのです。
（八七頁）[25]

『ジャジャ馬ならし』のケイトの語りは、封建的な神学者と同じように、創世記の創造と堕落の話を根拠に夫の権威を正当化している。[26] 女のせいで罪と混沌が引き起こされたのだから、女は、男に比べると、知的にも道徳的にも身体的にも劣った生き物であり、男に服従しなくてはならない。一五六二年から、教会で読まれるようになった「結婚についての説教」も、同様に女が劣性であることを強調している。

女は弱い生き物である。意志も弱く、心を平静に保つこともできない。
だから、女たちは、男たちに比べると、すぐに騒ぎだし、
弱気になり、気質も弱々しい。
女たちは、軽々しく、無駄に想像したり意見を言ったりするのだ。[27]

『ジャジャ馬ならし』も「結婚についての説教」も、女が劣性であることを、聖書を根拠に当然の帰結と捉え夫への服従を促すものであった。

『ジャジャ馬ならし』や「結婚についての説教」と照らし合わせてみると、ケイトの「従順さ」に関するスピーチにあらわれるジェンダー観は、けっしてこのような中世的な女性蔑視ではなく、個人と個人の契約のもとに成り立っているものだということがよくわかる（Thompson 29)[28]。たしかに、夫は妻よりも優れているとみなされてはいても、夫と妻の関係は、夫が妻を支配するという一方的なものではなく、個人対個人の相対的な関係であると強調されている。男も女も果たすべき役割がある。家族の頭である夫は、妻のためを思い「妻が安楽に暮らせるよう、身を粉にして、海に陸に働きつづける」（五幕二場一四八—九行）べきであり、いっぽう、女は家にいて、夫のために「愛と、やさしい顔と、従順な心」（五幕二場一五一—三行）を与えるべきなのである。夫が義務を果たしてはじめて、女は夫に仕えるべきであり、夫が一方的に妻を服従させるわけではない。そして、夫は、妻が従順になってはじめて、「夫」として認められるのである。ここに述べられている男女の関係は、男女がそれぞれの役割分担を果たしてはじめて成り立つものであって、夫が一方的に父権的な権力を行使し、妻を屈服させるものではない。たしかに、ケイトが述べる男女の「平等な関係」は、現代から見ればけっして「平等」とは受け止められない。しかし、当時のほかの「じゃじゃ馬ならし」の話や、女性の劣性を当然と考える説教などと比べれば、シェイクスピアの『じゃじゃ馬ならし』には、当時の「男らしさ」が絶対的なものではなく、男／女の相対関係から規定されるものでしかなかったことが見受けられるのである。

「一人前の男」になるための指南書

ペトルーキオの「ならし」の過程は、多くの批評者や観客、読者から、一方的で専制的なものと非難を受けてきた。しかし、これまで見てきたように、これは、「半人前の男」ペトルーキオが「一人前の男」になるためには、必要不可欠な過程だったのである。ペトルーキオは「じゃじゃ馬」を従順な妻に馴らして、一人前の家父長になっていくのである。前述したように、この劇では、もともとケイトはほとんど話すことはなく、劇全体はペトルーキオの「物語」になっている。『じゃじゃ馬ならし』の物語は「一人前の男」になるための指南書のような性格を持っており、「男」のための物語としての性格が強い（Dolan 110–113）。また、当時の男たちは、肉体的な優位性を保つために、体を鍛え、狩猟、フェンシング、乗馬に精を出していたが、『じゃじゃ馬ならし』の劇のあちこちにちりばめられた、狩猟、鷹狩、乗馬のイメージもたんなる偶然とは考えにくい（Foyster, *Manhood* 30–31）。

しかも、ペトルーキオの「じゃじゃ馬ならし」の話はスライのために行われた余興であるという劇全体の構造を見ると、『じゃじゃ馬ならし』全体が持つ「一人前の男」になるための教育書的な性格は、ますます強くなる。そして、もし、シェイクスピアの『じゃじゃ馬ならし』が作者不明の『ジャジャ馬ならし』と同じようにエピローグを伴っていたとしたら、尚更その性格は強くなる。シェイクスピアのテクストとほぼ同時代に書かれた作者不明の『ジャジャ馬ならし』は、『じゃじゃ馬ならし』とよく似た構造を持っている。ただし、『ジャジャ馬ならし』では、スライが劇中、突然消えることはない。序幕で登場するスライとその従者たちは、メイン・プロットの観客としてそのまま舞台に残り、時々、劇中劇のアクションに割り込む。そして、ケイトとペトルーキオの話の最後にはエピローグが付いている。『じゃじゃ馬ならし』と『ジャジャ馬ならし』の関係については、書誌学的な立場からさまざまな議論が交わされてきた。『ジャジャ馬ならし』が先に出版され、粗雑な作品であることから、長い間、『じゃじゃ馬ならし』の種本であると見なされてきた。しかし、最近では、書誌学者たちは、『ジャジャ馬ならし』が先に出版登録されていても、シェイクスピアのテクストの後から書かれた、もしくは、書き写された可能性が高いものであるとおおむね合意している。[29] つまり、シェイクスピアのテクストが、『ジャジャ馬ならし』のようなエピローグを伴っていた可能性は充分にあるのである。

『ジャジャ馬ならし』では、劇中劇が終わると、場面は序幕でスライが寝込んでしまった居酒屋の外になる。そして、二人の従者が、もとの服を着せられたスライを眠ったままで置いていく。目覚めたスライは自分が「すばらしい夢」(八九頁)を見たに違いないと思う。居酒屋の亭主(『じゃじゃ馬ならし』では女将)が、「こんなところで夢を見ているとかみさんに叱られる」(八九頁)から早く家に帰ったほうがいいとスライに言う。それに対してスライはこう答える。

女房が怒るって? 俺は、じゃじゃ馬のならし方を知ってるんだぞ。
今までずっとその夢を見ていたのさ。
今までで一番すばらしい夢だったのに、
おまえさんに起こされちまった。
でも、早く家へ帰ろう。もし、女房が怒ったら、
あいつもならしてやるとするか。

(八九頁)

ロイヤル・シェイクスピア劇団上演（1995 年）『じゃじゃ馬ならし』五幕二場、ゲイル・エドワーズ演出、シェイクスピア・センター・ライブラリー所蔵（ストラットフォード・アポン・エイヴォン）

このように、「じゃじゃ馬ならし」の劇中劇は、泥酔し、「理性」を失っていた「男らしくない男」が、「一人前の男」として妻を管理するノウハウを身につけるための教育的な過程になっている。

しかしながら、じっさいに、ペトルーキオのように妻を巧く管理する方法を身につけた夫は多くはいなかっただろう。前述したように、当時の裁判所の記録を見ると、権力を振り回し妻を暴力に訴えて服従させていた夫が多く存在したことがわかる。また、妻の従順さを繰り返し説く説教書の多さを鑑みると、現実には、ルーセンシオやホーテンシオのように妻をコントロールできない夫が多く存在したのだろう。ケイトの語る「従順さ」に関するスピーチはあまりにも理想的である。たしかに、前述したように、このスピーチには、当時の「結婚に関する説教」や『ジャジャ馬ならし』のような、中世的な女性蔑視が語られているわけではない。男女の役割を踏まえたうえで初めて成り立つ夫婦関係が語られているのである。この場面を、「従順」で「寡黙」な女性に変貌したはずのケイトが、劇中初めて、「自分の言葉」を勝ち得る場面として捉えることもできるだろう(楠 102)。しかし、この場面は、「一人前の男」になったペトルーキオが男としての力量を証明する場面であり、ここでは、男性の「理想」が語られていると捉えることはできないだろうか。また、ケイトがスピーチのあとでペトルーキオの足元に手を差し伸べるが、妻が夫の足元にひざまずく儀式は、この劇の書かれたと推測される一五九〇年代には結婚式からもはや廃止されたものであった(Dolan 35)。ケイトの「変貌」には、男性の「希望的観測」が織り込まれていた可能性は高い。

脆弱なジェンダー観

しかしながら、こうした「理想」が織り込まれた指南書的な「物語」の裏には、当時の脆弱な男／女の境界線が見え隠れする。男性の「理想」が語られれば語られるほど、じつは、「男らしさ」を体現し女性を差別化することは、さほど容易ではなかったことが見て取れるのである。トーマス・ラカーが指摘するように、一八世紀になるまで、性のモデルは単一モデルであった。男性と女性の肉体的な構造は、優劣の差こそあれ、同一のものであると捉えられていた。つまり、ペニスを持っていても「男」であるとは限らなかったのである(Laqueur 115)。男は、理性と肉体的優位性を誇示し、「男らしさ」を体現しなければならなかった。男も「一人前」になるには結婚しなければならず、「男らしさ」を誇示するためには、家長として家族の秩序を保ちしっかりと管理していることを共同体に証明しなくてはならなかった。しかも、家父長としての権力はけっして無限なものではなかった。「理性」を失い暴力に訴えて妻をコントロールするものは、「男らしく」ない男であると見なされたのである。たしかに、夫婦のあいだにヒエラルキーはあったけれども、夫の権力は絶対的なものではなく、じつは、妻が服従してはじめて成り立つ相対的なものであった。家父長の権力は妻との相関関係から規定されるものだったのである。そして、夫は、つねに、男／女の境界線がずれ支配構造が崩れるのを恐れていた。とくに、妻の管理を誤り「じゃじゃ馬」な妻に服従させられたり、「寝取られ男」のレッテルを貼られたりすることは、男としてもっとも不名誉なことだったのである。

『じゃじゃ馬ならし』には、「半人前の男」ペトルーキオが、結婚を通じて「一人前の男」になる過程が描かれている。ペトルーキオは当時の家父長制が定めた規範を学び、妻を服従させ、一人の家長になっていく。しかし、演劇は現実をそのままに映し出す鏡ではない。しばしば、男性中心社会の規範を理想化し、現実社会との葛藤を窺わせる。ペトルーキオの理想化された「物語」の裏には、「男らしさ」の脆さ、ひいては、父権制社会の「不安」が見え隠れするのである。

注

＊ 本文中のシェイクスピア劇の翻訳は、小田島雄志訳（白水社）に多くを負っている。また、他の劇、バラッド、批評の邦訳は特別な表記がない限り筆者のものによる。

1 'The Benefit of Marriage', *The Euing Collection of Broadside Ballads*, intro. J. Holloway (Glasgow, 1971) no. 18, 24. 引用は、Foyster, *Manhood* 23 に拠る。

2 『じゃじゃ馬ならし』は、さまざまな解釈を生み、多くの異なった上演や批評を創出してきた。とくに、ペトルーキオの「ならし」の過程はさまざまに解釈されている。批評家のなかには、ペトルーキオの「ならし」の過程を「じつにいやなもの」で「野蛮な」ものであると捉えるものがある。たとえば、バーナード・ショウは、『じゃじゃ馬ならし』を「賭けの場面やケイトのスピーチに含まれる道徳観念を女性とともに見て、人並みの感情を持った男なら恥ずかしく思わないわけがない」と非難している。しかし、一方で、ほかの演出家や批評家たちは、ペトルーキオの「ならし」の過程は教育的な配慮のある博愛的なものであって、そのプロセスの中でじゃじゃ馬だったケイトは父権制社会の規範を学んでいくと捉えている。たとえば、マリアン・ノーヴィーは、この「ならし」のなかで、ケイトは父権制社会のルールをひとつのゲームのように学び取っていくと認識し、「このゲームのなかでペトルーキオとキャタリーナは敵対者から主従関係に基づいた新しい世界を共同で作り出す創造者へと変容するのである」と主張する。また、ほかの批評家は、『じゃじゃ馬ならし』の劇全体は、女性を抑圧する男根中心主義的な自我に対する風刺となっており、シェイクスピアは当時の父権制に挑戦しているのだ、と主張する。たとえば、コペリア・カーンは、ケイトは結婚市場での犠牲者として同情的に描かれており、劇全体は、「じゃじゃ馬である女性ではなく、こういった女性を支配しようとする男性のエゴを風刺しているのだ」と指摘する。Shaw, Pedersen 32–39, Novy 279–80, Kahn 104 を参照。『じゃじゃ馬ならし』の批評史に関しては、Thompson, "Introduction", Harvey を参照。

3　引用は、*Measure for Measure*, The Arden Shakespeare, ed. J. W. Lever (London: Methuen, 1985) に拠る。『尺には尺を』の種本のひとつと見られている George Whetstone の『プロモスとカッサンドラの有名な物語』(Whetstone's *The Right Excellent and Famous Historye of Promos and Cassandra*, 1578) でも、カッサンドラは、「娘でも、妻でもない。プロモスの情欲のはけ口に過ぎない」と書かれている。

4　Mathew Griffith, *Bethel, Or a Forme for Families* (1634) 19. 引用は Griffiths 26 に拠る。

5　"The Lamentation of a new married man, briefly declaring the sorrow and griefe that comes by marrying a young wanton wife" (c.1630), *The Pepys Ballads*, vol 1, ed. W. Geoffrey Day (facsimile, Cambridge: D. S. Brewer, 1987) 380–81.

6　『じゃじゃ馬ならし』の引用はすべて *The Taming of the Shrew*, The New Cambridge Shakespeare, ed. Ann Thompson に拠

る。

7 たしかに、上流階級の男たちは、自分の生まれや血族を誇示することによって男の力量を証明していた。Foyster, *Manhood* 32–33, Heal 20–47, Kelso 31–41 を参照。

8 *OED* によれば、"husbandry"は、一二九〇年頃から一六二九年まで"The administration and management of a household" (*obs, OED*) を意味していた。

9 Shapiro 143–166, Ingram 79–114, デーヴィス 134–199 を参照。

10 カレン・ニューマンは、一六〇四年にイングランド、サフォークでじっさいに起こったスキミントンについて述べている。ある夜、なめし皮職人のニコラス・ロイスターは泥酔して家に帰ってきた。妻は夫と一緒に寝たくないと言い、彼をなんども叩き、顔や腕を爪で引っ掻いた。これを聞いて、近所に住んでいたトーマス・クアリーは、この妻を公の場で辱めるべきであると考えた。ロイスターの家で起こったことを再現するために、クアリーは女性が身につけるゆったりとしたガウンとエプロンを身につけロイスターの妻の役を演じ、村人は馬鹿にされた夫を演じた。「ラフ・ミュージック」が鳴らされ、村人たちは行列をなして、ロイスターの家の前まで練り歩いた。結果として、ロイスター夫婦は、恥ずかしくて村にいられなくなり、村から出ていった。Newman 35–36.

11 懲罰椅子は、もともとは市場で重さや量をごまかした者を罰するために使われていたもので、一五世紀までは、女にも男にも適用された。しかし、その後は、口うるさい女たちに限って使用されるようになる。

12 T. N. Brushfield, "On Obsolete Punishments, with particular reference to those of Cheshire," *Chester Archaeological and Historic Society Journal* 2 (1855–62): 37. 引用は、Boose 207 に拠る。

13 ニューマンは、現存する告訴状に夫の名前は記してあるにもかかわらず、妻が「妻」と書かれているのみで、名前が記してないことから、夫は自分の男としての名誉を守るためだけに訴訟を起こしたと捉えている。しかしながら、楠が指摘するように、夫の告発は、「男」としての名誉が傷つけられたことへの抗議であったとともに、辱しめを受けた妻をある程度個人として認識して、彼女の名誉を挽回しようとした行為とも見て取れる。Newman 35–9, 楠 91 を参照。

14 William Heale, *An Apology for Women* (Oxford, 1609) 4, 25. 引用は Foyster, *Manhood* 187 に拠る。

15 "A Homily of the State Matrimony" in *The Second Tome of Homilies* (London, 1623) 239–48.

16 J. Dod and R. Cleaver, *A Godly Forme of Householde Government* (1614), sig. G2. 引用は Foyster, "Male" 220 に拠る。

17 Amussen, "Being stirred to much unquietness," Amussen, "Punishment, Discipline, and Power: The Social Meanings of Violence in Early Modern England", Foyster, "Male "を参照。たとえば、フォイスターは、時代は少し後になるが、一六七二年に、妻に対する暴力のかどで訴えられた夫の裁判記録を記している。訴えによれば、夫は妻を「娼婦」と呼び、脳味噌をたたき出すと脅して彼女を殴りつづけ、椅子を投げつけ、夜中に妻を家から追い出し、挙句のはてには自分の浮気から生じた性病を妻にうつした、とある。

18 近代初期イングランドでは、女性はつねに、「悪」か「善」の両極に分類されている。女性の美徳として「慈愛」、「貞節」、「寡黙」、「従順」などが強調される一方、飽くことのない性欲で男を「誘惑する女」や、プライドや虚栄心から贅沢をする「虚栄の女」といったイメージが生まれる。気が強く、毒舌で、支配的な「じゃじゃ馬」のイメージは、こうした邪悪な女のイメージの中でも特に強調されたものであった。ステレオタイプ化された「じゃじゃ馬」のイメージは、当時の文学、講演、パンフレット、論文などで繰り返しあらわれる。たとえば、John Taylor は *A Juniper Lecture* で、読者に向かって「じゃじゃ馬」とは結婚しないようにと呼びかけている。なぜなら、「じゃじゃ馬は悪意があり、自ら進んで機嫌を悪くする。いつもぶつぶつと小言を言い、口をゆがめ、材木の山の下に一年もいたヒキガエルのようにがなりたて、ふくれっつらをし、顔をしかめ、不機嫌で、強情である。じゃじゃ馬は、夫を苦しませるために額にしわを寄せ顔をしかめ、気まぐれで、つむじをまげ、怒りっぽく、片意地を張るのである」Taylor 112.

19 *Certain Sermons or Homilies: appointed to be read in churches in the time of Queen Elizabeth of famous memory* (London: Society for Promoting Christian Knowledge, 1864) 154.

20 "light" adj. (quibbles are frequent); full of levity, frivolous (*Onions* 2, cit.).

21 『羊の皮に包まれた妻』の原題は *The Wife Wrapt in a Wether's Skin,* 『よい行いをしたために塩漬けの馬の皮に包まれた口うるさい妻の陽気な話』の原題は *A Merry Jest of a Shrewde and Cursed Wyfe, Lapped in Morelles Skin, for Her Good Behavyour* である。また、これらのバラッドのほかには、チューダー朝の初期に書かれた二つの短い劇、John Heywood の *Merry Play between Johan Johan the Husband, Tyb his wyfe and Syr Jhan the Preest* (1533/34) と作者不明の *Tom Tyler and his Wife* (c.1561) が「じゃじゃ馬ならし」の話を扱っている。これらの劇には、臆病な夫と口やかましい妻が登場する。ヘイウッドの劇では、ジョーン・ジョーンは妻ティブと教区の神父に騙されてしまう。*Tom Tyler and his Wife* の夫も気が弱く、「欲望」、「悪徳」にそそのかされて「不和」と結婚する。妻「不和」は、チョーサーが称えたように「インドの虎のように気が強く」、「悪徳」の真の娘である。夫の勇気ある友達であるトム・テイラーはタイラーのコートを着て変装し、「不和」の行動を諫めようとする。テイラーは彼女を殴ったあげくに服従させることに成功するが、夫に変装したことをばらしたために、もっとひどく棒で打ちのめされてしまう。しかし、「運命」と「忍耐」が、最初はうまくいかなかったものの、結局、彼女を飼いならすのである。

Jan Harold Brunvand は、シェイクスピアの『じゃじゃ馬ならし』の話の原型は口承文学にあると指摘している。彼は、Aarne-Thompson が収集した *Types of the Folk-Tale* のなかの当時インド・ヨーロッパ文化に広く知れ渡っていた民話（類型九〇一）を調べた。それはこんな話である。「あるところに三人の娘がいました。三人のうちの末っ子はじゃじゃ馬でした。彼女の夫は、自分に従わない犬や馬を銃で撃ち殺すような人でした。そして、ついには自分の妻も服従させます。最後のシーンは、三人の姉妹の夫たちが、誰の妻が一番従順であるかという賭けをして終わります」。シェイクスピアの『じゃじゃ馬ならし』は、より喜劇的で劇的な場面を多く含んではいるが、その本筋は驚くほどこの民話に似ている。ペトルーキオはこの夫のように家畜を撃ち殺したりはしないものの、四幕一場で召使を罵倒したり足蹴にしたりするのは、こうした攻撃を喜劇的に扱ったものであろう。また、この民話のラスト・シーンはケイトの「従順さ」についてのスピーチは含まないものの、シェイクスピアの『じゃじゃ馬ならし』の最終幕によく似ている。

［……］そして次は末娘の夫［ペトルーキオ］の番でした。彼は戸口へ行って言いました。「妻よ、ここへ来なさい！」彼女は、すぐさま飛びはねるように立ち上がりました。ほかの人は「そんなに急ぐことはないさ。君の夫は君に何

も言うことはないんだもの」と言いましたが、妻は彼に走りよると、「何のご用でしょうか」と聞きました。彼女は夫の言うとおりに帽子を脱ぐと、それを暖炉の火の中に投げ込みました。みなは彼女が最も従順だということを認めました。

Bradbrook 135, Hosley 289–308, Brunvand 346 を参照。

22 引用は Bradbrook 137 に拠る。

23 しかしながら、最近の『じゃじゃ馬ならし』の批評は、ペトルーキオの「ならし」の過程を、現代の家庭内暴力とのアナロジーで捉えるものが多い。Deer 63–78.

24 “politicly”, Alexander Scmidt, *Shakespeare Lexicon*, vol 2 (Berlin: Walter de Gruyter, 1962).

25 引用は、*A Pleasant Conceited Historie, Called The Taming of a Shrew*, Shakespearean Originals: First Editions, eds. Graham Holderness and Bryan Loughrey (Hertford: Harvester Wheatsheaf, 1992) に拠る。

26 初期のキリスト教徒にとって、イヴにまつわる話は女性のイメージを形成するのに大きな意味を持っていた。創世記によれば、まずアダム（男）が創られ、イヴ（女）はアダムのあとに彼の肋骨から創造されている。そして、狡猾な蛇にだまされるのは、アダムではなくイヴである。そして、神は戒めとしてイヴに告げる。「おまえの労働と苦しみを増すことにしよう。苦しみのなかおまえは子供を産むのだ。そして、おまえは夫を求め、彼はおまえの主人となる」。初期のキリスト教徒は、この話の中で、女性はこの世に悪、苦しみ、労働をもたらした根源として描かれている、と解釈した。当時の聖職者による著作のなかには、こうした女性蔑視的な偏見がたびたびあらわれる。たとえば、St. Thomas Aquinas は、彼の著作のなかで、このイヴの話の偏った解釈をもとに女性を侮辱している。Usher 7, 14 を参照。

27 *Certain Sermons or Homilies: appointed to be read in churches in the time of Queen Elizabeth of famous memory* 537.

28 この頃、有産階級のあいだでは結婚観は徐々に変りつつあった。かたや親は、伝統的な結婚観にのっとって親族の利益を追求した結婚をすすめながらも、結婚後の夫婦の調和や「心」を大切なものとして、子供達に結婚相手の選択権を与えるようになったのである。Christopher Hill によれば、チューダー期には、いわゆる「性の変革」が起き、古い結婚観にとって代わるような、新しい結婚観が芽生えた。新しい結婚観は一夫一婦主義に基づくパートナー・シップを基本としたものであった。結婚する男女の情愛的な結びつきは、ますます強調されるようになった。こうした変化は、ピューリタニズムが広まったためであると考えられている。ピューリタニズムは、ジェントリーや都市のブルジョア層の多くに、キリスト教的な道徳観をもたらすとともに、聖なる結婚生活の正当性を主張した。ピューリタンを中心としたプロテスタントの説教師たちは、結婚を精神的な結びつきとしてほめ称えるようになり、家族を崇高なものであると強調し始めた。ピューリタンたちは、「妻は一個人として夫から敬われるべきであり、また、二人を一つにしている精神的な結びつきを夫と平等な立場で共有すべきである」と提唱していた。Juliet Dusinberre は、結婚の価値を問い直す一連の動きは、女性の独立を促したと捉えている。また、Catherine Belsey は、この頃、古い家族観にたいして論争が起こり、伝統的なステレオタイプ化した男女の役割は、崩れ始めていたと指摘する。Hill 306, Dusinberre 101, Belsey 190, Cressy 285–378 を参照。また、こうした結婚観の変遷は、エラスムスなどのヒューマニストの影響を受けたものだと指摘するものもいる。Wayne を参照。しかしながら、ダイアナ・オハラは、実際は、結婚する二人の情愛や自由意思よりも、家族の利益のほうが優先されていたことを詳細な資料によって明らかにしている。O'Hara を参照。

29 しかしながら、『ジャジャ馬ならし』が書き写されたもとの『じゃじゃ馬ならし』がどんなものであったかについては、書誌学者の意見は異なっている。ある学者は、シェイクスピアはフォリオ版以外の『じゃじゃ馬ならし』を書いたことはなく、スライの完全な話はもとからなかったと主張する。また、ある学者は、シェイクスピアがスライの完全な話を含む劇をもともと書いており、フォリオ版の『じゃじゃ馬ならし』はシェイクスピア自身があとから再校したものであると主張する。別の学者は、シェイクスピアはもともとスライの話を含んだ劇を書いたものの、それを書き写したものが、急いで劇を書き写さなくてはならなかったためにスライの話は削除してしまった、と推測している。『じゃじゃ馬ならし』と『ジャジャ馬ならし』の書誌学的な問題に関しては、Duthie 337–56, Wentersdorf 201–15, Thompson, Appendix を参照。

引用文献

Amussen, Susan Dwyer. "Being stirred to much unquietness: Violence and Domestic Violence in Early Modern England." *Journal of Women's History.* vol. 6 no. 2 (Summer, 1994): 70–89.

——. "Punishment, Discipline, and Power: The Social Meanings of Violence in Early Modern England." *Journal of British Studies* 34.1 (Jan. 1995): 1–34.

——. "'The part of a Christian man': the cultural politics of manhood in early modern England." *Political culture and cultural politics in early modern England: Essays presented to David Underdown.* Eds. Susan D. Amussen & Mark A. Kishlansky. Manchester: Manchester UP, 1995. 213–33.

Belsey, Catherine. "Disrupting sexual difference: meaning and gender in the comedies." *Alternative Shakespeare.* Ed. John Drakakis. London: Methuen, 1986. 166–190.

Ben-Amos, Ilana Krausman. *Adolescence and Youth in Early Modern England.* New Haven: Yale UP, 1994.

Boose, Lynda. "Scolding Brides and Bridling Scolds: Taming the Woman's Unruly Member." *Shakespeare Quarterly* 42 (1991): 178–213.

Borin, Françoise. "Judging by Images." trans. Arthur Goldhammer. *A History of Women in the West*, vol. 3: Renaissance and Enlightenment Paradoxes. Eds. Natalie Zemon Davis and Arlette Farge. Cambridge, Mass.: Belknap P, 1993. 187–254.

Bradbrook, M. C. "Dramatic role as social image: a study of *The Taming of the Shrew*." *Shakespeare Jahrbuch* 94 (1958): 132–52.

Brunvand, Jan Harold. "The Folktale Origin of *The Taming of the Shrew*." *Shakespeare Quarterly* 17 (1966): 345–59.

Certain Sermons or Homilies: appointed to be read in churches in the time of Queen Elizabeth of famous memory. London: Society for Promoting Christian Knowledge, 1864.

Cressy, David. *Birth, Marriage & Death: Ritual, Religion, and the Life-Cycle in Tudor and Stuart England.* Oxford: Oxford UP, 1997.

Deer, Harriet A. "Untyping Stereotypes: *The Taming of the Shrew*." *The Aching Hearth: Family Violence in Life and Literature.* Ed.

Deats Sora Munson. New York: Plenum, 1991. 63–78.

Dod, J and R. Cleaver. *A Godlie Forme of Householde Government.* London, 1612.

Dolan, Frances E. . *The Taming of the Shrew: Texts and Contexts.* Boston & New York: Bedford Books of St. Martin's P, 1996.

Dusinberre, Juliet. *Shakespeare and the Nature of Women.* London: Macmillan, 1975.

Duthie, G. I.. "*The Taming of a Shrew* and *The Taming of the Shrew.*" *Review of English Studies* 19 (1943): 337–56.

E. T.. *The Lawes Resolution of Woman's Rights.* London: 1631.

Fletcher, Anthony. *Gender, Sex and Subordination in England 1500–1800.* New Haven: Yale UP, 1995.

Foyster, Elizabeth A. "Male honour, social control and wife beating in late Stuart England." *Transactions of the Royal Historical Society*, sixth series, VI (1996): 215–224.

——. *Manhood in Early Modern England: Honour, Sex and Marriage.* London: Longman, 1999.

Gouge, William. *Of Domesticall Duties*, 3rd edn. London, 1634.

Griffiths, Paul. *Youth and Authority: Formative Experiences in England:* 1560–1640. Oxford: Clarendon P, 1996.

Harvey, Nancy Lenz. *The Taming of the Shrew: An Annotated Bibliography.* New York: Garland Publishing, 1994.

Heal, Felicity & Clive Holmes. *The Gentry in England and Wales* 1500–1700. Stanford: Stanford UP, 1994.

Henderson, Katherine Usher & Barbara F. McManus. *Half Humankind: Contexts and Texts of the Controversy about Women in England, 1540–1640.* Urbana and Chicago: U of Illinois P, 1985.

Hill, Christopher. *The World Turned Upside Down.* Harmondsworth: Penguin, 1975.

"A Homily of the State Matrimony" in *The Second Tome of Homilies.* London, 1623.

Hosley, Richard. "Sources and Analogues of *The Taming of the Shrew.*" *Huntington Library Quarterly* 27 (1963–64): 289–308 .

Ingram, Martin. "Riding, Rough Music and the 'Reform of Popular Culture' in Early Modern England." *Past & Present* 105 (Nov. 1984): 79–114.

——. "'Scolding women cucked or washed:' a crisis in gender relations in early modern England?" *Women, crime and the courts in early modern England.* Eds. Jenny Kermode & Garthine Walker. London: UCL P, 1994: 48–80.

Kahn, Coppélia. *Man's Estate: Masculine Identity in Shakespeare.* Berkeley: California UP, 1981.

Kelso, Ruth. *The Doctrine of the English Gentleman in the Sixteenth Century.* Gloucester, Mass.: Peter Smith, 1964.

"The Lamentation of a new married man, briefly declaring the sorrow and griefe that comes by marrying a young wanton wife" (*c.*1630). *The Pepys Ballads,* vol 1, ed. W. Geoffrey Day. Facsimile, Cambridge: D. S. Brewer, 1987.

Laqueur, Thomas. *Making Sex: Body and Gender from the Greeks to Freud.* Cambridge MA, 1990.

Latham, Simon. *Latham's Falcory.* London, 1615.

Lawrence, Anne. *Women in England 1500–1760: A Social History.* London: Phoenix, 1996.

Newman, Karen. *Fashioning Femininity and English Renaissance Drama.* Chicago: The U of Chicago P, 1991.

Novy, Marianne L. "Patriarchy and Play in *the Taming of the Shrew.*" *English Literary Renaissance* 9 (1979): 264–80.

O'Hara, Diana. *Courtship and Constraint: Rethinking the Making of Marriage in Tudor England.* Manchester: Manchester UP, 2000.

Pedersen, Lise. "Shakespeare's 'The Taming of the Shrew' vs. 'Pygmalion': Male Chauvinism vs. Women's Lib?". *Shaw Review* 17 (1974): 32–39.

A Pleasant Conceited Historie, Called The Taming of a Shrew. Shakespearean Originals: First Editions. Eds. Graham Holderness and Bryan Loughrey. Hertford: Harvester Wheatsheaf, 1992.

Ranald, Margaret Loftus. *Shakespeare and His Social Context.* New York: AMS P, 1987.

Shakespeare, William. *The Taming of the Shrew*, The New Cambridge Shakespeare. Ed. Ann Thompson. Cambridge: Cambridge UP, 1984.

Shapiro, Michael. "Framing the Taming: Metatheatrical Awareness of Female Impersonation in *The Taming of the Shrew*". *The Yearbook of English Studies* 23 (1993): 143–166.

Shaw, George Bernard. *Saturday Review* (6 Nov. 1897).

Smith, Thomas. *De Republica Anglorum: a discourse on the common wealth of England.* Ed. Leonard Alston. Cambridge: Cambridge UP, 1906.

——. *De Republica Anglorum.* London, 1583; Menston: The Shendon P. Limited, 1970.

Sommerville, Margaret R.. *Sex and Subjection: Attitudes to Women in Early-Modern Society.* London: Arnold, 1995.

Stone, Lawrence. *The Family, Sex and Marriage in England 1500–1800.* London: Weidenfeld and Nicolson, 1977.

Taylor, John. *A Juniper Lecture: second impression.* London: W. Ley, 1639.

Thompson, Ann. Introduction. *The Taming of the Shrew.* Cambridge: Cambridge UP, 1984.

——. Appendix, *The Taming of the Shrew.* The New Cambridge Shakespeare. Cambridge: Cambridge UP, 1984.

Wayne, Valerie. Introduction. Edmund Tilney. *The Flower of Friendship: A Renaissance Dialogue Contesting Marriage.* Ed. Valerie Wayne. Ithaca: Cornell UP, 1992.

Wentersdorf, Karl P.. "The original ending of *The Taming of the Shrew*: a reconsideration." *Studies in English Literature* 18 (1978): 201–15.

Whateley, William. *A Bride Bush.* London, 1623.

ナタリー・デーヴィス『愚者の王国、異端の都市』、成瀬駒男訳、東京、平凡社、一九八七.

楠明子『英国ルネサンスの女たち――シェイクスピア時代における逸脱と挑戦』東京、みすず書房、一九九九.

第二部　王権と結婚

ロイヤル・シェイクスピア劇団上演（2001 年）『ジョン王』、二幕一場。
自分の息子の王権を主張して争うエレナーとコンスタンス。グレゴリー・ドーラン演出。シェイクスピア・センター・ライブラリー所蔵（ストラットフォード・アポン・エイヴォン）

家族の肖像

――シェイクスピア『ジョン王』論――

高田 茂樹

『ジョン王』は、シェイクスピアの芝居のうちで悲劇や喜劇ほど注目を浴びることのない英国史劇の中でも、取り上げられることがひときわまれな作品であると言えるだろう。ふつう同じジャンルの作品として考察されることがあまりない最後期の『ヘンリー八世』も含めて、彼のほかの英国史劇が、ボリンブルックによる王位簒奪から、薔薇戦争を経て、ヘンリー・テューダーによる内乱の平定と就位、そして、彼の息子のヘンリー八世による宗教改革とエリザベス女王の誕生に至るまでの、連続した時期を扱っているのに対して、『ジョン王』が扱っているのは、薔薇戦争の頃からでも二、三百年前、シェイクスピアが戯曲を書いていた頃からだと四百年くらいも前のことである。他の史劇のように、自分が生きている時代の成立に直接関わる時期なのだという思いもほどんどなかっただろう。

そしてまた、こういった事情とは別に、『ジョン王』をほかの史劇と並べて扱うのを難しくしているのが、作者不詳の『ジョン王の多難な治世』との関係をどう見るかという問題である。一五九一年に出版されそこから二、三年内以前に執筆・初演されたと考えられるこの二部構成の作品は、扱っている歴史上の出来事という点では、シェイクスピアの『ジョン王』とほとんど完全に重なり合っており、実際、当時同じ作品と見なされていたと思われる根拠すらある。一般には、『多難な治世』が先に書かれたと見なされ、それをシェイクスピアが自分の芝居の題材に使ったと考えられているが、逆に、シェイクスピアの作品の方が先で、『多難な治世』はその翻案だとする説もあり、外的な証拠ということでは、いずれの説も十分な根拠があってのものとは言えない[1]。もしシェイクスピアの作品が先行していたと見なすなら、その執筆・初演年代も、当然一五九一年以前に想定しなければならず、そうすると、この作品はシェイクスピアの作品全体の中で最初期のものということになる。私自身は、後に見るような内容上の特質から、この作品の執筆を一五九〇年代後半、具体的には、前期四部作と後期四部作のあいだか、あるいは、後期四部作に並行するかたちで、おそらく『リチャード二世』の後くらいに書かれたとする多数派の意見の方に分があると思うが、それならそれで、シェイクスピアが、すでにある『多難な治世』という作品と一見したところたいへん似かよった芝居を自分の作品としてものしたのはいったいなぜだったのか、先行する作品のどういうところに惹かれ、そして、その作品とどう異なったものとして自分の作品を構想していったのか、といった問題が起こってくるのである。

　そういった比較は従来からさまざまに企てられ、とりわけ二つの作品のあいだに横たわる宗教や国家、君主のあり方についての考えの相違がいろいろと論じられてきているが、ここでは、少し視点を変えて、二つの作品にともに登場する三組の母と息子、具体的には、ジョンと皇太后エレナー、アーサーとコンスタンス、バスタードとフォーコンブリッジ夫人の描かれ方、とりわけ、三人の息子の人物像の違いを見て、そこから、シェイクスピアの創作のヴィジョンの一端を——シェイクスピアの成長期における彼の家族関係、中でも少年ウィリアムの目に映った両親の夫婦関係ということと照らし合わせて――解明してゆきたい。

『ジョン王』の冒頭の場面に登場するジョンは、私たちが歴史的に思い描いているような弱い人物ではない。正当な王位継承権者であるアーサーにすみやかに王位を譲るようにというフランス王フィリップの要求を伝える使節シャティオンに反論する彼の態度には、それなりに国王にふさわしい威厳が漂っている。シャティオンが、フィリップの指示に従って、彼に代わってジョンに挑戦の言葉を投げるのにも、臆することも激高することもなく毅然と応じている。

では、今度は余の挑戦を持って、彼の許に帰るがいい。すみやかにここを発って、フランス王の目には稲妻とも映る速さで戻ることだ。そなたが、余がそちらに向かっていると告げる前に、余の大砲の雷鳴が響いていることだろうからな。さあ、行け。余の怒りの先触れにして、お前たち自身の破滅の不吉な兆しとなるがいい。礼を尽くして彼を送るのだ。ペンブルック、頼んだぞ。さらばだ、シャティオン。

（一幕一場二三―三〇行[2]）

『多難な治世』の冒頭のジョンがかなり傲慢な態度で自分の主張を述べて、無愛想に使節を退かせるのと違って、ここでのジョンには王としての礼節を振り返る余裕すら感じられるのである。そして、母親のエレナーが、シャティオンが去るのを待ちかねたように、「だから、もっとコンスタンスを懐柔しておくように言ったのに」となじるのにも、「自分がすべてしっかりと掌握していて、権利もこちらについているから、心配ない」と、こともなげに軽く受け流してしまう。

このように、自分に真っ向から向かってくるわけではない相手には、君主にふさわしい体面を維持するジョンであるが、手強い敵が目の前に現れると、その威厳もどこかしら色褪せてしまう。次の場面で、シャティオンのすぐ後を追うようにして、軍勢を引き連れてフランスに渡ってきたジョンは、フィリップとイングランドの王座をかけてはげしくぶつかりあう。

ジョン　フランスに平和があらんことを。フランスが平和のうちに余の正当にして正統な座への就位を認めるなら。そうでないなら、フランスは血を流し、平和は天に昇るがいい。そして、余は、神の怒れる使いとして、天にまします神の平和を乱す彼らの不遜な侮りを糺してみせよう。

フィリップ　[……]イングランドはジェフリーのものだった。そして、これはそのジェフリーの子だ。それを、神の御名において、どうしてそなたが王と名乗ることになるのだ。そなたが我がもの顔で持っているその王冠を当然引き継ぐはずの活きた血がこのこめかみに脈打っているというのに。

ジョン　フランス王よ、お前の詰問に余に答えさせるというような大権をいったい誰から委ねられたのか。

（二幕一場八四―一一一行）

しかし、議論が進むうちに、ジョンが言い負かされそうになると、母親のエレナーが割り込んで、そのままジョンを差し置いて、こちらもフィリップに代わって前に出てきたコンスタンスとはげしく渡り合うことになり、ジョンは二人の剣幕に気圧されて沈黙を余儀なくされてしまう。

エレナー　フランス王よ、いったい誰のことを簒奪者などと呼んでいるの。

コンスタンス　それには私が答えましょう。王位を奪ったあなたの息子よ。
エレナー　お下がり、身の程知らずが。お前がどこの馬の骨ともわからぬ輩とのあいだに設けた子を王にさせようなどと。そうして、自分は女王になって、世の中を仕切ろうというのだろう。

（二幕一場一二〇—一二三行）

実際、そう思って振り返って見ると、ジョンが威厳を持って人に対していた時にも、彼の背後にはつねにエレナーが控えていて、その後ろ盾があって初めて彼の威厳も保たれているという印象が漂っていた。もちろん、こういったありようは『多難な治世』においても見られるものだが、その程度がシェイクスピアでずっと強くなっているのである。

二通りのジョンは、それでも、劇の前半を見る限りは、決定的な破局に直面することがないということもあって、人物像としてそれほど明確な違いを示すことはないが、後半に入ると、相違が際だつようになる。もちろん、ここでも二人が行きあたる難関は、貴族たちの離反やフランス王子ルイの侵攻あるいは修道院での毒殺の企てなど、基本的に同じである。けれども、こういった出来事の経緯やそれに対してジョンが取った行動の描写ということでは、『多難な治世』の方が『ジョン王』よりはるかに詳細に亘っており、共感できるか否かということとは別に、ずっと明確な輪郭を持って描かれているのである。戦闘の指揮をバスタードに委ねた後も、『多難な治世』のジョンは、自分なりに打開策を練って、枢機卿パンドルフに自ら和議を申し入れ、国土をいったん教皇に返納するかたちを取るようにという相手の無体な要求もしぶしぶ呑むことで、何とか事態を好転させようと努めている。つまり、『多難な治世』のジョンは、自分なりの意志を持ってことに当たり、その結果として、自身は次の難儀にぶつかるというかたちになっている。これに対して、『ジョン王』では、ジョンがパンドルフを介して教皇に領土を返納する経緯がほとんど描かれておらず、教皇に対するジョンの降伏がかなり唐突に描かれ、その間の彼の心情の変化というものは、観客にはまったく説明されていないのである。そして、厳しい状況の中で母エレナーの死を知らされると、ジョンは、すぐにほとんど茫然自失の状態に陥ってしまい、自分で物事を処理して状況を切り拓いてゆく意欲を一気に失って、次第に廃人のようになっていってしまう。そこに描かれるのは、すべてをバスタードに託して、自身は離れたところからそれを見ているしかないことで、結局自分のアイデンティティを見失って、生きる意志力さえなくしてゆく王の姿である。

実際、後になると、ジョンはほとんど舞台に姿を現すことすらなくなってしまう。そして、劇の最後に病み疲れた姿で現れると、毒で胸が焼けるようだと訴え、苦しみを癒してくれる冷気を求め続けて、そこへ戻ってきたバスタードから戦況の報告を受けながら、そのまま息絶えてしまう。

このようにして、シェイクスピアの描くジョンは、劇の前半では、母エレナーの後ろ盾を頼むことによって、時には不必要なまでに向こう意気の強いところも見せて、それなりに困難な状況を渡ってゆくが、その支えを失った前後から急速に活力を失って、状況に引きずられてゆくのである。

『多難な治世』は、他の多くの要素を孕みながらも、基本的にジョンの生涯の出来事を追うというかたちになっていて、とりわけ後半では、ジョン自身の内的なありようが関心の中心になってゆくのに対して、シェイクスピアでは、興味の重点が、後半では明確にバスタードのありように移行するように思われる。歴史的にはほとんど裏づけがなく、『多難な治世』では民衆的な活力と常識を代弁しているような趣のあるこの人物に、シェイクスピアはどのような魅力を感じ、自分の作品の中でそれを強化し変容させていったのであろうか。

バスタードが登場するのは、『多難な治世』でも『ジョン王』でもともに、劇の冒頭で、ジョンがフランス使節シャティオンを返して、出兵の用意を始めようとする最中である。兄弟二人して現れて、弟のロバートの方が、兄フィリップはリチャード獅子心王が父の留守中に母に身籠もらせた庶子であって、父フォーコンブリッジ卿の財産を引き継ぐ権利は当然自分にあると訴えて、兄弟がその裁定を王に求めるのである。『多難な治世』のバスタードが、もし弟の主張するとおりだとしたら、自分の母親はその貞節に関して拭い去れない汚点を持っていると逡巡し、自分の身の振り方についても、エレナーから家産は弟に譲って王に仕えないかと誘われても、父親から受け継ぐはずだった資産を失うことになると未練を示すなど、ある意味で自然な葛藤を帯びた存在として描かれているのに対して、シェイクスピアの手になるバスタードは、新たに自分の前に開けてきた可能性にほとんど有頂天になって、家産も称号もさっさと弟に譲ってしまう。そして、人々が去った後にことの進展を案じてやってきた母親に対しても、『多難な治世』のバスタードが、自分の懐妊と出生の真相、要するに母親の貞節の真偽を厳しく問い糺すのに対して、シェイクスピアのバスタードは、王に強いられた不義など不義と呼ばない、そのおかげで自分が生まれたのだと意気盛んで、母親の懸念など吹き飛ばしてしまう。

この日の光に賭けて、たとえ生まれ変わることがあったとしても、お母さん、僕はこれ以上の父親は望みませんよ。この世では、特別に赦される罪もあるのです。あなたのもそういう罪です。責任はお母さんの浅はかさにあるわけじゃない。その怒りと比類ない力を前にしては、恐れを知らないライオンですら戦うことはおろか、猛々しい心臓をその手元から引き離すこともできなかったというかのリチャードの、有無を言わさぬ愛に捧げられたとなっては、好きにしてくださいと心を差し出すしかありませんからね。ライオンから力づくで心臓を奪い取るような人なら、女の心臓を奪うなどたやすいことですよ。お父さんのことでは本当にお母さんに感謝の気持ちでいっぱいですよ。僕を孕んだ時にお母さんが道を踏みはずしたなどと言うような奴がこの世にいるなら、僕がそいつの魂を地獄に送ってやりますよ。さあ、身内の方々にお母さんを紹介しましょう。あの人たちも、リチャードが僕を仕込んだ時に、あなたがいやと言っていたら、それこそ罪だったとおっしゃるでしょう。仕込んだことが罪だったという人がいたら、その人は嘘をついている。この僕がそうじゃなかったと言っているんですから。

（一幕一場二五九―七二行）

『多難な治世』のバスタードが、総じて、その場その場でこういう人物ならこういう状況ではこのように振舞うだろうと期待される通りに振舞う、そういう意味で、役割に沿った人物であるのに対して、シェイクスピアのバスタードは、冒頭においては、青雲の志に燃えながら、どこか稚気が抜けず、自分を突き動かす力の意味も分からないままにそれに闇雲に駆りたてられているという感があるのである。

これ以降、シェイクスピアのバスタードは、自分の内に流れていると知った王の血に叶うように王侯・為政者としての立ち居振舞いを身につけようと、きわめて意識的に、そして、どこかちぐはぐなかたちで、努めてゆく。フランス王フィリップとジョンが、それぞれの軍勢と供の者を率いて現れて、自分の軍の優勢を主張し、アンジェーの町に開城を迫って渡り合うのを横で聞いて、バスタードは、その偉容に大いに感銘を受け、これこそが王の内に流れる血の現れだと述懐する。

ああ、偉容よ。王のゆたかな血に火がついた時には、なんと高々とお前の栄光がそそり立つことか。今や、王たちの決着のつかない争いに、死は鋼鉄でその恐ろしいあぎとを堅め――兵士たちの剣はその歯、その牙なのだ――人の屍肉をほおばって、たらふく食って楽しんでいる。なにゆえに、両軍ともこんなふうに怖じ気たようにじっとしているのか。王よ、ともに一言掛かれと号令をかけなさい。いずれ劣らぬ勇者たちよ、血気にさかる猛者たちよ、いざ、血に染まる戦場へ。そうすれば、一方の破滅が他方の平和を保証することになりましょう。それまでは、出陣のラッパと血と死がすべてなのだ。

（二幕一場三五〇―六〇行）

そして、オーストリア公リモージュがリチャード一世から奪った獅子の衣を羽織っているのを見て、自分の身分を名乗ることなく、変に執拗に絡んで、理由のわからない相手を辟易させるかと思うと、アンジェーの市民が英仏どちらの王に対しても城門を開かないのを見て取ると、それを敵味方を超えて王に対する侮辱と取って、両者で一時的に連合してアンジェーを攻め落とすように進言して採用される。

事態の急変を見て、アンジェーの守護に就いていたユベールは、すぐに、ジョンの姪ブランシュとフランスの王子ルイとの結婚を提案し、そうすることで両軍が和解するよう申し入れ、双方ともこの提案を受け入れる。『多難な治世』では、バスタードとブランシュとのあいだにそれとなく縁談が進んでいたということになっていて、彼は強い不満を口にする。そして、いまさら事態を変えることができないと見て取ると、こうなった以上は、ルイの額に角をはやすようにしてやるとうそぶいて、その憤懣のはけ口を求めるように、オーストリア公に決闘を申し込みたいと願い出たりするが、この間の経過は、シェイクスピアの芝居では大きく変わっている。バスタードとブランシュの恋愛ないしは縁談という話題自体が、シェイクスピアでは完全に省かれており、オーストリア公への決闘の申し込みということもいっさい見られない。

シェイクスピアの描くバスタードは、まず第一に、大軍に包囲され風前の灯のような状況下にあって、なおも巧妙な提案によって両軍の攻撃を回避してしまうユベールらアンジェーの市民の見事な外交手腕に感嘆する。そして、自分が口出しできる暇もなくすべてがあっという間に決着してしまうのを目の当たりにして、今度は、自分の個人的な保身のために自国の領土をさっさと割譲してしまうジョンと、自分たちの利益のためにはそもそもの挙兵の大義をまったく顧みないフィリップという二人の王の無節操な態度に驚き呆れて、この世を支配しているのは結局それぞれの利得（commodity）だけなのだと慨嘆する。しかし、その一方で、彼は、自分がそういうことをもっともらしく嘆くのは、要するに自分にはそういった利得がまだ訪れないからだと振り返って、こうなれば自分もそういう利得にあずかれるように努めようと気を引き締めるのである。

世界は狂っている。王も狂っている。協定も狂っている。ジョンの方はアーサーの全部への権利を阻止するために、進んで一部を譲ってしまった。良心を鎧の留め金にしたフランス王は、その熱意と慈悲に駆られて、神の戦士として戦場に撃って出ながら、くだんの手引きに吹き込まれて、ころりと寝返ってしまった。あのずるがしこい悪魔、［……］愛想笑いをする紳士、心をくすぐる利得って奴、世界全体をなびかせる利得の一言に。［……］そして、このくだんの風潮、この利得、このポン引き、この周旋屋、このすべてを変える一言が、浮薄なフランス王の目の前で打ち鳴らされて、彼の支援の決意、断固たる名誉の戦いから撤退させて、この上なく下劣で浅ましい和議へと引き込んだのだ。だが、俺は何ゆえにこの利得を糾弾するのか。要するに、奴が俺にまだ言い寄ってきてくれてないというだけじゃないか。奴の見目麗しいエンジェル金貨が俺の手許で挨拶する時に手を広げずに我慢するだけの気骨があるというのじゃなくて、俺の手が、いまだに誘惑を受けたこともないというので、文無しの乞食よろしく、金持ちに噛みついているだけじゃないか。よし、文無しのあいだは文句を並べて、金持ちということほどの罪はないと言い立てて、金持ちになったら、文無しほどの悪行はないというのを自分の信条にすることにしよう。利得の前では王も信義を破るのだから、儲けよ、こちらもお前を崇拝するから、俺の主人になってくれ。

（二幕一場五六一―九八行）

おそらく、シェイクスピアが最初に『多難な治世』のバスタードに惹かれたのは、先に触れたような例に感じられる彼の土臭いヴァイタリティ――民衆的なエネルギーをそのまま残しながら、窮屈な規範がものをいう王侯貴族たちのあいだでのびのびと彼らと渡り合って、そこに自分の地歩を築いてゆく姿――だったであろう。実際、『ジョン王』の冒頭の場面におけるバスタードは、『多難な治世』の方よりさらにいっそう、社会的経験に乏しくどこか素っ頓狂でありながら、それだけに、狭隘な規範や常識に縛られることなく、裡からふつふつと沸きあがってきて彼を否応なしに突き動かしてゆく活力の魅力を余すところなく示していた。

こうして、『多難な治世』のバスタード以上に、未熟さとそれと表裏一体なものとしての威勢のよさを強調されていたシェイクスピアのバスタードは、しかし、ジョンの郎党に取り立てられて以来、自分の成長のための模範となるものやさまざまな事例を次々に見つけて、その度に感銘を受けたり憤ったりしながら、王家の一員として自分の取るべき身の処し方を次第に学んできたのである。その意味で、ここでの利得への礼賛は、必ずしも世知辛い世間への彼の全面的な適応というのではなく、自分の中にもそういう利得を求める傾向があることをきちんと正視しつつ、それが一方的に否定されるものではないことを皮肉を込めつつ認める率直さを持って、なおも自分がどういうふうにあるべきなのかを探っていこうとする彼の倫理的な正直さと強靭さの現われと見るべきだろう。そして、そういう視点から、改めて『多難な治世』のバスタードを見た時、彼が時に示す先の例のような猥雑さは、自分なりの成長を遂げたこの段階の『ジョン王』のバスタードには、もはや不必要でむしろ似つかわしくない振舞いと感じられたのではないだろうか。

ジョンの悪政として歴史上名高い教会資産の没収に対するバスタードの関与についても、二つの作品はその扱いを異にしている。

英仏間の戦闘に勝利して帰国する際に、ジョンから修道院や教会の財宝を収奪するよう指示を受けて、『多難な治世』のバスタードは、「国に帰って、〔……〕肌のすべすべした尼さんとよろしくやったり、修道士たちと酒盛りしたりしたいもんだ」（『第一部』九場一一二九―三一行[3]）というような、かなり不謹慎な言葉を口にする。尤も、これはバスタードの側だけの問題ではなく、帰国した彼が実際に修道院を家捜しして財宝を出させようとすると、行李の中に尼僧が潜んでいたりして、むしろ、修道士や修道女の乱れた風紀を次々に暴きたてる結果になる。その中で、バスタードは抵抗する僧を絞首台に掛けると脅したりして、彼らに資産を出すように強要してゆく。

『ジョン王』のバスタードも、同様の指示をジョンから受けて、「金銀財宝が招くとなれば、鐘も書物も蝋燭も俺を追い立てることはできはしない」と、先に自分も自身の利得については目ざとくいこうと誓った人物にふさわしい応じ方をして去ってゆく。けれども、その言葉は、『多難な治世』におけるものに比べて、ごく一般的なもので、卑猥な暗示も見られない。シェイクスピアでは、バスタードが実際どういうふうに教会や修道院を収奪したかについては、いっさい舞台上に表現されておらず、作戦が終了した後で、他の報告のついでに、「自分が請け負った教会からの徴税の顛末については集まった額から判断してくれ」とひとこと言うだけで片づけてしまっている。

『多難な治世』全体に流れる反カトリシズムとナショナリスティックな発想、そして、プロテスタントが支配する当時の社会の一般的な思潮を考えれば、ここでのバスタードの振舞いは特に違和感を生じさせるようなものではなく、むしろ喝采をもって迎えられたとしても不思議ではない。にもかかわらず、シェイクスピアが自分の作品でこういった部分を省いたのには、宗教という微妙な問題を扱うことへの危惧や、あるいは、シェイクスピアについて想定されるカトリック教会への共感など、理由はさまざまに考えられようが、やはり、大きな要素としては、こういった場面を含めることが彼の考える統一された作品のヴィジョンからはずれていたということであろう。資産の没収という仕事の性格上、これを具体的に詳述すればバスタードをかなり野蛮な存在として描くことになり、当時の反カトリック感情を考慮に入れても、シェイクスピアのバスタードが劇の後半に見せる沈着な振舞い、つねに国全体の安寧を見据えたような態度と合致しなかったということが大きかったのではないだろうか。

実際、これ以降、二人のバスタードは、アクションの基本的な流れとしては重なり合いながら、個々の振舞いやそこから垣間見える人となりという点で、ますますはっきりと異なったニュアンスを示すようになってゆく。先に見たように、『多難な治世』は、後半において、一方では敵対する外国への敵意やカトリシズムへの反発といった主張を孕みながらも、自分のこれまでの悪政に対するジョンの呵責と絶望感の吐露を前面に押し出してきて、彼にほとんど悲劇の主人公と呼ぶにふさわしいほどの自己洞察を与えており、逆に、こちらのバスタードは、重要な人物には違いないが、あくまで、この問題の多い君主にそれでもなお忠誠を尽くす憂国の士という枠組みに収まっているように思われる。それに対して、『ジョン王』では、劇の後半で、ジョン自身の影が急速に薄くなってゆくのに反比例するかのように、バスタードが劇のアクションの中心になってゆく。

ユベールから実際にはアーサーを殺してはいないと聞かされたジョンの指示で、離反した貴族たちに帰還を促すために彼らの許に出向いたバスタードは、そこでアーサーの亡骸を見せつけられ、自身大いに動揺する。貴族たちが行ってしまった後で、身の潔白を訴えるユベールに死体を片づけるように指示した後で、バスタードは、次々と襲ってくる難事を前にして、途方に暮れる胸の内を、「世間のいばらや危険に足を取られて、道に迷って思案も尽きた思いだ」（四幕三場四〇—四一行）と述懐する。これは、闇に潜む得体の知れない危険に囲まれて前途もおぼつかないという感覚の表現として、例えばウェブスターの『白い悪魔』の中で、ヴィットーリア・コロンボーナが口にする、「私の魂は、暗い嵐に漂う小舟のように、行く末も知れずに流されてゆく」（五幕場二四八—四九行[4]）という言葉にも一脈通じるものであろう。しかし、ヴィットーリアの表現が、自分を包む嵐にいわば受動的に身を任せて、自分のアイデンティティがその中で溶け去って寄る辺もなく流されてゆくのを自らなすがままになっているという印象であるのに対して、ここでのバスタードは、そういった五里霧中で自身が進むべき道筋も皆目わからないことに戸惑いながら、それでもなお、その中で自分が取るべき最善の道はどれなのか懸命に模索し、根柢から揺らいでしまって崩壊寸前の国家を憂いそれを支えるために自分に何が出来るのか自問し、それに向かって手探りで進んでゆく姿勢を貫いているという点で、ある面では対極にあるとも言えるだろう。

　事実、これ以降、劇の後半になると、バスタードは、自らの中に育んできた為政者の理想をもって国家の急に当たろうとする姿勢をますます鮮明にしてゆく。フランス王子ルイの侵攻が迫っていることを聞かされても、パンドルフに依頼した和睦の行方だけを当てにするジョンに対して、バスタードは、王たる者は火急の時にどう振舞うかで真価を問われると語り、自ら軍の先頭に立って敵と対峙して、相手を威圧しなければならないと諭す。そして、それでもまったく動こうとしないジョンに代わって、軍の指揮を執ることになる。こうして、バスタードは、困難で判断のつかないような状況の中に置かれつづけることによって、人の上に立つ者はいかに毅然として身を処すべきかという一種の道義のようなものを自分の中に育んでゆく。

王の名代として談判のためにルイの陣営に赴いたバスタードは、パンドルフからルイが和議を受け入れなかったと聞かされると、居丈高な調子で言い放つ。

我がイングランド王の言葉を聞くがいい。陛下は私を通してこう言っておられる。賊を迎え撃つ準備はできているし、また、できていて当然である。この礼儀を弁えぬいじましい侵攻を、この鎧をつけての猿芝居と軽はずみな狼藉を、この青臭い生意気さ、幼稚な軍勢を、陛下は笑っておられる。そして、この小人の軍勢、寸足らずの軍隊をむち打って国土からたたき出す用意はすべて整えておられる。［……］いいや、剛毅な陛下は自ら鎧をまとって、空高くそそり立つ塔に舞う鷲のごとくに、巣に近づく厄介者に狙いをすましておられると思い知れ。（五幕二場一二八―五〇行）

ルイは、お前の放言になど用はないと受け流して、それ以上バスタードの言葉にもパンドルフの提案にも耳を貸そうとはせず、それぞれが戦闘の準備にかかるために陣に戻ってゆくが、そういった結果とは別に、ここでのバスタードの大言壮語はなかなか見事である。ジョンのことをこれしきの騒ぎにびくともしない豪胆な君主として提示するなど、どこか彼自身がそれを実態から遊離した大言壮語であると自覚している節があるが、戦場での談判では、それ自体が戦闘の一環なのだから、こういう柄の大きい言葉で相手を圧倒しようとするということも大切な戦略であろう。しかし、単にそれだけではなく、彼が自分が代理として今そのペルソナを借りてきているのはそういう豪胆なイングランド王なのだということを言い表すことによって、実際のジョンのいかんに関わりなく、表現しているバスタードを媒介として、そういう王の姿が、イングランドの人々が自分たちの君主として仰ぎ見てそれに習って従ってゆこうとする模範として、浮かび上がってくるのである。そして、その時、もともと何の実体も伴わない単なる大言壮語であったものが、次第に実体のあるもの、実質を帯びたものへと変わってゆくのである。

もちろん、だからといって、バスタードのそれ以降の軍功が際だって目立つものだったわけではない。彼が戦場に出ているあいだに、ジョンは戦火を避けるために身を寄せた修道院で毒を盛られて重篤に陥り、彼の方も、渡河に際して部隊の半数を潮に流されて失ってしまう。その間、フランス側も、頼みにしていた本国からの援軍を難破で失い、ルイについていたイングランドの貴族が彼の下心を知らされて、ジョンの許に帰参したこともあって、和睦を決意するが、それらはすべてバスタードの与り知らないところで行われている。ジョンの臨終の席に戻ってきたバスタードは、自分が懸命に仕えてきた君主の死を目の当たりにして、こうなった以上は、自分の残された命はひたすらフランス軍に復讐することに捧げようと誓うが、それを聞いたソールズベリが、ルイがパンドルフ枢機卿を介して和議を申し入れてきて、実質的に話がついてしまっていると教える始末である。そして、バスタードも、そういうことならそれでいいと了解して、自分も含めて家臣の一部は調停に立ち会い、また一部は皇太子ヘンリーに従ってジョンの埋葬に出向くことにしようと申し合わせ、最後に、王位を引き継ぐことになったヘンリーが周りの者たちの忠誠に対して礼を言い、バスタードが「国は内部で反目し合うといかにも弱いが、きちんと結束している限り、イングランドは世界中が攻めてこようと安泰だ」と語って、劇を締め括るのである。

そういう次第で、この劇には、例えばイングランドの軍勢がフランス軍を駆逐したり、あるいは両方の陣営が和平の調印をしたりするといった本来なら劇を結末へと導くにふさわしいような山場が置かれておらず、どことなくいつの間にか終わってしまうという印象になっている。観客の心理的な拠り所という観点から見て劇の中心人物と言っていいだろうバスタードも、右に見たように、五幕二場で大見得を切って以降、具体的な活躍の場は用意されておらず、彼がフランス軍に対して燃やす戦意は、ほとんど空回りのような印象になっている。批評家によっては、『ジョン王』の最後の二幕はプロットの構成がまったくなってなくて、シェイクスピア自身、自分がことをうまく運んでいないということを承知しながら、『多難な治世』のアクションを分解してばらばらにしたものをもう一度まとめる方法がわからなくて、そのままにしてしまったと見る向きもある（Burckhardt 134）。しかし、これはむしろ、シェイクスピアのきわめて巧妙な計算によるものと見るべきであろう。どう判断すべきなのか理解しがたいような状況で次々に危機が襲ってくる中で、バスタードは、自分の進むべき道が分からないと述懐しながらも、それに応じるべく自分なりの身の処し方を育んでいったわけだが、逆に、実際に大きな危機が到来したとして、それに対処するために自分の力を発揮しようと覚悟が決めると、その時には危機の方はすでにもう去ってしまってたという拍子抜けのような状況に置かれた場合、人は往々にして、危機を前にした時と同じように、うろたえ苛立つものであろう。しかし、そういう状況に置かれても、バスタードは、自分の前に展開する刻々の状況の変化に対応し、それらを毅然として受け入れてゆくのである。その結果として、彼が歴史に名を残すような大きな功名を上げるということがなかったとしても、それは彼がそういう身の処し方を学び取っていったという、その成長の意義を減殺するものでは決してないはずである。彼が最後に劇の締め括りとして語る、国内が一致団結していれば国は安泰だという言葉も、それ自体としては特別注目に値する言葉でも何でもない。

このイングランドは、まず自身を傷つけようとしない限り、征服者の傲慢な足下にひれ伏すようなことはなかったし、今後も決してないだろう。その要となる君侯たちがこうして戻ってきた今、世界が三方から攻めてこようと、我らはそれを蹴散らすだろう。イングランドが自らに忠実であるが限り、何者も我らを悲しませることなど出来はしないのだ。（五幕七場一一二―一一八行）

しかし、バスタードがそういう価値を自分の中に体現し、それを皆を代表して、新しい王が即位しようとするこの重要な局面で、そのことを祝福しながら語る人間になったということが貴重なのである。

では、こういったジョンの失敗と衰弱と、それと対照的なバスタードの成長の姿を描くことは、シェイクスピアにとってどういう内的な意味があったのだろうか。このことについてはさまざまな角度からのアプローチが可能だろうが、ここでは、多少暴論に聞こえるかもしれないが、シェイクスピアの伝記的な記録から推定される、成長期における彼の内的なありよう、とりわけ、両親との関わりで想定される彼の心理とそれが以後の彼の精神生活に残した痕跡という観点から探ってみたい。

ストラットフォードにおけるシェイクスピアの成長期を考えた時、私たちは、そこにいくつかの危機的な時期があったことが推測できる。一つは、誕生からの幼年期、二つ目は、父ジョン・シェイクスピアが経済的に行き詰まって一家がさまざまな苦労をなめるようになる十代の初期、そして、アン・ハサウェイとの結婚と子供の誕生、そして、最後に、彼が家族をストラットフォードに残して、直接にかあるいは何らかの間接的なステップを踏んでかはともかく、ロンドンに出て、芝居の世界と関わりを持つようになるまでである。

シェイクスピアが生まれた頃、ストラットフォードは一四世紀の黒死病以来の規模のペストの流行に見舞われていた。長男ウィリアムの誕生に先だって、一人ないしは二人の娘を設けながら、幼いうちに失っていた母メアリーにとって、初めての息子の健康状態が人一倍気にかかったというのは想像に難くない。こうして、母と幼い息子のあいだにはたいへん濃密な関係ができていったと思われる。一般に、母親に保護されているという安心感は、子供の成長に不可欠なもので、それが自分に対する自信の根本となるとされている。軋轢に満ちていたであろうと推定されるロンドンの演劇界で、狷介な性格を露呈することの多かったマーロウやジョンソンと対照的に、彼が〈温厚なシェイクスピア〉と呼ばれるような性格的安定を示したのは、こういった幼少期に経験した親の持続的な庇護から来る自己への信頼感が背景にあったとも考えられている。しかし、その反面、母親の過大な保護の下に育った子供は、その依存からなかなか抜け出せず、母親がそばにいる時の万能感と、逆に彼女の姿が見えない時の無力感、敵対する世界の中に一人残された寄る辺なさの感覚とのあいだではげしく揺れ動くと考えられる。シェイクスピア自身が明確にそういった動揺を露呈していたとは考えにくいが、なおも、潜在的にはそういう不安を秘めていて、彼自身がそういった感覚を自分が乗り越えるべき課題として漠然と感じていたのではないだろうか。シェイクスピアが『多難な治世』の中のジョンに見たのは、そういった、一面としては強くて頼りがいがあるが、同時に、まさにそうであるがゆえに、息子の立場に過度に干渉して、その心理的な独立を妨げて、結局は彼を破綻に追い込んでゆくような、自分の幼少期において母親が潜在的に秘めていたあり方だったのではないだろうか。そして、自分の作品の中にジョンとエレナーの母子関係を表現し直す中で、彼はさらにそういった側面を強調していったと考えられる。『多難な治世』のジョンが、母親の死を聞かされて大きな衝撃を受けながらも、その結果はともかく、曲がりなりに自分で局面を打開しようと画策し、いよいよ追いつめられると、それまでの自分の振舞いを振り返って深い絶望感に呻吟して、それなりの存在感を印象づけるのに対して、『ジョン王』のジョンは、先に見たように、母親の死を聞かされてからは、事態に対処しようとする意志をまったくと言っていいほど失って、世界との関わりをなくしてしまい、廃人のようになってゆく。それは、さながら、シェイクスピアが、自身陥る危険があったと感じていた母親の過度な庇護への心理的な依存によって、自己の成熟したアイデンティティを確立しえなかった人物を無惨なかたちで葬り去ることによって、自分の中に潜む同様な傾向ないしは幼少期の記憶に自ら封印しようとするかのようである。

そして、それに代わって、いわば主役を交代するかたちで出てくるのが、こじんまりとした村の名士に収まるようにという母親の願いを無視して、海のものとも山のものともつかない〈父の名〉だけを頼りに、裸一貫で、世間の荒波に乗り出していって、最終的に一国の屋台骨を支える家父長的な為政者としてのありようを裡に内在化させることに成功するバスタードなのであるが、それを考える前に、我々は、この作品の中に描かれるもう一つの母と子のペア、コンスタンスとアーサーの問題を見ておくことにしよう。

シェイクスピアが、『多難な治世』においては若くて聡明な印象のアーサーを、『ジョン王』の中で、十歳を少し超えた程度のいかにもいたいけない印象の少年に変えたことについては、他にもいろいろ理由が考えられようが、一つには、彼の少年時代の記憶ないしはトラウマが深く関わっていたのではないだろうか。先に少し触れたように、彼の父親の経済的な不如意が記録の上ではっきりし出すのは、一五七〇年代の後半、シェイクスピアが十歳を超えた頃からである。よく知られているように、父親のジョン・シェイクスピアの また父親は、もともとアーデン家の小作の家柄で、メアリー・アーデンがジョンに嫁いできたのは、相手がもともとは自分の家の小作人の身分でありながら、その才覚によって頭角を現わしつつあって、将来的にも期待できると見込んでのことであっただろう。しかも、メアリーの父は、姉娘たちが早くに他家に嫁いで、後まで家に残って自分の面倒を見たのがメアリーであったという事情もあってか、資産のほとんどを末娘のメアリーに残しており、ジョン・シェイクスピアが一五六〇年代を通して商売を拡大して社会的にも立身を遂げることができたのには、妻の持参金が大きく貢献したであろうと一般に考えられている。そういった脈絡の中にジョンの経済的な不振を置いて見ると、それがメアリーにとって意味したものは、夫を信じて託していたアーデン家の伝来の資産の散逸であり、自分が手塩にかけて育ててきて、今やひときわ利発な子供として、父親以上の輝かしい未来が約束されていると思われた長男ウィリアムが、当然受け継ぐはずであった家産を何一つ残してもらえず、明るい将来への門を閉ざされてしまったということであっただろう。父親の遺書の執行人を指名されるなど、かなり気丈なタイプの人物だったと想像されるメアリーであるが、もともと裕福な家の出で、経済的な困窮に不慣れであっただろうし、それ以上に、家の跡取り息子に何も残してやれないことへの落胆は、きわめて大きいものだったに違いない。そして、自分の信頼を裏切った夫に対する憤懣は、当の本人に向かうと同時に、哀れさ、歯がゆさの念とないまぜになった愚痴やぼやきとして、ウィリアム自身にもたびたび向けられたであろう。こういった状況を息子のウィリアムの側から見れば、憤懣を鬱積させる母親に同情して頼りにならない父への苛立ちを彼女と共有する反面で、そういった思いをなかなか抜け出せずに、いつまでも恨み辛みを並べ続ける母親をどこかうっとうしく思う気持ちと、妻の攻撃の矢面に立たされて返す言葉もない父親へのいたたまれないような惻隠の念もあったろうし、そしてまた、二人のあいだに挟まれて、十歳をわずかにすぎた子供の身で、当面何一つ出来ることのない自分への歯がゆさも募ったであろう。こうして、当時の一般的な規範に照らして、そもそもの初めからシェイクスピアの両親のあいだに伏在していたであろうと推測される、夫婦としてのある種のいびつさは、ジョンの経済的な失敗という不幸な事態を通して顕在化し、幼い少年ウィリアムの心にもさまざまな印象を刻むことになったであろう。そして、そのことは、彼が後に自分の劇の中で描くことになる夫婦関係や、家庭の中での夫の位置、あるいは、母と息子との関係など、多くのところにその影を落としているように思われる。君主としての適格性を疑わせる王にあくまで忠誠を尽くすべきか、それとも、これに公然と叛旗を翻して、よりよい政権の樹立に貢献すべきかを問うて、シェイクスピアの史劇全体を貫く主題の一つとされる「弱い王のディレンマ（weak king dilemma）」も、もちろん他の劇作家の歴史劇も考慮に入れて、時代背景も参照しながら、考察すべき問題ではあるが、それでもなお、自己形成の途上にある十歳前後の少年にとっては偶像視され理想化された家の王ともいうべき父親の没落と、それが少年の精神にもたらした内面の空白という、シェイクスピア個人の来歴の問題を抜きにして語ることは出来ないであろう。[6]

『ジョン王』の中で、フランス王フィリップが自分たちを裏切ってジョンと和議を結んだことを知ってははげしく憤るコンスタンスを、アーサーが宥めようとするのに、彼女は息子の言葉を遮って、憑かれたように無念の言葉を重ねてゆく。

私に我慢するように諭すお前が、おぞましくて醜くて、不快な汚点や見るに耐えないしみに覆われて、［……］母の腹の汚名となるような子であったなら、私も気にはすまい、それなら我慢も出来はしよう。私はお前を愛さなかっただろうし、お前もその高貴な生まれにふさわしくなく、王冠にも値しなかっただろうから。でも、お前は美しい。そして、愛しい子よ、お前の誕生に際しては、自然と運勢の二人の女神がお前を偉大にしようと手を結んだのだ。自然の恵みについては、お前は百合と咲きかけの薔薇で誇ることができよう。けれども、運勢の方ときたら、ああ、こちらの方は堕落していて、気を変えて、手のひらを返してしまったのだ。

（三幕一場四二―五五行）

こういった台詞を書いていくシェイクスピアの耳には、少年時代に母親が詮方ないと知りながら繰り返し語って聞かせた断ちがたい未練の思いが響いていたかもしれない。

コンスタンスが舞台に最後に姿を現わすのは、三幕四場、アーサーがジョンの軍勢に捕らわれたと知って、こうなってはもう死んだ方がましだという思いを延々とまくし立てるところである。

いいえ、助言も償いも一切ご免こうむります。助言をすべて終わらせるもの、本当の償いでないのなら。死よ、死、ああ、恋しく愛おしい死。かぐわしい腐臭よ、すこやかな腐敗よ、永劫の夜の褥から起き出すのよ。繁栄を憎み脅かすものよ。そしたら、私は、お前のおぞましい骨に口づけをして、私の目玉をお前の虚ろなひたいに差し入れて、この指にお前に巣喰うウジを巻きつけようし、この息の通り道を忌まわしい塵で塞いでしまって、お前と同様、腐肉の妖怪になってしまおう。来て、私にニタリと笑っておくれ。そうすれば、私はお前が微笑みかけたと思って、お前の妻として思いっきり口づけするだろう。ああ、惨めさの恋人よ、私の許に来ておくれ。

（三幕四場二三―三六行）

以下、何とか鎮めようとするフィリップとパンドルフの制止を振り切って、彼女はその悲痛な思いをとめどなく吐露しつづける。しかし、死を擬人化するかたちで現わされたその思いは、イメージからしてかなりグロテスクで、微に入り細を穿つように視覚化しようとするその表現法とあいまって、どこか自身の言葉に酔っているようにも聞こえ、周囲の人々がこれに辟易するのも分かるという印象を与えてしまう。これは、一つには、四幕二場で彼女が悲しみのあまり狂死したと伝えられることへの伏線をなしているとも考えられるが、それだけではなくて、コンスタンスとアーサーの受難を遠景化させることによって、それが観客にとって過大な関心事となるのを妨げようとする作者の計算が働いているように思われる。二人を見舞う事態の急変はたしかに痛ましいもので、深い同情に値するものであるが、しかし、歴史とは、そういった個人の苦しみや無念を呑み込んで、否応なく進んでゆくものであり、人は刻々の状況の変化の中でなおも最善の選択とは何かを模索し前向きに進んでゆくしかないのである。

こうして、『ジョン王』は、それぞれ意味合いはまったく違うにせよ、ともに破綻に終わる二組の母子を配して、いわばそれらを乗り越えてゆくようなかたちで、バスタードの成長を描いている。これをシェイクスピアの履歴と重ね合わせて見ると、彼がその成長期において遭遇しその心に大きな影を残しつつも乗り越えていった二つの精神的な危機、母親との関係における深刻な危機が、その中に投影されていると言えるのではないだろうか。そして、さらに言えば、シェイクスピアは、これらの二組の母と子を酷薄なかたちで葬り去ることによって、彼らが表象している自分の幼少期と少年時代の母の呪縛から象徴的に自身を解き放っていこうとするのである。先に見たように、バスタードは、村の地主としての身分が約束されているフォーコンブリッジ家の跡取りとしての立場をあくまで守り通すようにという母親の願いを陽気にはねつけて、新しい冒険の道を選択しているが、そこには、その選択に至る経過はまったく違っていたにせよ、新しい可能性を求めてロンドンへ発っていった若き日のシェイクスピア自身の姿が投影されているのではないだろうか。

では、そのバスタードが劇を通して成長してゆく姿にシェイクスピアが託したものとは、いったい何だったのだろうか。劇の中のバスタードは、そもそもの初めから、どこかうさんくさく得体の知れない、身の置き所も中途半端な存在として登場する。彼は、一方では、リチャード獅子心王の息子としてジョンの甥に当たる、その意味で社会的な階層の中で頂点に近いような立場にありながら、同時に、不義の子として周縁化され、名目上の父親からは疎んじられ、宮廷に入ってからも、不都合のことがあって人々と対立する度に、そのうさんくささを槍玉に挙げられている。そして、そういったうさんくささは、単にほかの人物が彼に向ける規定であるだけでなく、彼自身が自分について感じているものであり、彼は自分が入っていった世界に対してつねにある種の違和感をもって臨んでいた。しかし、バスタードは自身のうさんくささを積極的に引き受け、この世界の不条理さをも受けて立つことで、国の屋台骨を背負って、その急を救うような存在に成長してゆく。

よく知られているように、シェイクスピアは一五九二年にロバート・グリーンに『一文の知恵』の中で、自分たち大学出の才人たちの技を盗んで成り上がった卑しい輩だとののしられた。[7] 半ば自伝的なこの小篇の中で、グリーンは、自分のように大学まで出た人間が、芝居のようにやくざな世界に入ったきっかけとして、紳士のように立派な身なりをしていて、とてもそういう仕事をしている人物とは思えなかった役者から、戯曲を書くようにスカウトされたということを述べている。当時の社会の慣習では、人は大学を出ているというだけの理由でジェントルマンと見なされたが、その一方で、役者というのは、自分たちのギルドも持たない、一種のアウトカーストであった。グリーンの右の話が事実に基づくものであったかどうかはともかく、象徴的にはそれに類するような事情があったのであろう。大学まで出ながら、下賤な役者ふぜいに雇われて、彼らの言いなりになってくだらない芝居の台本などを書いているという屈折した思いは、〈大学出の才人たち〉の中でも、とりわけグリーンには強かったと考えられる。それが今、自分たちが見下してきた役者の中から人気・実力とも自分たちをはるかに凌ぐ書き手が現れて、自分たちの領分を脅かしはじめたとなっては、恨み辛みを並べたくなるのも無理のない話である。しかし、その恨みの的になったシェイクスピアの方にも、実はグリーンのコンプレックスをそのまま逆にしたようなコンプレックスがあったと考えられる。故郷に落魄した両親と妻、幼い子供を残して、〈大学出の才人たち〉のような明確な身分の裏づけとなるものもなく、いわば徒手空拳で、演劇の世界に入ったシェイクスピアであるが、彼が頭角を現してゆくにつれて、グリーンが向けたような妬みや嫌がらせは、さまざまなかたちであったに違いない。大学も出ていない卑しい役者上がりの馬の骨が、自分たちの猿まねでいっぱしの文士気取りになっているという非難は、シェイクスピアにしてみれば、落ちぶれた三文文士がいまさら何をたわけたことを言っているんだという思いだったろうが、同時に、その非難が含んでいる一抹の真理にもどこか引っかかるものを感じたに違いない。創作という行為には、作家がそれを意識するか否かに関わらず、常に一定の模倣や借用を含んでいる。それを認めた上で、では自身の作品が他の人の作ではなく、他ならぬ自分自身の作品であるということを、何よりも自分自身に証明すること――それはとりもなおさず、作家としての自分のアイデンティティを確立することに他ならないが――は、その意味で、この時期のシェイクスピアにとって、きわめて重要な課題だったということは想像に難くない。他に自分のありようを保証してくれる明確にかたちを持ったものがないだけに、その必要は彼の中で人一倍強かったであろう。そういったものを模索する努力の中で、彼は改めて、先行する作家や作品との関係を探り、そして同時にまた、それと並行するかたちで、自分と父親との関係――本来なら自分のアイデンティティの第一義的な模範となるはずであった存在との関わりとその意義――を掘り下げていったのであろう。そして、そのいずれもが、バスタードの企てと同様に、明確な答えのあるものではなく、あくまでどこか曖昧で掴みどころのない、うさんくささを残すものであることを自覚してもいったであろう。それらの曖昧さに耐えて、この不透明な世界でなおも自分の足下を見据えて前進してゆこうとする己れの姿勢を、彼は同様な課題を背負ったバスタードの姿の中に託したのではないだろうか。

『ジョン王』の執筆と相前後すると考えられる一五九六年、シェイクスピアは父親名義でジェントルマンの称号を申請して認められている。こうして、かつて父親が羽振りのよかった頃に申請しながら認められずに終わったこの称号を、自分の経済的な成功によって、彼に代わって得ることで、シェイクスピアは、その少年時代の大きなトラウマであったはずの父の経済的な失敗とそれに伴う社会的なアイデンティティの瓦解という事態を象徴的に克服して、故郷の家で父に家長としてのありようを回復させると同時に、自身の内面においても、家父長の座を確立することに成功したと言えるのではないだろうか。

我々は、先に、三組の母と息子の組み合わせに注目して、ある意味で母親が息子を圧倒して破滅させる二組の失敗を象徴的に乗り越えるかたちで、バスタードが成長してゆくということを見た。この三人の息子が王ないしは家長として家督を継承できるか否かについては、それぞれ母親が大きく干渉しており、さらにルイのイングランドの王位継承権の主張でも、ブランシュという女性の存在がその不可欠な要となっていた。こういった例とは対照的に、劇の最後でジョンからヘンリーに王位が譲られる際には、女性の干渉といったものは一切ない。ジョンの妃にしてヘンリーの母親である女性がいかなる人物でどういう考えを持っていたのかということも全く触れられていない。[8] そして、この若くて経験にも乏しいと推される新王の脇を固めるのは、劇を通して国家の家父長的イデオロギーを吸収するかたちで自己を作り上げてきたバスタードであり、さらにそれを、一度はルイにつきながら、イングランドの王室に改めて忠誠を誓って戻ってきたイングランドの世襲の貴族たちが取り巻いているのである。つまり、この劇の結末においては、少なくとも表面的な構図としては、女性は完全に周縁化され、万世一系的な男性中心の長子相続の神話が回復されているのである。

もちろん、バスタードにしても、戻ってきた貴族たちにしても、家父長的な家や国家のイデオロギーの無条件な体現者とは言いにくいだろう。バスタードはそもそもの初めから社会的な階層制度の枠からどこかはみ出した存在であり、貴族たちも、いったんはジョンの王位に背を向けた、臑に傷を持つ身である。けれども、劇を締め括るバスタードの言葉が示唆するように、国家の安泰とは初めから無条件に存在しうるようなものではなく、個別の利害を背負った不完全な個々人が、意識的な不断の努力を通して、つねに不完全さを伴うかたちで、獲得してゆくものであろう。

そして、そういった認識においても、この『ジョン王』は、シェイクスピアの歴史劇の発展の中で、前期四部作から後期四部作への転換を徴《しるし》づける、象徴的な作品であると言えよう。前期四部作の中の人物たちは、『ヘンリー六世・第一部』の中のトールボットに典型的に見られるように、基本的にハイアラーキカルな社会秩序への信頼を背景に持っており、それこそが回復されるべき理想状態であるという信念で行動しているように見える。それに対して、後期四部作の人物たち、とりわけ四部作全体の主人公とも言うべきヘンリー五世にとっては、そういった理念はあくまで一つの虚構であり、不断の演技と演出によって維持されるものにすぎない。バスタードという社会の階層制度から微妙にはずれた人物が、それを意識的に自らの中に体現して階層の中枢を担う要となってゆく過程を劇化することによって、シェイクスピアは、『ジョン王』の創作を通して、その個と世界との関係性のヴィジョンを、前期四部作のものから後期四部作のものへと大きく転換させている。[9] そして、同時にまた、それを通して、父親の経済的、社会的な失墜以来空虚さを抱え込むことになっていた心の中心に、やはり同様に虚構として獲得され回復された家父長的な父親像を据えることに成功するのである。

注

1 シェイクスピアの『ジョン王』と『ジョン王の多難な治世』との関係については、Braumuller, ed., *King John*, "Introduction", 2–19 並びに Bullough ed., *Narrative and Dramatic Sources of Shakespeare*, Vol. IV, "Introduction", 1–24 を参照されたい。また、シェイクスピアの作品の方が『多難な治世』に先行しているという見解については、Honigmann ed.,

King John, "Introduction", xi–xxxiii を参照されたい。

2　本論における『ジョン王』からの引用の幕・場・行数の表示は、すべて Honigmann ed., *King John* に拠っている。引用の訳はすべて私自身のものである。

3　『多難な治世』の場・行数の表示は、Bollough ed., *Narrative and Dramatic Sources of Shakepeare*, Vol. IV に収められたテクストに拠っている。

4　幕・場・行数の表示は、Webster, *The White Devil*, ed. J. R. Mulryne に拠っている。

5　たとえば、ジョンは、一五七九年に、メアリーの義兄に当たるエドモンド・ランバートから、もともとアーデン家の資産であったウィルムコートの屋敷と五六エーカーの土地を担保に四〇ポンド借りて、期限までに返すことができなかったために、差し押さえられてしまった。ジョンは後に何度か訴訟を起こして、家屋敷を取り戻そうとしたが、失敗に終わっている。Honan, *Shakespeare: A Life*, 39–40 に拠る。本論の中で触れたシェイクスピアの伝記的事実はほとんど周知のことばかりであるが、この新しい評伝を通して確認した点が多かった。

なお、これは全くの余談であるが、ジョン王がフランス国内のイングランド領を失ったために、「土地なし（Lackland）」と綽名されたということは、ジョン・シェイクスピアの資産喪失との連想で興味深い。芝居の主題の選択の際に、シェイクスピアの中にも同様な連想が働いたのだろうか。

6　Barber は "Shakespeare in the Rising Middle Class" の中で、シェイクスピアの父親の経済的、社会的失墜に触れた後で、自己の発達においては、理想化された父親像に対する幻滅が段階的になされることが望ましいとする Heinz Kohut の説を紹介している。そして、その理想化された人物の不意の失墜によって引き起こされる幻滅の過程の突然の強化は、「強烈なかたちの対象欲求と見えるもの［を招く。］これらの対象への探求と依存の強烈さは、そういった対象が心的構造のうちで欠損している部分の代替物として希求されているという事実に拠っている」（Kohut 49）とする見解を引いている（Barber and Wheeler 51）。

7 Carroll ed., *Greene's Groatsworth of Wit Bought with a Million of Repentance*. 該当する個所は八三―八六頁である。

8 Howard and Rackin (120–21) は、「『ジョン王』の中で、シェイクスピアは男性的な声を懐疑的な女性の審問に服させ、彼が表象する歴史は、問題を孕んだもの――相争う利害が競い合い、公に認められていない声が聞かれ家父長的な権威の声に挑戦するための場――になる」と述べている。

たしかに、劇の前半を見る限り、女性の声はたいへん力強く、時に男性を圧倒するかにすら見える。けれども、その一つ一つを具体的に見てゆくと、エレナーとコンスタンスはともに後半は登場もせずにその死が伝えられるのみである。そもそもコンスタンスの態度は男性の声を懐疑に服させるという体のものとは思えず、自分の幼い息子の利害のために必死で戦い、思いを果たさないままに狂死してゆくという印象である。エレナーはコンスタンスよりも実質的な強さを感じさせはするが、その結果として、息子のジョンをきわめて母親依存的な人物に育ててしまい、結局破綻させるという事態を招いているというのが実状であろう。バスタードの母親については、彼女の夫への不義がその家庭の世襲を脅かすというように言われているが、この作品でそのことが重要なモーメントとして取り上げられるという印象はなく、父の名だけを頼りに新しい世界の乗り出してゆこうとするバスタードを押しとどめようとして失敗すると、それっきり舞台から姿を消して、言及されることすらなくなってしまう。ブランシュについては、ルイがイングランドの王位継承権を主張する口実として引き合いに出されることはあるが、それを彼女がどう判断したのかということはいっさい表されていない。劇の前半で、叔父ジョンのフランス征伐にわざわざついてくる彼女が、自分の継承権を盾に夫がイングランドに侵攻する際にはまったく姿を現さないというのも、考えれば妙な話である。

これらの例だけでなく、一般にシェイクスピアにおいては、現代のフェミニスト系の批評家が往々にして取るように、最初に家父長的な権威があってそれに女性の力が対抗して立つという歴史的な前後関係よりも、庇護し支配しようとする母親の圧倒的な存在がまず最初にあって、若い主体が、父の権威を内化することでそれを抑えこんで、自己の確立を図るという発達心理上の前後関係の方が、はるかに大きいモーメントをなしているように思われる。

9 Vaughan (67) は、「バスタードは、［フォーコンブリッジの家督を放棄して王の直属の家来として］名前をサー・リチャード・プランタジネットに変えた時、その地位と物質的な富を王に依存することになり、それゆえ王の権威に反抗しにくくなる。自分の土地を持った封建貴族たちは、もっと自由に我が道を行ける。［……］バスタードはルネサンス的な個人主義者になることを選んだ時、当然、彼は周縁的な人物、教会や宮廷あるいは家族の集団的なアイデンティティの外の人間になる」と述べている。

このうち、前半の見解については、バスタードのジョンへの忠誠というのは、作品の表現を追う限りでは、ここで言われているように、王個人への物質的な依存の結果として生じたというより、為政者としてのありようといったより抽象的な理念への信奉と解すべきと思え、あまり賛成できないが、後半の見解は、バスタードが帯びるうさんくささ、おぼつかなさを言い当てて、それをルネサンス的な人間観と結びつけている点で興味深く思われる。本文で見たように、このうさんくさい周縁性こそが、シェイクスピアがバスタードに惹かれた大きな理由だっただろうし、それはまた、彼自身が自分について持っていた感覚であって、それがあったからこそ、シェイクスピアは自分と同じ課題に直面している存在としてバスタードに惹かれたのであろう。

なお、一五九〇年後半期における、シェイクスピアの主体構成と彼の創作との関連づけについては、高田茂樹「『ヘンリー四世二部作』――あるいは、シェイクスピア的温厚さの起源について――」も併せて参照されたい。

引用文献

Barber, C. L. and Richard P. Wheeler. *The Whole Journey: Shakespeare's Power of Development*. Berkeley: U of California P, 1986.

Bollough, Geoffrey ed. *Narrative and Dramatic Sources of Shakespeare*, Volume IV. London: Routledge and Kegan Paul, 1975.

Burckhardt, Sigurd. *Shakespearean Meanings*. Princeton, N.J.: Princeton UP, 1969.

Greene, Robert. *Greene's Groatsworth of Wit Bought with a Million of Repentance*. Ed. D. Allen Carroll. Binghamton, New York:

Medieval & Renaissance Texts and Studies, 1994.

Honan, Park, *Shakespeare: A Life*. Oxford: Oxford UP, 1998.

Howard, Jean and Phyllis Rackin. *Engendering a Nation: A Feminist Account of Shakespeare's English Histories*. London: Routledge, 1997.

Kohut, Heinz, *The Analysis of the Self*. New York: International UP, 1971.

Shakespeare, William. *King John*. Ed. A. R. Braumuller. The Oxford Shakespeare. Oxford: Clarendon, 1989.

Shakespeare, William. *King John*. Ed. E. A. J. Honigmann. The Arden Shakespeare. London, Methuen, 1954.

Vaughan, Virginia M. "*King John*: Subversion as Containment," Ed. Deborah T. Curren-Aquino. *King John: New Perspectives*. Newark: U of Delaware P, 1989, 62–75.

Webster, John. *The White Devil*. Ed. J. R. Mulryne. Regent Renaissance Drama Series. London: Edward Arnold, 1970.

高田茂樹「『ヘンリー四世二部作』――あるいは、シェイクスピア的温厚さの起源について――」玉泉八州男他編『シェイクスピア全作品論』（研究社出版、一九九二）一四五―六四頁。

娘にとっての「ハッピー・エンディング」？
——結婚のディスコース、処女女王、『テンペスト』——

阪本 久美子

シェイクスピアのロマンス劇は、一六〇三年のエリザベス女王の死後まもない時期に執筆／上演された作品群である。このジャンルの作品の特徴としてしばしば論じられるのは、喜劇の枠組みの中に悲劇的要素が内包されているということ、つまり悲喜劇のパターンを踏襲するということだ。劇中主要登場人物は苦境に立たされるが、それも一時的なことである。やがて失われたものは取り戻され、過去の敵は和解し、死んだはずの者も甦り、離散した家族は再びめぐり合う。ロマンス劇の終末には、平和と幸福がもたらされる。苦難を乗り越えた上で到達した調和が、シェイクスピアのロマンス劇の結末を飾る。それゆえウィルソン・ナイトは、悲喜劇のパターンを踏襲するこのジャンルの作品を、「悲劇の洞察力にもまさり、かつ永遠性の本質を解明する」と絶賛した（Knight 7）[1]。不幸な状況が変転した上で達成される至福のハッピー・エンディング。逆転のドラマと、明と暗を際だたせた展開。他のジャンルの作品と比較して、ロマンス劇が最もドラマチックだと言われる所以である。このような伝統的な批評に対して、フェミニスト批評の立場からは、女性登場人物に焦点を当てた研究が発表された。例えば、チャールズ・フレイによると、ロマンス劇の娘たちは「結婚相手を選ぶ以外の道を許されていない。他の選択肢など思いもおよばない」でいる（Frey 3）[2]。結婚のみを人生の目的とする女性という典型的な「父権社会」（"patriarchal society"）の理想像に当てはまるのが、ロマンス劇の娘たちである。そのため、喪失と回復という主筋の持つ劇的力にもかかわらず、フェミニスト批評の立場からは悲観的な見解が目立つ。アン・トンプソンは、フェミニストとして『テンペスト』を授業で扱う際の限界を、以下のように語っている。

フェミニストの女性は、このテキスト中にいかなる楽しみを見出せるであろうか。あらゆる種類の搾取の形態を探り出すという楽しみとは言えない楽しみ以外に。（Thompson 47）[3]

近年のフェミニスト批評は、この「搾取の形態を探り出す」ことから離れ、肯定的な女性性／女性像の発見を目指している。『テンペスト』と言う作品に関するアン・トンプソンの正直な懸念は、一見無力な女性にも力があったとする「転覆の」（"subversive"）可能性が、すべてのシェイクスピア作品には見出せないと言うことを示唆している。新歴史主義がもたらした女性史への注目、続いて発掘された多くの資料のおかげで、「貞節・寡黙・従順」という近現代社会の女性に求められた規範に、決していかなる女性も従っていたわけでないことが証明された[4]。しかしながら、このような研究はシェイクスピア作品自体を読む上で、または上演を目の当たりにする上で、念頭に置かれるものでもない。アン・トンプソンのように『テンペスト』をもう一度直視すると、フェミニストとしてどのようにこの作品を教えられるのだろうという疑問は拭い去れないのである。拙論では、特にミランダに再び焦点を当て、『テンペスト』の「ハッピー・エンディング」、幸せな終結感を検討してみたい。

魔術師とその娘

ジャンル論に費やすスペースはないが、一般にシェイクスピアのジャンルの中で最も女性が抑圧されていると言われるのが、歴史劇、特にイギリス史劇である。一方、女性登場人物が最も活躍すると言われるジャンルが、ロマンティック・コメディまたは中期喜劇である。『お気に召すまま』、『ベニスの商人』、『十二夜』、『空騒ぎ』といった作品では、女性登場人物が主体となって、劇のアクションの担い手となる。ジュリエット・デュッシンベリーによるこれら女主人公たちの絶賛は、初期のシェイクスピア・フェミニスト批評の代表的論文となった（Dusinberre）。ところがその後、この楽観的女性像は皮肉に満ちた批判に取って代わられ、ロマンティック・コメディにおける女性の解放は、懐疑的な目で見られるようになった。活動的で雄弁な女性たちも、劇の終末には元通りの寡黙で従順な「父の娘」（"the father's daughter"）に戻ってしまうというのが、デュッシンベリー以降のフェミニスト批評家間のコンセンサスである。[5] 社会の縁に押しやられた道化同様、ヒロインの活躍は所詮一時的な「転覆」でしかない。男装した女性は、限られた領域（恋愛のディスコース）において、限られた期間（このディスコースが優勢な間）のみ、社会の反主流である者のみに与えられた「自由」（"licence"）を行使できる。つまり、言いたいことを口にしながら、罰せられずにすむ。最終的には、カーニバレスクの「逆さまの世界」（"world upside down"）が一時的であるように、ヒロインたちは本来の「場所」、男性に従属した存在に戻るという前提がある。ところがこれらの男装したヒロインの活躍と比べると、中期喜劇の後に登場したロマンス劇の女性は、劇の初めから終わりまで「貞節・寡黙・従順」で、男性の作り出した理想的女性像を体現する存在でしかない。ロマンス劇の焦点は男性のプシケ、または父親の成長にあるならば、娘はあくまでサポーティング・ロールに回らずを得ないかもしれない。それでいながら、ロマンス劇の「ハッピー・エンディング」は、娘の婚約というロマンティック・コメディのパターンを踏襲している。結婚または婚約は、伝統的に幸福な結末と同一視される。娘の婚約はハッピー・オケージョンだというのに対して、一般的に異議はないはずである。一方娘にとっても、結婚は愛のハッピー・エンディングである。特に近現代のように、女性の地位が結婚によって左右された場合。

もちろん現実には、幸せな婚約と結婚だけではなく、不幸せな婚約と結婚も存在する。興味深いのは、『テンペスト』も愛情のない婚約や結婚に、縁がないわけではないことだ。ナポリ王アロンゾーの娘クラリベルは、嫌々チュニスに嫁いだ。幸せな結婚の正反対である。一方、ミランダの結婚（婚約）は、ロマンティック・コメディのヒロインの結婚（婚約）と同様、幸せな結婚、愛の成就としての結婚である。ナポリ王子ファーディナンドと出会い、恋におち、そして婚約するという典型的な恋物語が展開する。ところが、ロマンティック・コメディのヒロインとの重大な違いは、ミランダのヒロインとしての「主体」(“subjectivity”) が確かでないということだ。ロマンティック・コメディのヒロインそのものと言うよりは、父親の仕組んだ劇中劇においてロマンティックなヒロインの役を上手に演じているだけのように見えてしまう。恋のハッピー・エンディングは、父親が張り巡らした計画から達成される。一幕二場のミランダとファーディナンドの出会いの陰には、エアリエルに奏でられた天上の音楽がある。その後の発展は、二人の仲を反対する頑固な父親、「妨害する人物」(“blocking figure”) の役を演じるプロスペローの巧みな演出の結果である。この点に関しては後ほど再び取り上げるが、ミランダはロザリンドのように恋の主導権を握っていないし、恋のゲームに興じることもない。魔術の力を得た父親プロスペローは、登場人物のみでなく劇中のディスコースも支配している。父親にコントロールされた恋のディスコースが、ロマンティックであるはずはない。このことから、『テンペスト』のハッピー・エンディングの性質が、ロマンティック・コメディと異質であることが明白である。自由に劇中劇が書ける立場にいる父親によるハッピー・エンディング。結末は、当然プロスペローにとってのハッピー・エンディングであるはずだ。ロマンティックでない恋のディスコースにおける恋愛劇とは、何を意味するのであろうか。

プロスペローは二種類の劇中劇を準備した。幕開けの船の難破は、陰謀の主犯への復讐劇の始まりを告げる。この後、登場人物は二組に分けられる。復讐劇の方は、ナポリ王とその一行を登場人物として、通称「ハーピーの晩餐会」の場（三幕三場）で頂点に達する。一方、もうひとつの恋愛劇の登場人物は、父王から離されたナポリ王国世継ファーディナンドとミランダである。復讐劇の方の目的は明確である。ナポリ王アロンゾーと自分の弟アントーニオを圧倒し、失った公国を再び手に入れることだ。妖精を使ってナポリ王一行を罰した後で、この劇のクライマックスは、言うまでもなく、プロスペローの劇的な登場である。ところが、復讐劇と比べると、恋愛劇の目的はあまりはっきりしていない。考えられるのは、例えば娘の良縁である。冒頭の船の難破に関して、プロスペローは語る。

すべてお前に良かれと思ってしたことだ。
お前のためなのだ、一粒種のお前、可愛い娘、［……］　（一幕二場一六―七行）[6]

魔術の力で敵を島に連れてくることが、一番大切な娘のためを思うゆえの行動ならば、その結果としてのファーディナンドとの出会いは、娘の将来への配慮、娘の幸せのためかもしれない。

ここで、この縁組のコンテキストを考えたい。ミランダの恋の相手ファーディナンドは、ナポリ王の世継である。ナポリ王はプロスペローの政敵である。敵対する国家間で最も有効な和解策は、政略結婚だと言える。つまり、同盟関係締結のために娘を敵国に嫁がせ、それによって政治上の安泰を計るという策が考えられる。ただし、これは比較的同等な力関係にある国家間における手段である。ミラノ公としてのプロスペローの使命は、ミラノ公国の主権を守ることにある一方、ナポリ王アロンゾーは、ミラノの支配を望んでいる。劇中言及されるミラノ公国とナポリ王国の関係は、前者が後者に年貢を納めている以上、決して同等ではない。しかも、アロンゾーがファーディナンドのことを「ナポリとミラノを受け継ぐお前」(二幕一場一〇七―八行)と呼んでいることから、プロスペローの爵位を簒奪してまで成し遂げた弟の支配は、一代限りのものであることがわかる。つまり、ミラノは実質上、ナポリの手中にある。ここで注目したいのは、ファーディナンドとミランダの政略結婚は、プロスペローにとって大切であるが、アロンゾーの側にとっては決して必要に迫られるものではないことだ。『テンペスト』の中の恋愛劇は、プロスペローが取り戻したミラノ公としての地位を安定させる上で重要な役割を果たす。したがって、ミランダの結婚(婚約)は、劇のハッピー・エンディングに含まれるというよりは、ハッピー・エンディングをもたらしている。ミラノ公国とナポリ王国の和解が、プロスペローの望んだハッピー・エンディングであれば、政略結婚はこの結末へのカギとなっている。プロスペローは娘を使って、ミラノ公国の安泰を計ったのである。ミランダとファーディナンドの婚約はロマンティック・コメディ中の恋愛物語のように演出されるが、政敵から公国を取り返すための政略的手段であることに違いはない。父親の魔術によって二人が恋におちたとはいえ、ミランダの結婚と他の政略結婚との間に大差はない。そして、花嫁となるミランダは、終始父親の支配下にある。エアリエルの奏でる天上の音楽に魅せられた出会いから、三幕一場で愛ゆえに生まれて初めて父親に逆らうまで、そしてファーディナンドをわざと邪険に扱うプロスペローによって用意された「障害」を超えることもすべて計画の一部である。父親魔術師の劇の中で、ロマンティック・コメディのヒロインの役を割り振られたミランダ。悲観的にならざるを得ない搾取の構造が明らかである。娘に対する父親の愛を無条件に信じない限り。つまり、伝統的な批評のように、『テンペスト』の中に父親と娘の美しい関係を見出さなければ、フェミニストならずとも女性にとって、『テンペスト』は非常に保守的な作品なのである。劇中、父親の権力は繰り返し強調され、確認され、証明される。この過程で重要な役割を果たすのが、娘ミランダである。父娘が最初に登場する一幕二場で、ミランダは父の話を聞いている間中、何度も何度も注意をうながされる。「聞いているか?」「聴いていないな?」としつこい。あまりの冗漫さに、観客から失笑を買うこともあるくらいである。また、この「不必要な」反復は、プロスペローが年老いているという印象も与える。しかしながら、この場面で強調されているのは、父親の絶対的支配である。話が終わるやいなや、プロスペローは魔術の力でミランダを眠らせてしまう。続いて同じ場面の後半では、ファーディナンドをかばおうとするミランダに、「足が頭に説教か(一幕二場四七二行)」ときつくしかりつける。このような娘の支配への執着は、美しい父娘関係どころか、娘に対する信頼の欠如を前提としている。フェミニスト批評が登場する以前は、父親の愛情が疑われることなくこの作品が読まれていたわけだが、父親は娘のことを思ってふさわしい相手を選ぶはずであるという仮定は、おそらく観客の先入観でもあろう。フェミニスト批評にとっての障害は、このような社会の願望にもある。醜い現実にふたをしたいとするのが「人間性」("human nature")である以上、父親の娘に対する愛は、政略結婚の事実よりも望ましいのである。このことからも、劇中クラリベルの結婚というアンチテーゼが含まれていることは、注目に値する。
『テンペスト』の終わりでプロスペローは自らの魔術を放棄する。この魔術の力こそが復讐劇を可能にし、公国の回復をもたらしたのだが、最終幕で初めてかつての敵の前に姿を現したプロスペローは、魔術の力の効果を良く自覚している。

この島の不思議な幻の味が
まだ舌に残っていて、
確かなことも信じられないのだな。ようこそ、ご一同。
（五幕一場一二三―五行）

問題は何が「確かなこと」で、何が「幻」かなのである。魔術の使用により、罰を与えることはできても、アロンゾー一行が何を「確かなこと」、現実ととらえるかまでコントロールすることはできない。ナポリ王は、突然現れた元大公に向かって疑問を投げかける。

あなたが本当にその人なのかどうか、
あるいは、先ほどのように何か変化のものに
たぶらかされているのか、私にはわからない。
（五幕一場一一一―三行）

劇中劇を通して、プロスペローの魔術は全能であるかのような印象が作られてきたが、実はこのように限界

がある。幻により苦しめられて、初めて過去の罪業を悔いた以上、悔悟の念の強さもたかが知れている。加えて、この時代魔術は決して正当なものとみなされていたわけでもない。近現代のイギリスにおいて、魔術の地位は非常に微妙であった。ルネサンスの人文主義、新プラトン主義とも結びついたオカルト哲学は、一方で政治上破壊的であるとも考えられていた。劇中、プロスペローの台詞の中にも、この複雑さは反映されている。同じ魔術の力が、「強力な術」("potent Art") であり、「荒々しい魔術」("rough magic") (ともに五幕一場五〇行) である。また、もう一人の魔術師シコラックスとの対照も、アーデン版の編者フランク・カーモードが論じるほど、決して明瞭ではない (Kermode xli)。魔術をたしなむ者が、「真実の追究は、伝統的な宗教や、政治上または知性に基づいた根拠によって制限されるべきではない (Mebane 3)」[7]と主張するにいたった時代、プロスペローの魔術の力による権力奪取は、果たして「正当」("legitimate") とみなされたのか。

現実においては、プロスペローの政治的立場は決して強くない。弟に略奪された公国の回復も、ナポリ王の協力によってのみ可能である。過去に弟を助けたナポリ王を、今回は自分の味方にするのが唯一の方法である。自らの地位の正当性を訴える上で、魔術の両義性は不利に働く。『テンペスト』の観客のひとりであったジェイムズ王は、魔術と縁のない存在ではなかった。『悪魔学』[8]の作者であり、魔女裁判に非常な興味を示したジェイムズ王。自ら立ち会った有名なノース・ベリックの裁判では、被告の一人が「国王陛下は、悪魔の世界最大の敵であらせられます (Mebane 107)」[9]と告白したと言う。もちろん、事実は拷問によって告白させられたのだから、「黒」の魔術師に挑む「白」魔術師としての役割を望んだのは、ジェイムズ王自身である。この逸話が語るのは、「白」と「黒」、「正」と「悪」が紙一重でありながら、「悪」の存在が「正」の存在を正当化しているということだ。魔術そのものが悪ではないというのが、一般的見解であった。この時代、支配権の合法性を説くために使用された政治理論のひとつに、「家父長主義」("patriarchalism") がある。現在の王が、アダムを支配者の元祖とする家父長主義における正統な後継者であるという主張である。プロスペローの取るべき手段は、長兄として父大公の爵位を独り占めする権利があることを認めさせることである。すると家父長主義が正統と認める支配者が使うのは、「白」の魔術となる。魔術の両義性が劇中存在しながら、プロスペローが「正」の側に所属するのは、この家父長主義における立場ゆえである。一方、同じ論理から、シコラックスは「悪」の魔術師、魔女とみなされる。魔術との関連を問われた女性は皆、「黒」の魔術師とみなされ、「魔女」として処刑された時代のことだ。テクスト上しか存在しない魔女シコラックスは、離島がいかに「文明社会」であるイタリアの都市国家と異なった社会であるかを示している。「文明社会」は、「父権社会」でもある。離島では魔術の力、エアリエルを閉じ込めたり、キャリバンをつねったりといった暴力が優劣を決定した。一方、「文明社会」では抽象的力に基づいた秩序が権威を持つ。「秩序ある社会」("ordered society")の規範が長兄であるプロスペローに権利を与えるのならば、物理的力を放棄して、抽象的すなわち政治上の力、つまりオカルト主義者に否定された「政治的または知性に基づいた根拠」に依存する必要がある。つまり、魔術は父権社会とは相容れない別の「力」を支持しているのに、「白」魔術師の立場を確立するためには、父権社会の法に頼らなければならないという矛盾がある。二方を両立させることは、根本的には不可能である。問題はこれだけにとどまらない。復讐劇の終わりにナポリ王、謀反を企てた王の弟セバスチャン、プロスペローの弟アントーニオを巻き込む権力闘争に、果たしてプロスペローは本当に勝利したのだろうか。セバスチャンの兄に対する謀反は、自らの弟がしたことの繰り返しである。ここに見られるのは、明らかに家父長主義とそれに基づいた父権社会の揺るぎ、およびそれに頼って支配の正当性を主張することの難しさを示している。また、爵位を取り戻すために現在のナポリ王に頼らねばならない以上、ナポリ王の弟セバスチャンの謀反計画はプロスペローにとっても大問題である。したがって、プロスペローにとってのジレンマは、魔術の力は放棄しなければならないが、同時に父権社会の欠陥に対処しなければならないということだ。

「秩序ある社会」の規範は、娘の父親に対する徹底的な従順を要求し、娘の将来は父親の手にゆだねられる。『テンペスト』の中でも、例が示されている。ナポリ王の娘は、父親の選んだ君主に嫁ぐ。一方、王国は世継のファーディナンドに継承される。ここで注目したいのは、クラリベルとは異なり兄弟のいないミランダは、ミラノ公国の女後継者であるということだ。近現代のイギリスにおいて、王家を含む資産階級の家は、こぞって正統な後継者を確保しようとした。後継者とは通常、男性の後継者を指した。父親の義務は嫡男を持つことにあり、それゆえ度重なる娘の誕生は、時として望ましくない出来事であった。ある一七世紀の地主は、娘の夭逝に関して以下のように語っている。

妻が女の子を産んで、私の希望を打ち砕いた。赤子の方は、男の子ほどこの世で歓迎されないことを悟ったのか、どちらが良いか分別のある選択をしてくれた。(Abbott 47)[10]

後継者たる息子の誕生を待ちわびたもう一人の父親ヘンリー八世も、エリザベスの誕生に落胆した。娘による王位継承は全くの問題外であり、継承問題となると娘はあたかも存在しないがごとく振舞った。この時代の感覚から考えると、ヘンリー王は決して尋常を逸していたわけではない。また、娘の誕生は母親のせいにされた時代である(Marcus 403)。当然、娘しか産まない王妃は、取替えなければならないという結論に達したのであろう。このような感覚から考えると、ミランダも決して望ましい存在ではなかったはずだ。『テンペスト』は、男性後継者の欠如という歴史的偶然の結果、女王による統治という既成事実が作られてしまった後のジェイムズ朝時代に書かれた作品のひとつである。この時代は、「エリザベス朝ノスタルジア」初期でもある。名称が示すとおり、エリザベスの時代が「黄金時代」とみなされ、懐かしがられた時代である。今度は、結婚および女性後継者問題という点から、エリザベス女王とその周辺を探ってみたい。

女王統治と結婚問題

少なくとも始めは、エリザベスも姉メアリーのように結婚し、夫とともに共同統治を行うものと思われていた。女王として即位した後も、まさか生涯独身で通そうとは、誰も予想しなかった。一五七〇年頃までは将来の花嫁とみなされ、最終的には王家の娘らしい役割を果たし、夫に国政を任せる一方、皇太子を産むことが期待されていた。「処女女王」としてのイメージが確立したのは、女王の晩年、一五九〇年代のことだ。[11]すでに結婚するはずもなく、子孫を残すことも不可能な状態になって、はじめて処女女王のイメージが完成されたのだ。一貫したイメージよりも複雑な矛盾した女王像が観察される中で、このカトリックのマリア崇拝を元にしたイメージによって、独身の女王が実は国家と結婚している、つまり国家に身を捧げている君主というイメージが作り出された。イギリスが夫ならば、臣下は子供に例えられる。慈愛に満ちた国民の母親、これが独身のエリザベスが最終的に辿り着いた「自己成型」("self-fashioning")である。近現代ヨーロッパの君主は、王権神授説、君主の二つの身体論、[12]およびアダムを最初の父とする家父長制に基づいた家父長主義といった政治理論に頼って王権の確立、強化を目指した。エリザベスの場合は、これに処女女王崇拝を結び付け、すべての王権論を女性君主用に書き換えねばならなかったのだ。サリカ規定の無い国でありながら、

レスター伯とダンスに興じるエリザベス一世。ペンズハースト館当主ドゥ・ライル子爵所蔵。

女性による王位継承の正当性について賛否両論が戦わされる。反対派で最も有名なのは、長老派の宗教家ジョン・ノックスで、一五五八年メアリ女王の統治を逃れた亡命先のジュネーブにて、かの有名な『不自然な女性統治に対する最初の警笛』[13]を著した。その博学を最大限に生かし、聖書から古代および中世の歴史、古典哲学、そして歴史的に近い出来事から、女性が権力を手にした場合に起こった災難を引用した。女性による統治は有害である。なぜならば、女性とは我慢ならない欠点だらけの存在だからであるというのが、ノックスの主張するところである。女性の欠点の羅列は、実はノックス自身が女王支配下の国で経験したことに一致する。もともとノックスが敵視したのは、プロテスタント派弾圧を試みたカトリックの君主のみであった。たまたま過激な弾圧を行ったカトリックの君主が皆女性であったのだ（Ridley 91）。プロテスタント派からの反撃が、女性全体を誹謗することになったのも無理はない。当時の社会が男性中心であった以上、女性というジェンダーを批判することには、賛同を得やすかったと見られる。ノックスとその他のプロテスタント主義者が、実際に女性を蔑視していたかは別として、冷酷無情な女性嫌悪を展開することが論議上都合良かったと考えられる。女性でありながら、王同様の政治的権力を有し、男女両方の臣下の生死を左右できる存在。女王を攻撃するには唯一の弱み、その性別に焦点を当てる他にない。つまり、ノックスのストラテジーは、女王の問題を女性という性の問題に置き換えることにあった。

したがって、女王擁護派のジョン・エイルマーもエリザベスのジェンダーに弁明を与えなければならず、以下のような王権神授説の解釈を提案した。

> 我々の知らない何らかの目的により、神は女性が君主となり、統治するよう仕向けられたのだ。(Aylmer)[14]

「処女女王」のイメージは、エリザベスの結婚問題と深く関連している。即位一年後の一五五九年に、議会から結婚に関する最初の陳情が提出されたが、それに対する女王の解答の中にすでに「処女女王」のイメージが盛り込まれている。

> この時期に君臨した女王は処女のまま生涯を送ったと、大理石の墓石に刻まれることで余は満足であろう。(Perry 142)[15]

新教と旧教の対立が激しい時代に、処女をパーフェクトな存在と見るカトリックの伝統が、プロテスタントの女王の役に立ったというのは、かなりの皮肉である。聖母マリアの姿に映し出された理想像は、「無原罪の懐胎」により無垢のままでいることのできない現実の女性を抑圧し、ひいては女性の性を汚染されたものと見る女性嫌悪的考え方を支持している。同様にエリザベスも一般女性を超越した例外として、女性像を肯定的に書き換えるのでなく、むしろ例外的な理想像を提供した。問題とみなされた女王統治の正当性を説くためのストラテジーである。反対派が女王のジェンダーを攻撃したのに対し、女王は自らのジェンダーとの関係を断とうとしたとも考えられる。聖母マリアは「例外的女性」のプロトタイプであるが、権力を握った女性は、理想化によってさらに例外にされるという傾向がある。ヘレン・ハケットは、『聖母・処女女王』の中で、以下のように論じている。

極端なまでのエリザベス絶賛は、権力を握った女性への熱狂的な称賛の典型と見られる。この現象は、男女のヒエラルキーの崩壊および有力な女性が体現する「他者」("the other")に関する不安を押し消そうとした結果、父権社会が作り出す傾向にある。(Hackett 240)[16]

処女女王崇拝は、父権社会の不安の裏返しである。女王を例外化することにより、既存のジェンダー間の上下関係を保とうとしたのである。これが勝者のストラテジーか敗者のストラテジーかは、解釈次第だ。

エリザベスは、現実の若い処女から、聖母マリアのような偶像へと変化を遂げた。人間から神話の中の姿に変身したのである。死を前にしたエリザベスはすでに、永遠に若く美しい偶像として崇拝の対象となった。一方、シェイクスピアのロマンス劇に登場する女性後継者たちは、エリザベスのような女性支配者にはならない。父親の権力/領地の継承者でありながら、みな婚約し、王位および王国を未来の夫と分かつ道を選ぶ。

または、前述のチャールズ・フレイによると、エリザベスとは異なり、選択の余地を持たないでいる。ミランダ、『ペリクリーズ』のマリーナ、『冬物語』のパーディタにとって娘時代とは、父親から夫へと所属する男性を変更するまでの「中間状態」（"limbo"）を意味する。王妃と異なり、王権に直接関与しながら、ロマンス劇の娘たちは将来の「父親」（夫と息子）を作り出し、既存の体制の維持に貢献する。一人娘のマリーナは、ツロおよびペンタポリスの王位後継者である。また、弟王子の死後、パーディタは将来のシシリア女王のはずだ。ところが、どちらも結婚し、事実上の王妃になる。歴史上存在したエリザベスの例にもかかわらず、架空の王女たちは相続可能な父親の王権を手にしない。興味深いのは、ロマンス劇にはすべて、父と一人娘の組み合わせが登場し、『シンベリン』を除いて、女性後継者問題が潜在していることだ。つまり、ヘンリー王とエリザベスの場合同様、息子の不在または夭逝、そして一方で娘の存在という設定なのである。では、なぜこの問題が劇中に登場しなかったのか。もちろん、この質問に答えることは不可能である。しかしながら、このことがロマンス劇でまるきり無視されているのは、興味深い排除であると考えたい。欠如（"lack"）は、必ずしも存在を否定しない。存在への強い反動である可能性もあるからだ。

王家の娘は、将来政略結婚の材料となるために育てられたと言えるほど、王女の役割が明確であった時代、エリザベス・チューダーは異端の存在であった。エリザベスは、なぜ独身を通したのか。女王の真意をめぐって、歴史学者が歴史小説の作者にも負けないほどの想像力を働かせてきた。一般的に好まれる解釈は、エリザベスが自ら処女女王の道を選んだという方である。[17] スペイン王と結婚したばかりに夫の国と宗教に支配された姉メアリ・チューダーの過ちを目撃した結果、イギリス国家のために結婚をあきらめたとか、または聡明な女性であるがゆえに、女性君主として生き残るためには独身である方が良いという判断を下したと言う説である。これは、当時の女性観と深く関連している。つまり、女王にとって回避不可能なジレンマは、君主として絶対的権力を所有しながら、一度結婚したら女性として夫に従わなければならないという従来の考え方にある。また、臣下の半数をなす男性が女性よりも優位である父権社会の伝統も、女王にとっては不利である。「従順」でなければならない性である以上、君主として相応しくないというのが、女性君主反対派の主張だ。この理論上の矛盾を克服するために、女王擁護派のジョン・エイルマーは、女王が独身である限り、嫁いでは夫に従うという義務を免れることができ、ゆえに当時の女性の徳とも矛盾をきたさないと説いた。[18] 本人が独身であろうと決心したのか、それとも結婚を望んでいたのか。唯一の事実は、エリザベス女王は生涯独身を通し、そのためチューダー朝の世継を残さなかったということだ。

女王の結婚問題は理論上の疑問に加え、実際に適切な結婚相手を探すことの難しさにもある。サー・トーマス・スミスの「女王陛下の結婚に関する対話」においては、仮にエリザベスが外国人と結婚した場合、プロテスタント主義およびローマからの宗教上の独立のみではなく、国家としての主権にも脅威が及びかねないと論じた。

> 外国人の夫は、自国および同国人をひいきにし、自国の法律や習慣をイギリスに導入しようと試みたり、わが国の財源を自国の防衛や戦争に費やしたりしかねない。このような結婚により儲けられた世継は、自然と父親の国に愛情を示し、さらに悪いことに、父親の国の統治を求められる日がおとずれるかも知れない。(Doran, "Religion" 911–12)[19]

もちろん、このような懸念の裏には、当時の女性観、結婚したら夫に従うべきであるという考え方がある。それゆえ、夫および父親の影響力が自然と強くなると案じられたのである。一方、イギリス人との結婚に関しては、女王の右腕サー・ウィリアム・セシルの強い反対があった（Doran, "Religion" 914）。宮廷内の派閥問題、特に歴史上数々の例があるように、配偶者の一族が権力を振るうことが懸念された。ここで強調したいのは、女王の結婚相手選びは政治上、宗教上数多くの問題を抱えた難題であったということだ。エリザベスが実は結婚を望んでいたとしても、ふさわしい相手に巡り合うのは容易ではなかった。

エリザベスの治世下、エドワード六世の生存や女王の不適切な性行動に関するうわさが後を立たなかった（Levin 61）。このことは伝統的には、女王の統治に由来する社会不安の表れと解釈されてきた。しかしながら、男性君主ジェイムズ一世も同様に、国に立ち込めた不安感を振り払うために、生涯努力を重ねなくてはならなかった。女王の統治に問題があったかどうかとは別に、社会不安はエリザベスの後継者問題が重大な関心事となった時期、エリザベスの治世の後期に集中している。性別とは関係なく、エリザベスは強力なイギリスの統治者であった。歴史学者ポール・ジョンソンの言葉を借りると、「一族支配への情熱の欠如（Johnson 11）」[20]が、成功に終わったエリザベス時代の真の問題であったと考えられる。父親ヘンリー八世が世継を儲けることに必死であったのとは異なり、エリザベスは当時の常識に反した行動を取った。積極的に血のつながった後継者を求め、チューダー朝の存続を目指さなかったのである。この点から見ると、エリザベスが結婚して子供を産まなかったことは、チューダー王家にとっては全くの災難であった。結婚し夫を家長にし、将来の家長である息子を産むという「家長／父親」の再生を試みない女性は父権社会の裏切者とも言える。一方、ライバルのメアリ・スチュアートは不幸な結婚を経験し、息子を産んだ。この息子が、将来イギリスとスコットランドを統治することになったのである。父親を頭とした家の存続を最優先する父権社会に、メアリはエリザベスの否定した、または否定せざるをなかったセクシュアリティをもって貢献し、スチュアート家の領地拡大を可能にした。処女女王は父権社会の要求どおり、ヘンリー八世の孫息子の母親とならなかったことにより、チューダー王家の家系を絶やしたのである。これが、他の君主が経験した社会不安とは異なったエリザベス女王統治に特有の問題であったと考えられる。

ミランダの結婚再考

シェイクスピアのロマンス劇全てには、父親と娘の組み合わせが登場し、そのうち『シンベリン』を抜かして、娘は父親の唯一の後継者である。マリーナに関して父ペリクリーズは、「わが王国を受け継ぐものであり、父ペリクリーズのいのちを分けもつものだ（五幕一場二〇四―五行）」[21]と語る。プロスペローもミランダのことを、「そのたった一人の後継ぎ（一幕二場五八行）」と呼んでいる。『テンペスト』の中にはこのように、女性統治問題が潜在している。つまり、ミランダが結婚して夫との共同統治を行う代わりに、エリザベス女王のように女性君主としてナポリを統治する可能性はあったのである。追放されたミラノ大公は、劇中劇の中で自らの計画を遂げようとしている。ミランダとファーディナンドの一目惚れは、実はこの父親／大公によってお膳立てされたものであった。魔術師プロスペローの娘に即座に夢中になったナポリ皇太子は、「私はあなたをナポリの王妃にします（一幕二場四五一―二行）」と持ち出す。二人の恋物語は、ナポリとミラノの間の権力闘争を静める最良の手段であり、二人の結婚が将来起こりうる戦争や陰謀の可能性を封じ、二国間の強い同盟関係を形成するであろう。ミランダとファーディナンドの結婚は、二国の平和的結合を象徴するとともに実現するのである。

アロンゾーの娘クラリベルは、父の命令でチュニスに嫁いだ。「ヨーロッパ人に嫁がせることを拒み、アフリカ人とつるませた（二幕一場一二〇―一行）」のは父王の意思であり、決して娘も喜んだ縁組ではなかった。

美しい姫ご自身も
進まぬ気持ちと親への孝行を秤にかけ、
どちらが重いか決めかねていた。
（二幕一場一二五―七行）

クラリベルは政略結婚の犠牲者として、母国を後にした。劇中このことを指摘するのは、悪役の弟セバスチャンである。兄のアロンゾー自身も後悔の念にかられる。それゆえ、ナポリ王女とチュニス王の結婚は、一連の災難の幕開けとされる。

あんなところに
娘を嫁がせるのではなかった。その帰りに
息子を失い、気持ちのうえでは娘も亡くした。
イタリアからこうも離れてしまえば
二度と会うことはかなうまい。ああ、俺の息子、
ナポリとミラノを受け継ぐお前を、どんな
得体の知れない魚が餌食にしたのか？
（二幕一場一〇三―九行）

ミランダとファーディナンドの縁組が理想として描かれている一方、正反対の不幸な縁組が言及されているのは興味深い。しかもそれは、ナポリ王のもうひとりの「子供」のことである。クラリベルは女性であったがために、母国を後にし、家族からも引き離され、全くの異国、異文化に「追放（二幕一場一二一行）」された。引用したアロンゾーの台詞は、二人のことを一度に言及した最初のものであり、アロンゾーの台詞では唯一のものである。つまり、父親が二人の「子供」を同等に扱い、クラリベルを遠地に嫁がせたことを後悔するのは、この時だけだ。この時とは、つまり息子ファーディナンドが死んだと思われていた時のみである。後にファーディナンドが生還すると、クラリベルは、まさに父王の心から「追放」される。代わりに、忠臣ゴンザーローが両方の縁組を讃えるスピーチを行うが、これがクラリベルの結婚に関する二度目で最後の言及である。

ミランダが相続しうるミラノ公国は、長いことナポリ王国に脅かされてきた。ところが公国の内部にも不安定要素が存在していた。父親の所有するものは全て長男によって相続された父権社会／家父長制社会では、長男以外の男子は、まさかの時、つまり長男が嫡子を残さずに世を去った場合の、「精子銀行」のような存在でしかなかったと言う（Abbott 52）。そのため、次男以下は不満分子となり易い。シェイクスピア喜劇の中でも、この長男次男のモチーフが喜劇に暗い影を落とす。『空騒ぎ』のサー・ジョンは、喜劇を悲劇にも変えるほどの陰謀を企てた。また、『お気に召すまま』の次男は不満分子ではないが、長男が逆に次男の反撃の可能性を恐れて問題を起こすという逆の例だ。『テンペスト』の次男アントーニオも、ミラノとナポリの権力闘争をうまく利用して、兄を出し抜いて公国を手に入れた。ところが、ここで忘れられないのは、隙を与えたのは兄プロスペローの方である。

私はそうした学問にのみ専念し
国事の一切は弟に任せきって
政治のことにはますますうとくなった。

（一幕二場七四―六行）

実際に君主の仕事を任せられながら、君主の地位を持たないという矛盾が、弟を謀反へと駆り立てたのも理解できる。プロスペローはアントーニオを「腹黒い弟（一幕二場九二行）」と呼び、その統治能力を一切認めないが、具体的に弟の失政を語ることもなく、長兄の権利を主張する以外に自らの優位を論じることはない。つまり、弟の政治能力を語るプロスペローの論議は、父権制度の上下関係に基づいた仮定のみに支えられている。アントーニオは弟に生まれたというだけで、プロスペローより劣っているのだ。

父権社会で不遇を受けたアントーニオは、父権社会を二重に裏切った。世継の有無にかかわらず、アントーニオの死後、ミラノ公国はナポリ王国の手に渡る。世継は「ナポリとミラノを受け継ぐお前」、ファーディナンドである。次男は自らの野心達成のために家系の存続を犠牲にした。エリザベスの場合と同様、一族への大きな裏切りである。ここで注意を向けたいことは、二つの国家はすでに一つに統合されていたということである。つまり、アントーニオとアロンゾーの間では、すでに世継は一人であると決められていたということだ。一族の長、「父」であるプロスペローの任務は、ミラノに対する一族の権利を再び手に入れること、つまりミラノをナポリ王家から取り戻すことにあった。エリザベスが無視した「一族支配への情熱」が、裏の動機である。一方、アロンゾーも単に年貢を納めさせる替わりに、アントーニオを助けたのではない。ミラノをナポリの臣下におくだけではなく、アロンゾーの一族が将来ミラノを乗っ取るという計画であった。この意味で、アロンゾーも父権社会の規範を破っており、弟セバスチャンの謀反計画は、身から出た錆ともみなされる。アロンゾーのミラノ支配という野心を背景に以下の台詞を聞いてみたい。
娘御を？
ああ、天よ、二人とも生きてナポリに在り、
王と王妃になっていれば。
（五幕一場一四八―五〇行）

ミラノ支配をかなえるには、もう一つの方法がある。要は、プロスペローであろうともアントーニオであろうとも、どちらと組んでも良いのである。プロスペローのミラノ支配を支持しても、息子がミランダと結婚してさえいれば、将来大公の死後ミラノはナポリ王家の支配下に入る。ミランダとファーディナンドの縁組は、いかにロマンティックに演出してあれ、政治的取引きとしての意味合いが強い。プロスペローにとって、ナポリの脅威を排し、ミラノ支配に自らの一族を参加させるためには、ミランダは重要な切り札である。忠実な家臣の範、したがって主君に都合の良いことのみを代弁するゴンザーローは、ナポリ王国の年代記に以下のように付け加える。

ミラノ大公がミラノを追われたのは、ご子孫が
代々ナポリ王になるためだったのか？ ああ、めでたい、
並々ならぬこの喜び、不滅の柱に
金文字でこう記しましょう。「とある船旅のこと、

クラリベルはチュニスにて夫を得、
兄ファーディナンドはその身を失いし海にて
妻を得たり。プロスペローは貧しき島にて
自らの公国を取り戻し、われら一同
正気を失いしときに我にかえりぬ」

（五幕一場二〇五―一三行）

年代記の欽定版では、あらゆる内部の葛藤はごまかされ、全ては神の意思に置き換えられる。実際上、プロスペローの意思と言っても良いものだが。「我々は夢と同じ糸で織り上げられている（四幕一場一五六―一五七行）」のならば、この夢は魔術師プロスペローの織り上げたものである。プロスペローのかの有名な"Every third thought"が自らの墓のことならば、夢は自分の死後、孫息子がナポリとミラノの支配者となることと、一族が両国の王家となることであろう。もちろん、これはあくまで夢である。ゴンザーローの疑問符は、修辞的であると同時に未来の不確かさも暗示している。まずはミランダが本当の世継ぎ、プロスペローの孫息子をもたらさなければならない。父ヘンリー八世が、無言裏にエリザベス・チューダーに望んでいた娘の役割である（Heisch 49）。

支配階級の娘は、花嫁として二国間の同盟関係に寄与する。ミランダとファーディナンドの恋物語の裏で、全てを操っているのはプロスペローであることが、繰り返し傍白の中で強調される。

（傍白）うまくいった。よし、

心に念じたとおりだ。妖精、いいぞ妖精！褒美として
二日以内に自由にしてやる。

（一幕二場四二三―二四行）

ミランダとファーディナンドの出会いの直後、プロスペローはエアリエルにこうささやく。魔術が縁組に果たした役割は明らかである。さらに、二人の恋は父親の反対によって強められる。

（傍白）二人とも相手の虜になっている。速やかに事は運んだが、
ひと苦労させなくてはなるまい。手軽に勝ち得ては
せっかくの宝も手軽にあしらわれる。

（一幕二場四五三―五行）

この場面でミランダは父の命にそむいて、ファーディナンドに自分の名を明かす。ロマンティック・コメディのヒロインさながらの行動だが、実はプロスペローが二人を見張っており、傍白の中で全てに賛同を示している。つまり、ミランダは父親の手のひらの上で反抗しているに過ぎない。これほど明確に「許可された逸脱」（"authorized transgression"）が強調されている例も珍しい。リンダ・ブースによると、プロスペローの目的は父親から夫への忠誠の移行を速やかに行うことであったが（Boose 349）、一幕二場でミランダの注意を何度も何度も促した場合と同様、この逸脱劇も父親の権威を強調するために使用されていると思われる。どんなにもがいてもミランダは父の支配下にある。劇中の恋のディスコースは、単にプロスペローのプロジェクトの一部でしかない。恋も魔術によってどうにでもなる世界で、娘の主体など存在する余地もない。

さて、前述のプロスペローの台詞で、「宝」（"prize"）は娘のことであるが、ミランダが公国の回復および存続のためにいかに大切な存在かを考えると、果たして愛娘くらいの意味ではないように思われる。決定的な政略結婚に役立つミランダは、文字どおり、プロスペローの一族にとって宝なのではないか。または、ナポリ王子への「贈り物（四幕一場一三行）」である。もちろん見返りが期待されている。望んだとおりの見返りを得るには、ミランダの価値をつり上げる必要がある。近現代のイギリスにおいて、貞節は女性の価値を決定した。未婚の女性は処女であるべきだと考えられた社会では、処女を失うことは取り返しのつかない不名誉であった[22]。処女であるか、さもなくば淫売。女性を両極に分けるのが、貞操であった。ミランダは、当然貞節の鑑でなくてはならない。ファーディナンドと正式に結婚するまでは。

もし、神聖な儀式がすべて
厳かにつつがなくとりおこなわれないうちに、
君がこの子の乙女の帯をほどきでもすれば、
天は二人の契りをはぐくむ恵みの露を
降らしはすまい。それどころか不毛の憎悪、
不機嫌な目つきの軽蔑、そして不和などが
忌まわしい雑草を新床に撒き、そのため二人とも
この結婚を忌み嫌うようになる。気をつけてくれ、
結びの神ハイメンの松明が二人を照らしてくれるように。

（四幕一場一四—二三行）

貞操が女性の地位を左右するにもかかわらず、プロスペローの警告はファーディナンドに向けられる。性交渉の主体は、男性であるとみなされているわけだが、ここで語られている婚前交渉に関する迷信は、非常に誇張されている。処女でない娘は結婚できないというのが、この社会での慣例であるが、ファーディナンドはミランダの婚約者である。その場合は多少事情が変わってくるはずだ。たとえば、『空騒ぎ』の中でヒーローの貞節が疑われた時、結婚の誓いを立てたカップルの場合は、「式の前でもその罪は許せぬものではない(四幕一場)」という台詞が見られる。ミランダ自身も、自らの処女性の価値を認め、「純潔という宝石(三幕一場五四行)」と呼んでいるが、この処女性には「交渉する力」("bargaining power")がある。『トロイラスとクレシダ』のクレシダが、この点に関して雄弁である。

女はくどかれるうちが天使、
男のものになったらおしまい、男はものになるまでが君子。
愛されてこのことを知らない女は愚かなもの、
手に入らないものを実際以上にありがたがるのが男だもの。
このことを知る女はたやすくなびかないもの、
あこがれ求めて手に入れた愛にまさる喜びはないのだもの。

(一幕二場二九一—九六行)[23]

クレシダがこう確信しているのは、男女関係における男性優位を内面化しているからである。シェイクスピア版のクレシダは、処女を喪失した時点で自信も失い、それゆえに破滅に追いやられる。過大評価された結果、処女性は「力」を帯び、未婚の処女は賛美された。エリザベス女王が使用した処女女王のイメージ同様、ミランダの処女性には特別な価値が与えられた。男女の恋愛ゲームにおいて欲望の対象となりながら、まだ手に得られない存在。処女性を神話化する一方、結婚しうる「エリザベス」が作り上げられた。プロスペローが試みたことは、ミランダを獲得できる欲望の対象としながら、同時に結婚までは獲得させないこと、クレシダの台詞にあるように、ミランダの値を吊り上げることであった。そのためにミランダの処女性は、あたかも神の禁忌のごとく誇張される。婚約の仮面劇の壮麗さは、カップルを圧倒するが、禁欲の強調は繰り返される。

いいか、誓いは守れ。恋の戯れも
ほどほどにな。どれほど固い誓いも、
情欲のほむらにかかれば藁しべ同然だ。抑えて抑えて、
さもないとさっきの誓いとはおさらばだぞ。

（四幕一場五一―四行）

こうして、プロスペローはもうひとつの幻影を作り出すのに成功した。過大評価された床入りの幻影。繰り返し禁じられたものの魅力は、時代の貞操礼賛と合い重なって、ミランダに特別な地位を与えた。手折られていない娘には、ナポリ皇太子が絶対に結婚するだけの価値がある。父親は二段階に障害を用意した。「手軽に勝ち得てはせっかくの宝も手軽にあしらわれる」ので、恋に反対する振りをし、次にはミランダの貞操をもう一つの宝、結婚するまでは絶対に手に入れられない宝として強調する。苦労して手にいれたミランダを、

ファーディナンドがナポリ王妃にし、やがてはナポリ王の母親とするように。処女性の力は、このように父の手により最大限に生かされ、父親の目的を達成するための道具となったのである。

プロスペローの復讐劇と恋愛劇は、このように関係している。魔術の力によりファーディナンドを一行から隔離し、一方仇敵には罰を与えた。父親からミラノ公国を受け継いだプロスペローには、長兄として公国を維持する権利および義務がある。ところがこの父権制度は決して安定していない。兄が弟に一家の「父」としての権利を納得させられないのだから。ここに、疑う余地のないイデオロギーの限界が見られる。この父権制度の限界は、『テンペスト』の中の重要な要素である。その昔弟アントーニオに出し抜かれたプロスペローは、その弟に協力したアロンゾーが自分の弟セバスチャンに裏切られかけるのを目撃する。これにはアントーニオも関わっている。秩序があるどころか、食うか食われるかの社会である。それどころか父親による娘の支配も、この特殊な環境（母親の欠如）において、そして一幕二場で強調されているように魔術の力をもってのみ可能である。ミランダという登場人物に焦点を当てると終わりなき「搾取の形態」が見えてくるが、その「搾取」は周辺を取り巻く父権社会の不確実性と並置されている。あたかも唯一の安定要素であるかのように。ところが、執拗なまでに父親の権威を強調する裏には、それがあくまで理論であり、実際には魔術が必要だと言う事実が見え隠れする。魔術の力なしでもミランダは、父権社会の理想的娘、「父の娘」でありえたか。このことが父親の支配、しいては父権制度そのものを疑わせる要因となっている。エアリエルの音楽なしでも、ミランダはファーディナンドと恋におちただろうか。二人の結婚は、プロスペローの覇権を安定させるための重要な道具である。娘を自分の思い通りに操るのに、従順に女らしく育てただけでは十分でない。さらに魔術が必要なのである。娘を完全に支配することは、父親の幻想に過ぎないからだ。

ミランダとファーディナンドの結婚に関して、スティーヴン・オーゲルは以下のように論じている。

ミランダがミラノ公国の世継ならば、この結婚によって公国はナポリ王国の一部となる。その逆ではない。プロスペローがせっかく弟から奪還した爵位も、おのれの死後は再びナポリ王に譲り渡されることになる。(Orgel 228)[24]

ミランダの息子は、プロスペローの孫であると同時にアロンゾーの孫でもある。支配者の後継者同士の結婚は、サー・トーマス・スミスの懸念どおり、女性の方に不利かもしれない。つまり、夫の一族および国が優位に立ち、女性後継者の側は男性側に飲み込まれてしまうかもしれない。父権社会において息子を持たない父親のジレンマがここにある。すると、ヘンリー八世の息子への執着もうなずけてくる。

コーダ

シェイクスピアのロマンス劇は、エリザベスの死後まもない頃に執筆、上演された。エリザベス朝ノスタルジア初期には、「処女女王」としてのエリザベスの一生が再解釈され、一方で男性君主ジェイムズ一世が、良くても女王と同等、一般には劣っているとみなされた。ここまで重要な存在であったエリザベスがなぜ、ロマンス劇にわずかの影も残さないのか。同じような女性後継者を登場人物としていながら。ロマンス劇の娘たちは、父権社会におけるエリザベスの代役なのだろうか。近現代における女性統治に対する危機感の表れ、または父権制度の限界の証明とも考えられる。エリザベスが女性の単独支配という例を歴史上作ってしまったことへの反動であるかもしれない。以下はフランス大使の手紙の引用である。

女王の統治に国民はかなり満足しており、女王への愛を示している。ところが、偉大な男性貴族にとっては、決して満足できる状態ではない。女王が仮に崩御することがあれば、イギリス人が女性の支配に再び甘んじることは決してありえない。(Ridley 221)[25]

エリザベスは一人で十分である。歴史上の「異常」は繰り返されてはならない。女性後継者の結婚は、父権社会にとってはハッピー・エンディングなのである。女性の支配が終わった時代、エリザベスは過去の偶像ならば許されるが、主流文化の中で尋常な存在として受け止められてはならない。近現代演劇における女性支配者の表象はたいてい否定的であり、エリザベスの栄光が反映されていると思われる女王像は見つからない。父権社会のエリザベスへの反動は、むしろ女王の力を暗示させる。または、女性が支配者となることが当時の社会にもたらした「転覆」の可能性を強調している。女性の力または権威を持った女性への脅威が痛感された時、芝居は父親そして父権制度のためのハッピー・エンディングを追求する。女性でありながら父権社会で力を手に入れられる女性後継者、ミランダの完全な支配は、フィクション(魔術または芝居)の世界でのみ可能だというのが現実である。

注

1 拙訳。

2 拙訳。

3 拙訳。

4 例えば Amussen がある。

5 Dusinberre. 反論の立場を最も端的に（タイトルの中にも）要約した論文は、Park であろう。

6 引用行数は、*The Tempest*, the Arden Shakespeare, ed. Frank Kermode (London and New York: Methuen, 1964) による。翻訳は、松岡和子訳『テンペスト』（ちくま書房、二〇〇〇年）を使用。

7 拙訳。

8 *Daemonologie*.

9 拙訳。原文、"the King is the greatest enemy he [the devil] hath in the worlde." これは、ジェイムズ王による匿名の著作 *Newes from Scotland declaring the damnable life and death of Doctor Fian, a notable Sorcerer* (Edinburgh and London, 1591) からの引用である。

10 拙訳。原文は、"My wife hath much disappointed my hopes in bringing forth a daughter which, finding herself not so welcom in this world as a son, hath already made a discreet choice of a better."

11 エリザベス女王のイメージに関する研究は多数存在する。特に「処女女王崇拝」を扱った著作の例は、Bassnet, Berry, Frye, Hackett がある。カトリックの伝統における「聖母マリア崇拝」に関しては、Warner がある。

12 "body natural / body politic"のこと。Kantorowicz を参照。

13 John Knox, *The First Blast of the Trumpet against the Monstrous Regiment of Women*. 当時の女性君主論争に関しては、例えば、Greaves の特に 157–253 および Lee 242–61 を参照。

14 原文は、"for some secret purpose he [God] myndeth the female should reigne and governe"である。
15 原文は、"And in the end this shalbe for me sufficient that a marble stone shall de[clare, that a] Que[ne h]aving re[i]gn[ed such] a tyme [ly]v[ed and] dyed a vargin." 一五五九年の議会の陳情に対するエリザベスの反応である。
16 本のタイトルおよび引用は拙訳。
17 これに対して、エリザベスは結婚相手の選択問題から、やむなく婚期をのがしたという新説が優勢になりつつある。Doran 参照。
18 「女性は元首として支配できるが、妻としては従わなければならない。」原文、"a woman maye rule as a magistrate, yet obey as a wife."
19 "Dialogue on the Queen's Marriage." 原文は、"a foreign husband might 'favour his country and countrymen', try to introduce his own laws and customs into England, and use the country's resources to finance his own territory's defence and wars. The son and heir of such a marriage would naturally show affection to his father's country and, even worse, might one day be required to rule it."
20 拙訳。
21 引用行数は、*Pericles*, the Arden Shakespeare, ed. F. D. Hoeniger (London and New York: Routledge, 1990) による。翻訳は、小田島雄志訳『ペリクリーズ』(白水社、1983 年)を使用。
22 Vives, bk. I, chap 7: "Of the kepyng of virginite and chastite" に貞節に関するいわゆる「公式見解」が見られる。
23 引用行数は、*Troilus and Cressida*, the Arden Shakespeare, ed. Kenneth Palmer (London and New York: Methuen, 1982) による。翻訳は、小田島雄志訳『トロイラスとクレシダ』(白水社、1983 年)を使用。
24 拙訳。
25 拙訳。原文は、"her government is fairy pleasing to the people, who show that they love her, but it is little pleasing to the great men and nobles; and if by chance she should die, it is certain that the English would never again submit to the rule of a woman."

引用文献

Abbott, Mary. *Family Ties: English Families 1540–1920.* London: Routledge, 1993.

Amussen, Susan Dwyer. *An Ordered Society: Gender and Class in Early Modern England.* New York: Columbia UP, 1988.

Aylmer, John. *An Harborovve for Faithfvll and Trevve Subiectes, agaynst the late blowne Blaste, concerninge the Gouernment of Vvemen.* 1559; repr. facs. Amsterdam: Theatrvm Orbis Terrarvm; New York: Da Capo, 1972.

Bassnett, Susan. *Elizabeth I : A Feminist Perspective.* Berg Women's Series. Oxford: Berg, 1988.

Berry, Philippa. *Of Chastity and Power: Elizabethan Literature and the Unmarried Queen.* London: Routledge, 1989.

Boose, Lynda E. "The Father and the Bride in Shakespeare." *PMLA* 97 (1982): 325–47.

Doran, Susan. *Monarchy and Matrimony; the courtship of Elizabeth I.* London and New York: Routledge, 1996.

——. "Religion and Politics at the Court of Elizabeth I: The Habsburg Marriage Negotiations of 1559–1567." *English Historical Review* (1989): 908–26.

Dusinberre, Juliet. *Shakespeare and the Nature of Women.* New York; Barnes and Noble, 1975.

Frey, Charles. "'O Sacred, Shadowy, Cold, and Constant Queen': Shakespeare's Imperiled and Chastening Daughters of Romance." *The Woman's Part: Feminist Criticism of Shakespeare*. Ed. Carolyn Ruth Swift Lenz, Gayle Greene, and Carol Thomas Neely. Urbana: U of Illinois P, 1980. 295–313.

Frye, Susan. *Elizabeth I: The Competition for Representation.* New York and Oxford: Oxford UP, 1993.

Greaves, Richard L. *Theology and Revolution in the Scottish Reformation: Studies in the Thought of John Knox.* Michigan: Grand Rapid, 1980.

Hackett, Helen. *Virgin Mother, Maiden Queen: Elizabeth I and the Cult of the Virgin Mary.* Basingstoke and London: Macmillan, 1995.

Heisch, Allison. "Queen Elizabeth I and the Persistence of Patriarchy." *Feminist Review* 4 (1980): 45–56.

James I. *Daemonology.* Edinburgh, 1597.

——. *News from Scotland declaring the damnable life and death of Doctor Fian, a notable Sorcerer.* Edinburgh and London, 1591.

Johnson, Paul. *Elizabeth I: A Study in Power and Intellect.* 1958; rept. London: Weidenfeld and Nicolson, 1974.

Kantorowicz, Ernst. *The King's Two Bodies.* Princeton: Princeton UP, 1957.

Knight, G. Wilson. *The Crown of Life: Essays in Interpretation of Shakespeare's Final Plays.* London: Methuen, 1948.

Knox, John. *The Political Writings of John Knox: The First Blast of the Trumpet against the Monstrous Regiment of Women and Other Selected Works.* Ed. Marvin A. Breslow. Washington: The Folger Shakespeare Library; London and Toronto: Associated UP, 1985.

Lee, Patricia-Ann. "A Bodye Politique to Governe: Aylmer, Knox, and the Debate on Queenship." *The Historian* 52 (1990): 242–61.

Levin, Carole. "Queens and Claimants: Political Insecurity in Sixteenth-Century England." *Gender, Ideology, and Action: Historical Perspectives on Women's Public Lives*. Ed. Janet Sharistanian. New York: Greenwood, 1986. 41–66.

Marcus, Leah S. "Erasing the Stigma of Daughterhood: Mary I, Elizabeth I, and Henry VIII." *Daughters and Fathers*. Ed. Lynda E. Boose and Betty S. Flowers. Baltimore and London: Johns Hopkins UP, 1989. 400–17.

Mebane, John S. *Renaissance Magic and the Return of the Golden Age: The Occult Tradition and Marlowe, Jonson, and Shakespeare.* Lincoln and London: U of Nebraska P, 1989.

Orgel, Stephen. "Prospero's Wife." *Representing the English Renaissance*. Ed. Stephen Greenblatt. Berkeley, Los Angeles and London: U of California P, 1988. 217–29.

Park, Clara Claiborne. "As We Like It: How a Girl Can be Smart and Still Popular." *The Woman's Part: Feminist Criticism of Shakespeare.* Ed. Carolyn Ruth Swift Lenz, Gayle Greene, and Carol Thomas Neely. Urbana: Illinois UP, 1980. 100–16.

Perry, Maria. *Elizabeth I: The Word of a Prince: A Life from Contemporary Documents*, London: Folio Society, 1990.

第三部　ベッド・トリックと結婚

解体するロマンス

——ベッド・トリックの周辺——

境野 直樹

はじめに

近世初期の社会的実践としての結婚を考えるとき、それはどうあっても家父長制を構成する要素としてみなされないわけにはいかないだろう。「家父長制」などという安直な言葉で一括りにできるほど現実は単純ではなかったとしてどれほど特殊なケースを個別に並べ立ててみても、結婚を、当事者両性の合意のもとにひとりの女性が父親から夫へと従属する対象を移行することを社会的に承認する制度としての側面からみるならば、合法的とされるあらゆる結婚は家父長制に回収されていたと考えなければならない。いかに抑圧的であっても、同時に結婚という制度が当事者たちの立場を社会的に保護してもいたのだから。プロセスがどうあっても、最終的に「結婚」という社会的承認による夫婦関係の安定を望む以上、それは家父長制の庇護を期待することで、家父長制に加担し継承することを意味する。結婚は家父長制の一部なのだ。民衆文化史の研究が進み、抑圧されたひとびとの声が拾い上げられるにつれて、制度を揺るがしかねない個々のケースの「特異性」が紹介され論じられるほど、逆説的にますます強固なものとなってゆく家父長制の言説のしたたかさが見えてくるように思われる。

大雑把な図式化によって議論を始めたのは、結婚の言説を演劇作品との関係で語ろうとする場合に喜劇というジャンルがもたらす限界を、とりあえず確認しておきたかったからにほかならない。結婚をもって幕となる喜劇、さらに言えばローマ新喜劇の伝統に連なる喜劇作品は通常、父権者に象徴されることが多い結婚の障害となる要素をさまざまな方法で回避しつつ実現される主要な登場人物たちの結婚を、当の父権者を含むかれらの所属する社会が承認し祝福するかたちで共同体の繁栄を言祝ぐというプロットの展開、すなわちジャンルの要請によって、物語の結末の可能性をあらかじめある程度規制されている。したがってそのような作品について注目すべきは、結末に至るプロセスなのだ。家父長制の構成要素としてその枠組みの中に取り込まれているからこそ、喜劇は制度の綻びを暴くことができるのである——かりにそのことが逆説的に制度の補強につながろうとも。いまさら辟易しそうな「逸脱と包摂」の図式だが、窮屈な制度の枠組みがあってこそ見えてくる細部の多様性について、少し考えてみたい。それは換言すれば、共同体の結束に焦点をあてたドラマから、個人に与えられた選択的行動の自由度を描く心理的な要素を持つドラマへの展開を考えることである。シェイクスピアの作品で言えば、『間違いの喜劇』から『十二夜』を経て『終わりよければすべてよし』、『尺には尺を』、そして『二人の血縁の紳士』への展開ということになろうか。結婚相手の交換が容易に可能な初期の喜劇とは異なり、登場人物の性格付けがはっきりしてくると、パートナーの選択がプロットのなかで大きな意味を持つようになってくる。そこでは結婚を望む相手を他の登場人物とは明確に差異化することが重要となる。ところがいわゆる問題劇では、この差異化そのものをことさらに無効にしてしまうような力が作用するように思えるのだ。ここではこの問題を、登場人物の交換可能性の観点からベッド・トリックというモティーフをひとつの手がかりとして、シェイクスピアの問題劇とその周辺のいくつかの芝居を検証しつつ、考えてみたい。

I

彼女たちはその夜、父に酒を飲ませ、姉がはいって父と共に寝た。ロトは娘が寝たのも、起きたのも知らなかった。（創世記一九章三三節）

それぞれにモアブ人、アンモン人の先祖をもたらしたと記録されているロトの二人の娘たちについてはその名前さえ聖書に記録されないが、姉と妹によって二晩にわたり反復されることによって、この近親相姦の衝撃的エピソードは読者に強い印象をあたえる。そしてほら穴の闇と、おそらくは泥酔によるロトの前後不覚という状況は、ヨーロッパ文学におけるベッド・トリックという挿話形式を考える上で、その原型についてひとつの手がかりを与えてくれるようにも思われる。[1] この挿話で重要と思われるのは、ことの子細について、とりわけ行為の相手について、それを男性が知り得ず、対照的に女性だけがみずからの意志で懐妊のための同衾の行為に主体的にかかわっているということである。女性による知の占有——のちにみるように、このことは女性のセクシュアリティを管理することへの男性の不安と焦燥を描くための、格好の演劇的素材となる。興味深いことに、つづく創世記二〇章では、結婚相手の女性の素性を知らぬ男性のエピソードが反復される。アブラハムの妻サラをその妹と聞いたゲラルの王アビメレクは彼女をめとるが、夢に神が現れて、夫のある女性との結婚の代償が死であることを告げる。アブラハムとサラはじじつ、兄妹でありかつ夫婦であったのだが、状況を理解できなかったアビメレクはみずからの潔白を主張し、神もまた「彼女にふれることを許さなかった」として彼を赦す（二〇章六節）。ここでも男性は相手となる女性の正体を知らない。女性が男性より多くの情報を持つ状況は、女性に対する男性の不安を増幅させる。寝取られ亭主になることへの不安はイギリス・ルネサンス劇で繰り返し扱われる主題だが、ベッド・トリックはこの不安に訴えかけているといえよう。イギリス・ルネサンス期における、演劇以外の作品からその一例を、フィリップ・シドニーの『アーケイディア』に確認しておこう。神託により、「二人の娘を失い、自分の妻との間に不義を犯す」と予言されたアルカディア王バシリウスは、娘の一人に求愛すべくアマゾンの戦士に変装して侵入した他国の王子ピロクリーズに恋してしまう。一方王妃は彼の女装を見抜き、これまた彼に恋してしまう。王と王妃それぞれの求愛を一度にあしらい、かつその間に自分自身の恋を成就させるために、ピロクリーズはベッド・トリックを仕掛ける。約束の洞窟で若き愛人を待つ王妃は、そこで同じように「彼」への思いをとげるためにやってきた自分の夫に身を委ねるはめになる。彼女はその声から闇の中の相手が自分の夫であると知るが、国王は沈黙を守る王妃をピロクリーズだと思っている。こうして当事者が無自覚のうちに、神託は成就することになるが、ここでも共に騙されつつも、妻が夫よりも先に事情を把握する設定になっていることは注目しておいて良いだろう。

このほかにもベッドの中でパートナーの正体を取り違えるモティーフは、演劇作品に導入される前にさまざまな神話、民話を経由しており、たとえばギリシア神話におけるヘラクレスの誕生、アーサー王の誕生をはじめ、ボッカチオの『デカメロン』における八つの物語など多くのロマンスにみることができる。共通の特徴はベッドの相手を騙す行為にたいする道徳的判断が一貫して排除されていることだろう。時代を超えて継承されるこうしたいわば物語素とでもいうべき要素は、多くの場合プロットの要請によって自動化された言説として導入されがちと考えるべきで、その非現実性ゆえにそこに倫理的手がかりを求めても不毛なのかもしれない。[2]じっさい、騙す行為のモラルじたいがプロットにかかわることはなく、トリックを仕掛けられた相手は後日種明かしをされるまで気づかないというのがコンヴェンションとなっている。ただし、騙す側と騙される側、およびその状況に至る事情には、いくつかのパターンがある。そしてその多様性は、のちにみるように、やがては婚姻をめぐる家父長制の言説そのものにゆさぶりをかけるだろう。そうした展開は、問題喜劇群における、ロマンティック・コメディのジャンルの要請と演劇の成熟に伴う女性登場人物の主体性との齟齬において際立ったものとなっている。

Ⅱ

シェイクスピアの『間違いの喜劇』では、名前も容姿も同一の二組の双子とかれらをとりまく状況との齟齬が引き起こす混乱が描かれる。双子の性格的相違が明確に設定されないこの芝居においては、双子は文字通り交換可能にみえる。アンティフォラス弟は言う。「どんな間違いがもとで目や耳が狂ってしまうのか!」(二幕二場一七五行)[3]自分の夫とその弟の区別が視覚的に不可能である以上、この芝居には闇は必要ない。エドリエーナは、自分を知らぬと主張する夫の弟を、浮気ゆえに自分への関心を失い冷酷に振る舞う夫と区別できない。抗議はできても従うより他はない妻の状況は、この一五九〇年代の喜劇においてすでに誇張されつつ（しかし、道徳的考察抜きに）風刺されていると読むことも可能だろう。夫がどれほど理不尽であっても、あるいはまた愚行を重ねてばかりいるような存在であったとしても妻はそれを耐えなければならないという主張は、しかしながら一六二二年に出版されたウィリアム・グージの『家庭人の義務』においてなお、大真面目に反復されている。

反論2　しかしたとえばもしも、酒癖が悪く、強欲で、冒涜的なまでに尊大で、不敬ではばからず、神をかえりみようともしない男が、賢明で慎ましく敬虔な女性と結婚した場合でも、夫の名誉をたてて、女性は男性を自分よりも優れた存在とみなさなければならないのでしょうか。

回答　もちろん、そうしなければなりません。なぜならその男の心といのちに宿るよからぬ資質や性癖といったものは、神が男に与えた人間的な徳を何ら損なうものではないからです。よからぬ素行ゆえに夫が悪魔のようにみえることもあろうとも、彼の立場と役割については男は神のイメージをまとっているのですから［……］[4]

芝居の中で夫による理不尽に冷酷で抑圧的な態度に耐えることが妻の美徳として繰り返し確認されることに注目したい。妻が理不尽な夫を他人と取り違える危険性は、こうして皮肉にも「妻の美徳」によってもたらされるのだ。

エドリエーナ　なぜ男の自由は女の自由より大きいの？
ルシアーナ　だって、男の仕事はいつも家の外にあるんですもの。
エドリエーナ　でもあなただって結婚すれば、多少は我を通したくなるわよ。
ルシアーナ　愛することを覚える前に、従うことを学ぶつもりよ。
エドリエーナ　もしあなたの夫がどこかよそで遊びはじめたら？
ルシアーナ　家庭に戻ってきてくれるまで、私なら我慢するわ。
（『間違いの喜劇』二幕一場一〇―一一、二八―三一行）

既婚のエドリエーナが結婚生活への不満を述べ、未婚のルシアーナが「妻の義務」を説く立場で語る設定も、未婚の女性にはみえにくいのに、既婚の女性には鼻につく家父長制の特質を示して興味深い。この後の、勘違いして夫を閉め出し、その弟を夫と取り違えて邸内で食事をするという喜劇的な取りちがえの混乱は、ベッド・トリックと同様の効果をもっている。この勘違いが可能なのは、ひとりひとりの詳細な性格描写をしないことで登場人物を入れ替え可能なまでに類型化し平板に描く台本の意匠によって、あるいはまた、結婚生活における両性の平等や、欺瞞の行為の是非といった倫理的主題に踏み込まないというこの劇の性格によって実現する効果と言える。変装をするまでもなく、二組の双生児はそれぞれに等質的なので、大団円で全員同時に舞台に並べなければ差異は現出しない。差異のないところに本質的な取りちがえは成立しようがない。

立場は異なるがみかけは同じというこの状況のもつ喜劇的効果は、「変装」というかたちに継承されることになる。『十二夜』の例で考えてみよう。オーシーノーとオリヴィアの間を往復するヴァイオラは、前者に服従し、後者に毅然とした態度を示すことで、半ば無意識に両性に期待される役割を演じている。家臣としての理想像はそのまま妻の理想像へと転換し、強気な代理の求婚者は真の求婚者に変わる。つまりヴァイオラはある程度すでにセバスチャンなのだ。ここでも双子の等質性が喜劇を支えている。ただしここでヴァイオラに託されたジェンダーの二重性は、結婚における両性の役割や立場の相違を観客に思い起こさせるだろう。『間違いの喜劇』とは異なり、セバスチャンとヴァイオラは明瞭に交換不能である。兄が男に仕えることも、妹が女の「頭」として女性の上に君臨することも考えられない。ヴァイオラは言う。

　　　私は男だから
いくら公爵を慕っても望みはない。
私はまた女だから――なんということだろう――
気の毒なオリヴィアがいくらため息をついても無駄なのだ。

（『十二夜』二幕二場三五―八行）[5]

性格描写は社会が要請する結婚の理想像に共振する。そこで問題となるのはセクシュアリティよりもむしろジェンダーなのだ。ヴァイオラに課せられた分裂した役割は、そのまま結婚をめぐる男女の立場の違いをさりげなく示しているように思われる。

イギリス・ルネサンスの結婚生活における妻の美徳とは、ひとことで言えば「慎ましさ」ということになるだろう。たとえばヘンリー・スミスによる『結婚への備え』(一五九一)をひもとけば、そこには『創世記』二四章六五節に言及しつつ、「慎み」(modesty) や「恥じらい」(shamefastness) などの言葉が羅列されている。女性の慎ましさの指標としてとりわけ重要なのは、寡黙であることとされている。

[……] 女性の話し方、というよりむしろ、その沈黙。女性らしさの証は沈黙なのです。それゆえにそもそも立法は、(最初にアダムに、のちにモーセにという具合に) 女性にではなく男性に与えられたのです。男が教え、女がそれに耳を傾けるようにと [……][6]

さきにグージの主張に見たように、妻は男性の愚行に耐えることを求められ、しかもここでは沈黙することを要求されているわけだ。だがしかし同時にジョン・ドッド、ロバート・クリーバーのいう「助け手」としての役割も要請されていることを考えると、そこには妻の立場におかれた女性たちが、夫を助ける必要に迫られるかぎりにおいて、積極的にその言動を行使する機会が与えられているようにも思われる——ヴァイオラが予感させたように。慎ましく、限りなく控えめに生きながら、同時に困窮した夫を救う「助け手」でもあるという無理難題、消極性と積極性の矛盾を乗り越えることが女性の美徳とされたとき、演劇はさまざまなかたちでこのジレンマを描き始める。堅忍の徳に臨機応変の機知を兼ね備えた、いわば積極的なグリゼルダとでも呼ぶべき女たちが登場する。

トマス・デカー（あるいはトマス・ミドルトン作？）の『巡査殿なんか怖くない』（一六〇一）においては、姦通にたいして死刑をもって臨もうとするヴェニス公爵とその部下たちから夫フォンティネルを守るため、妻ヴァイオレッタは夫が頻繁に通っている娼婦インペリアにたいして恥を忍んで交渉をもちかける。妻は娼婦と入れ替わることに成功し、フォンティネルが娼婦インペリアと一緒にいる現場を取り押さえようと、公爵とその部下たちが踏み込むと、夫婦が揃ってでてくる。ヴァイオレッタは夫がいつもここで自分と一緒にいたと主張し夫と娼婦の関係を否定。ゆえにお咎めなしという展開で、妻は夫を守りきる。フォンティネルは自らの罪を恥じ、品行を改めることを誓い、妻は夫をまったく非難せずにこれを受け入れ、慎ましく元の立場におさまる。機知においても行動力においても、さらには時に弁舌の能力に至るまで、劇中の他の登場人物すべてを圧倒するほどの輝きを見せる妻は、しかしながら劇の大団円では慎ましやかで控えめな夫の「助け手」に戻る。機転の利く妻が愚かで怠惰な夫の苦境を救い、更生させるというパターンは、イギリス・ルネサンスの結婚の言説における女性の役割についての二つの層、すなわち服従と協力の美徳を描きつつも、ときには無力な男性を救う女性の圧倒的な活躍を喜劇的に描くことで、男性の優位を説く結婚の言説の論理を解体しかねない力を持っている。そして苦境に立たされた夫をその妻が救う筋書きをもつ同時代のいくつかの喜劇作品は、あきらかにその危ういバランスを積極的に取り込むことによって成立していたと思われる。

シェイクスピアの『終わりよければすべてよし』のヘレナとバートラムの関係に、まさにこの緊張を読み込むことができるだろう。劇の冒頭近く、息子バートラムへの恋心を知った公爵夫人とヘレナの間に交わされる台詞から、考えてみよう。

伯爵夫人　私はあなたの母であると言っているのです。

ヘレナ　　　　　お許しください。

ロシリオン伯爵は私の兄ではありえません。
私は卑しい生まれ、彼は立派な名のあるお家柄、
私の両親は素性が不確かで、あの方の家系は高貴。
あの方は私がお仕えすべき大切なご主人で、私は
あの方の召使い（servant）として生き、しもべ（vassal）として死にます。
あのかたが私の兄だなんて、あってはならぬこと。

（『終わりよければすべてよし』一幕三場一四九―一五五行）[7]

自分のバートラムに対する立場は、兄と妹のそれではなく主人と臣下のそれであるとヘレナは言う。「男は女の「頭」である」という言説は反復しつつそのレトリックを発展させてきているので、この芝居の創作時期には「主人と臣下」のレトリックで夫婦を語ることはごく自然なことであったと思われる。「召使いを選ぶように妻を選べ」と語ったジェイムズ一世の著作から引こう。

そして妻に対するふるまい方については、聖書を読むのが一番だろう。妻を自分の身体同様に扱いたまえ。つまり彼女の主人（lord）として命じ、助け手としての彼女を慈しみ、教え子に対するように指導し、理にかなう範囲なら極力よろこばせてあげなさい。しかし分を越えた物事に興味を抱かせないよう

に指導せねばならぬ。君は「頭」であり、彼女は君の身体なのだ。指図するのが君の、従うのが彼女の役割だが、そこはくれぐれも和やかに、君が命ずることに彼女が喜んで従うように、前を行く君に喜んで付き従いたくなるようにするべきだ。君の愛は彼女にしっかりと結びあわされているのであり、彼女がもてるすべての愛情とともに君の意志に従うように。

（『王の贈り物』三六頁）[8]

このように夫と妻の関係は君主と臣下の関係になぞらえられた。したがってこの叙述は二重の意味で——つまり、服従し仕える者すなわち妻というロジックによって、ヘレナの本心を表現していると読むことができる。のちにフランス王のとりなしで結婚したものの、彼女を遠ざけたい一心でフローレンスへ出陣せんとするバートラムに帰国を命ぜられるヘレナの口から、わたしたちはこれと寸分違わぬ台詞（your most obedient servant）をふたたび聞くことになるだろう。

あなた、私はなにも言えません。
あなたの忠実なしもべであるということのほかには。

（『終わりよければすべてよし』二幕五場　七一—二行）

国王の病を治した代償に、みずからの意志で夫として選んだ男にたいして、「忠実に仕えるということ以外になにも言えない」というこの極端な立場の落差にこそ、イギリス・ルネサンスの結婚のディスコースがはらむ緊張が表出しているのではないだろうか。公爵夫人に言ったとおりの立場をヘレナはまさに自分の意志で、主体的に手に入れたことになる。となると、「主人と召使い」の関係になぞらえられる夫婦の関係性をレトリックとしては受容しつつも、実際には出生の事情による身分の差に我慢できないバートラムの側に問題があるのかもしれない。だが釣り合わない身分の差はフランス国王が埋め合わせると宣言している。本当の理由は、だから他にあると考えなければならない。ヘレナは自分の思いを遂げて（バートラムの不機嫌に苦しんではいるが）、妻の恭順の鑑として振る舞っているように見える——ただ一度、バートラムにとってはまったく唐突に、求婚し、王権の擁護を受けてほとんど強引に結婚したことを除けば。そしてじつは彼女のこのただ一度のしかし決定的に主体的な行動こそが、喜劇的に解決されなければならない緊張関係をもたらしているのである。

また一方、上記引用を額面通りに読むならば、バートラムとの関係において兄妹であることを拒みつつ隷属して生きるというヘレナの主張はもちろん両者の婚姻関係なしでも成立するわけだから、すでに与えられているとも考えられる。この場合、バートラムを夫として望むヘレナがそこに主従関係を越えた何かを求めていることがわかる。

非の打ちどころがないはずのヘレナをバートラムが嫌うのは、みずからの結婚において受動的に選ばれてしまったことによる、「頭」でいられないことへの不安なのではないか。婚姻における両性の平等が理想として強調された結果、男性の主導権は場合によっては所与ではなくなるおそれがある——結婚における男性の優位性を説く文章が広く読まれた世相は、おそらくはそうした不安を反映していると思われる。主体的に夫を選び取るヘレナの積極性は、国王に治療を迫る彼女の姿にも反復されている。それでいながら劇作家は積極性が女性の徳育として好ましからざるものであるというモラルを反映した台詞を、ヘレナ自身に語らせるのだ。

王　どれほどのことをする覚悟で
　　そのように自分の確かさに自信をもっておるのか。

ヘレナ　　　あつかましさ、
　娼婦の大胆さ、恥さらし、などと
　忌まわしい小唄で中傷されようと、あるいは
　処女の名が汚されようとも。いいえ、もっとひどい
　拷問にさらされて死のうともかまいません。
（二幕一場一六八―七三行）

「大胆さ」が娼婦の属性とされていることに注目しよう。そして国王の病気回復の代償として彼女が要求する夫とは、国王との関係においては主体性を奪われた存在であり、その結果、ヘレナと国王の取り引きの対象でしかない。

　陛下のしもべのひとり、あきらかに私が求めても
　陛下がくださっても、さしさわりのないひとを。
（二幕一場一九八―九行）

彼女が公爵夫人にたいして自分自身を表現したのと同じ言葉（vassal）が用いられていることも、注意しておく価値があるだろう。国王とバートラムの関係がバートラムとヘレナの関係のアナロジーとなる証左だからである。そして、夫を主体的に選び取る自由を彼女は「成功報酬」として要求しているのである。

もちろんバートラムは受動的に選択されることに我慢がならない。だから「選び取るのではなく自分を捧げるのだ」というヘレナの以下の台詞も役に立たない。

あなたをいただくなどとだいそれたことは申しません。私は生きているかぎり、あなたの力に導かれ、この私じしんを捧げ、お仕えいたします。

（二幕三場一〇二―四行）

バートラムはみずから主体的に選びたいのだ。身分の違いはむしろ口実であることは、国王とのやりとりからわかる。やがてわれわれは、彼が遠征先で評判の美女を口説こうと日参する姿をみるだろう。それは彼が難攻不落の女性を口説き落とすことに男性としての大きな価値を見いだしていることを示す。婚姻においても主導権を把握することなくして、家父長はみずからの尊厳を守り得ない。こう考えればヘレナに宛てたバートラムの手紙が、婚姻にまつわる主権の確認行為に他ならないことがあきらかになる。

俺の指にある絶対にはずすつもりのないこの指輪を手に入れることができれば、そしておまえの体から生まれた俺の子を見せてくれれば、俺を夫と呼ぶがいい。だが、そのような「とき」は「けっして」来ないと宣言しておこう。

（三幕二場五六―九行）

そしてこの手紙こそが、主従関係のメタファでは描き得ない、夫婦のあいだの緊張関係を喜劇的に解消する手がかりとなる。バートラムのアイデンティティを保証する先祖伝来の指輪を正当に贈与され、しかも彼の子を懐妊すること。夫の主体的行為なくしては実現せず、妻の正当な行為なくしては実現しないこと――『終わりよければすべてよし』で展開される夫婦の間の主導権の問題は、こうして指輪と懐妊へと還元され、ベッド・トリックを経て喜劇的に解決されるのだ。暗闇のなかの相手をダイアナと信じるバートラムは、まさに欲望する主体そのものである。のちにその相手がヘレナだったと知るとき、彼はトリックが、みずからの主体の回復の行為だったことを悟るだろう。指輪と懐妊は、その動かぬ証拠である。かりにそれがヘレナの主導権のもとに彼がみずからの主体を回復させられる行為だったとしても。

ベッド・トリックによって妻が夫の窮地を救う芝居は他にもあるが、ひとつの芝居の中でこうした女性の積極性を悲劇と喜劇の両方に分岐させた点で重要な意義を持つ作品として、ジョン・マーストン他による『伯爵夫人の飽くなき欲望』（一六一〇）についてふれておきたい。夫の喪に服しているイザベラは、弔問に訪れたロベルト（キュプロスの公爵）を誘惑、二人は結婚する。ところがその婚姻の晩の仮面舞踏会でイザベラは客のグイドに一目惚れしてしまう。招かれた客の中にはこれまた新婚の二組、クラリディアナとその妻アビゲイル、ロジェーロとその妻タイスがいた。クラリディアナとロジェーロは仇敵同士だが、妻たちは大の親友。男たちは互いに憎みあいながらも相手の妻に一目惚れし、憎悪と欲望に駆られて相手の妻を寝取ることをそれぞれに思いつく。妻たちは策を練り、互いに密かに相手の寝室で自分の夫と寝ることにする。策略は成功し、大団円で男たちは和解する。二人の妻はデカーの描くヴァイオレッタに通じる、機転で夫を救う妻の類型に属するだろう。いっぽう出会う男に次々に惚れてしまい、そのつどまったく躊躇せずに新たな恋を追い求めるイザベラは、T・S・エリオットが愚かしいと評するほどに病的な主体性によって特徴づけられるが、その主体性がドラマの進行に伴って段階的に獲得されてゆくように描かれていることは、指摘しておく価値があるだろう。[9] イザベラの恋文を読んで駆けつけたグイドとのやりとりには女性が求愛の言葉を口にすることへのためらいが描かれるが、これなどすでにみた『終わりよければすべてよし』の傍証となりうるのではないだろうか？

［イザベラ］
なにか言うべきなのでしょうけれど、恥ずかしくて。
グイド　求愛の仕方を教えてあげよう。
僕のことをずっと好きだったと言いなさい。
そして、女のかよわい舌先は求愛のしらべには
うまくなじまないけれども、僕のために
自分が女であることを忘れ、
女らしい慎ましさを忘れて僕の愛を求めるのだ、と。
そして、キスをして私を幸せにしてと、僕にねだりなさい。
イザベラ　女というものは求愛しないものだけど、あなたのために
そういう礼儀作法を喜んで捨てますわ。
お願い、キスして。
グイド　さあ、思いもよらぬたくみな言葉で
不義の愛の巣奥深くへと導いておくれ。
イザベラ　あなたは私ほど強く愛してはくださらないのね。
グイド　愛しているとも。
イザベラ　　　　　　だったら証拠を見せて。

グイド　このキスがあかしだよ。大切にすると誓うよ。
求愛はこれで十分。早瀬のせせらぎを
源流の泉に逆流させるよりも、女に求愛させることは
ずっと難しい。どんなことをしても、自然の法則の
定められた道筋を変えることはできない。

（『伯爵夫人の飽くなき欲望』二幕三場七九―一〇〇行）[10]

シェイクスピアのヘレナが侵犯し修復に苦労した婚姻における女性の受動性は、ここでのイザベラの台詞によっても確認されている。求愛についての彼女の積極性が、男性に「教え」られ、導かれていることに注目したい。みずから求愛するためには「女であることを忘れる」必要があるのだ。こうして彼女は女性の規範を逸脱し、暴走を始める。[11] 婚礼の夜に駆け落ちしたイザベラは、二人を出迎えた友人たちのひとりにまたもや一目惚れしてしまい、今度は躊躇せず、激情に任せて愛を告白する。女性の積極性は病的なまでの移り気をいつわりのない姿として主張するにいたる。

ニアーカ　ご自分にも私にもそして私の親友にも不当なことをなさらぬよう。
あなたの愛は激しいので、すぐに終わりを告げるでしょう。
忍耐のない愛は愛ではありません。
永遠に愛することこそが完全な愛なのです。

イザベラ　素敵な若いお方、信じてくださいな、私の愛はまさにそれ。
女というものは嘘つきだというけれど、私が言うことはほんとう。
生か、それとも速やかな死か、宣告してちょうだい。
私を愛してくださる?

（三幕二場八〇—七行）

激情に身を委ねる生き方を諫める声に耳を貸さず、思いを遂げることがかなわぬならと短剣を取り出して自殺まで仄めかす彼女に圧倒されて、男はイザベラとの逢い引きを了承する。情事は発覚し、彼女をめぐる二人の男の決闘は、情欲の虜として死ぬことの愚を悟っての和解へと至り、それを知ったイザベラは男性同士の友情に激しい憤りを覚える。

私の怒りは彼らの行為にではなく、彼らじしんに向けられている。
彼らの立派な地位をもってすれば私に恥をかかせることもできよう。
下賤の者の悪口など怖くない。名前を口にされるのがせいぜい。
気にもならないわ。我慢ならないのは高貴な血。
復讐を。かなえば地獄で呪われてもいい。

（四幕二場一三六—四〇行）

この後彼女に一目惚れするスペイン将校がイザベラの依頼を受けてグイドを射殺したことで彼女は逮捕され、処刑される。グイドの死は女性をその規範から逸脱させた者への罰として読むことができるだろう。改悛を拒み続けたイザベラのもとに処刑の直前に現れたのは、婚姻当日に妻に他の男と駆け落ちされ、絶望のあまり全財産を放棄し、乞食僧（beadsman）として暮らしていた夫ロベルトであった。ここにいたりついに彼女は改悛し、自分の生涯を悔いる。

あなたと共に、法に適ったよろこびに満たされていたなら、
私は恐れとも公の場で恥をさらすこととも無縁のまま、
貞淑の誉れのうちに生き、名誉のうちに死ぬことができたでしょうに。（五幕一場一八五—七行）

かくして妻の逸脱は、最終的には夫の赦しによって包摂されるわけで、そこでは家父長制は夫に背いて愚行をはたらいた妻の魂を救済する「頭」としての結婚の言説をなぞっているのである。[12]

この悲劇的なプロットは、憎悪に駆られて愚行をはたらく二人の男たちを救う賢明な妻たちのプロットと並列関係にあり、男性に正面から対峙せずにベッド・トリックによって窮地を切り抜ける二人の女性は、いっさいの抑圧から自由であるようにみえる。そしてベッド・トリックの成功の鍵は、夫たちに対する妻たちの沈黙にあることを考えれば、最終的な推敲を得ていないと思われるこの一見ごたまぜの悲喜劇が一つのまとまったテクストとして観客に差し出そうとしていた問題意識の一端が垣間見えるように思われる。[13]

女性が男性に対して、束の間ではあるけれども知の優位性を獲得できるベッド・トリックは、男性の愚かさを笑い飛ばすための演劇的展開としても利用される。たとえばトマス・ミドルトンの『愛の家族』（一六〇二）では、性的に自由・放縦でいられるのを良いことに、「愛の家族」と呼ばれる宗教集団の会合にでかける妻の不貞の現場を押さえようと、パージは正体を隠して集会に紛れ込み妻と寝て、証拠にしようと彼女の結婚指輪を

せしめる。ところが後に妻は、自分の夫と知ったからこそそうした求めに応じたのだと開き直ってしまう。シェイクスピアのヘレナはバートラムの不可能な要請をすべて実現し、結婚を名実共に既成事実とするためにベッド・トリックを使った。逆に妻の浮気の既成事実を求めてベッド・トリックを使うパージが妻の真意を見失うという代償の末に得たのは、既成事実としての結婚にすぎなかったということになる。こうして喜劇におけるベッド・トリックは、多くの場合、女性に特権的な知を与えることで男性の不安を刺激しはじめる。

Ⅳ

ベッド・トリックがその当事者間の認識のずれを利用した、つまり共有された経験ではないものであるにもかかわらず、結婚の完成としての床入りを偽装しつつ当事者同士の関係を封印してしまうほどの合法性をもつのはなぜだろう。換言するならば、ベッド・トリックという密室の秘事の「リアリティ」は誰がいかにして保証するのか。『終わりよければすべてよし』においてこのことを保証するのは指輪とヘレナの妊娠であった。では『尺には尺を』のアンジェロがそれ以前は不当に遠ざけ続けてきたはずのマリアナとの関係を否定できなくなるのはなぜだろう。当事者の片方だけが知り得なかった出来事を既成事実として社会全体が共有するという構図は、その個人に対する暴力的な洗脳の行為にひとしい。そしてそれには個人の認識のありようを根底から揺るがす、疑う余地のない真実の発露が不可欠である。『尺には尺を』の公爵ヴィンセンシオの発言には当然それが期待され、じじつアンジェロの相手としてマリアナがイザベラの身代わりになる計画は、劇中であらかじめ観客に伝えられている。だが今まで見てきた芝居とは異なり、マリアナとアンジェロはまだ正式な夫婦ではない。少なくともアンジェロは結婚に同意していないのであるから、公爵が仕組むベッド・トリックが発覚してもそれは正式な婚姻関係を保証しないはずだ。したがってマリアナの立場を好転させるメリットは、トリックそれじたいにはない。終幕近く、公爵に対して夫はいるが処女でも寡婦でも妻でもない(五幕一場一七一—六行)と答えるマリアナの立場は、ルーシオが見抜いているように、そのままでは娼婦の立場に限りなく近い。この時点では、だからマリアナはベッド・トリックの被害者だ。だが相手をイザベラと思い続けているかぎりアンジェロはマリアナを妻として認知することができない。彼もまた、ベッド・トリックの被害者なのだ。見落とされがちなことだが、相手がマリアナであったとアンジェロが確信するためには、具体的な動かぬ証拠が必要である。しかも劇世界の正義のためには、その証拠は客観的で隠しようのないものでなければならない。この客観的な証拠の欠如が醸し出す不安は、クローディオとジュリエッタの間で交わされる社会的に未承認の結婚、すなわち秘密結婚の発露の問題とも密接に関わってくる。

同時代のもっともスキャンダラスな秘密結婚は、アーベラ・スチュワートとウィリアム・シーモアのそれであろう。貴族間の縁戚関係についてことさらに介入したがる国王ジェイムズ一世をみずからの親戚にもちながらも、その介入・妨害を嫌って極秘裏に行われた結婚は、社会的承認の儀礼でありながらそれを秘密にするというパラドックスによって、結婚の承認を国王にではなく神に得るという立場の表明にほかならない。同時に既成事実が法律的制約を超えることへの可能性を、秘密結婚という行為はめざしてもいる。クローディオとジュリエッタが告発されるウィーンは、ジェイムズ一世の英国と同じように、個人の寝室に干渉する社会なのだ。そこでは権力者の偏在の欲望がベッド・トリックにも介在し、制御しようとする。アンジェロとマリアナのベッドはイザベラを救うために公爵によって設定されているのであるから、マリアナは自分の行為の事実性について、企みの当事者である修道僧ロドウィックに変装した公爵とイザベラを証人とするほ

ロイヤル・シェイクスピア劇団上演『尺には尺を』(1994年)。大団円で公爵は一方的にイザベラとの結婚を宣言する。スティーヴン・ピモレット演出。シェイクスピア・センター・ライブラリー所蔵(ストラットフォード・アポン・エイヴォン)

かはない。ところがイザベラもまた、公爵の指示どおりに(そしてそのことで失ってもいない処女性を奪われたと偽証しなければならなくなるのだが)アンジェロの要求を受け入れたのは自分であると主張する。たのみの修道僧が不在で、公爵もとりあってくれない状況ではマリアナはアンジェロとの結婚の既成事実を、そしてイザベラはみずからの純潔を、それぞれ立証できないのだ。このように二人の女性たちの運命を左右するベッド・トリックの真実は、公爵の変装による、実体を持たない修道僧ロドウィックに支配されている。しかもこの架空の人物ロドウィックになりすました公爵は、ベッド・トリックにもかかわらずクローディオが処刑されたと、イザベラに嘘までつき、さらに変装してみずから仕組んでおいたプロットに従って直訴する二人の女たちの言い分を、しらじらしくも一度は退けてまでみせる。ベッド・トリックにかかわる女たちは、ここで一度敗北感を味わうことになる。あるいはそれは、「処罰」というかたちを通じての、男性の優位性を脅かす女性の積極性に対して家父長制が抱く不安の発露なのかもしれない。だが、そうだとしても公爵の行為が正義として支持されるようにはみえない（図版）。大団円で舞台に登場する主要な登場人物たちは皆、公爵の仕組んだプロット／嘘の犠牲者たちなのだ——ただひとり、変装を暴いてしまうルーシオを除いては。そして公爵の制止を振り切り最後まで沈黙しないルーシオによって際立つのが、他の登場人物六名の不自然なまでの沈黙である。興味深いことに、沈黙はクローディオ生存の事実の公表、つまりすべての登場人物たちが公爵の独善的な支配を被っていたことを暴露する象徴的な場面を境に際立ってくるのだ。（しかも被っていたものを取って顔を見せるスペクタクルは、直前のルーシオによる公爵自身の正体の暴露の二番煎じとなっており、アンチクライマックスでさえある。）イザベラは公爵の二度の求婚に対して、死刑囚バーナーディンは恩赦の宣告に対して、再会し結婚を赦されたクローディオとジュリエッタも終始沈黙したままである。アンジェロは「慈悲よりも死を望みます。それが当然の報い」（五幕一場四六九—七〇行）と言ったきり、マリアナも、最後まで沈黙を守ったままである[14]。それはあたかも、偏在する権力のまなざしから逃れうる唯一の手段のようにみえる。

V

本論ではシェイクスピアの喜劇作品を中心に、結婚における妻の主体性の獲得の問題を考察してきた。『間違いの喜劇』において滑稽に描かれた妻の忍耐は、『十二夜』では「助け手」として生きる場合のジェンダーの重層性に引き継がれ、結婚生活を守るために時には夫を出し抜く機知や積極性は、ベッド・トリックというかたちで多様な展開をみせた。それがときには男性にとって、ひいては父権社会にとって、罰するべき、あるいは排除すべき脅威となりうることも、芝居は描いていた。だが、『尺には尺を』という風変わりな芝居の中では、ベッド・トリックに隠された真実性は、なんの保証もなく、ただ公爵の筋書きのなかにだけ存在するにもかかわらず、それが登場人物たちの運命を左右する。

演劇作品におけるベッド・トリックのまた別の必然性として、登場人物の明瞭な描き分けということを考えることもできるだろう。すなわち祝祭的な色彩の濃い『間違いの喜劇』においては、二組の双子は置かれた状況が異なることによって、外見は同一なのに異なる態度でエドリエーナに接することになる。シェイクスピアとフレッチャーの共作である『二人の血縁の紳士』(一六一三)においては、これと逆の状況——すなわち外見上一応区別はつくが、結婚相手として見た場合、エミリアはアーサイトとパラモンに優劣の判定をくだすことができないという設定が導入される。差異化できない二人の男は囚人として外部と隔離された二人だけの環境で相互にロール・プレイングすることでホモソーシャルな自己充足をはかる。「われわれはつねに新たな愛の誕生をもたらす、お互いにとっての妻であり、父であり、友人、知人なのだ。」(二幕二場八〇—一行)[15] こうした相互の役割の循環は二人の間の差異を解体し、それゆえ友愛という対称的なつながりを異性愛という非対称の関係性を持ち込むことで分断する役割を期待されているはずのエミリアには二者択一ができない。分節化できない差異をめぐる二人の男たちの焦りは、やがて唯一の差異のてがかりを求めてエミリアをめぐる争奪戦をもたらすだろう。[16]

劇の均衡を破るのは、アーサイトの追放後、パラモンにかなわぬ恋をする典獄の娘のプロットである。恋に落ちた彼女の独白は、「まず彼を見た」、「次に気の毒に思った」、「それから熱烈に愛した」(二幕三場七、一一、一四行)と、シドニーの『アストロフェルとステラ』の二番のソネットを想起させるレトリックによって、男性的積極性、主体性を帯びている。パラモンへの慕る思いに、やがて彼女は発狂してしまう。様子を見た医者は、この狂気を癒す手段は彼女の性欲を癒すこと以外にはないとして、求婚者にパラモンになりすまして彼女の相手をすることを提案する。

これから言うとおりにするのだぞ。光がほとんど入らぬ場所に彼女を閉じこめなさい。彼女のお知り合いのお若い方、あなたがパラモンの名をかたりなさい。一緒に食事と、愛の睦ごとをしに来たと言ってやるのだ。そうすればきっと乗り気になる。なにしろそのことばかり思って生きとるのじゃからな。他のものが心と目の間に割り込んだところで、狂気の前には戯れごと、浮かれ騒ぎにしか見えん。[……]嘘の中におるのじゃから、嘘をぶつけてやろうというわけじゃ。

(『二人の血縁の紳士』四幕三場六四—八二行)

「欺かれた状況を欺くことで」治療するベッド・トリックは、ここでは男性から女性に対して仕掛けられることになる。しかも医者が指摘するように、彼女の視覚(ネオ・プラトニズムのいう理性の窓)は狂気ゆえにすでに正常な判断能力を失っている。『間違いの喜劇』のエドリエーナの視覚は双子の外見の同一性によって欺かれていたが、典獄の娘の視覚もまた正常に機能しないのだ。ここでも闇は必要ない。自分の相手がパラモンだと彼女が思いこんでいられるかぎり、相手は誰でもよいのである。そしてこの対象の分節の失敗、差異の消失は、並行するエミリアのプロットでも反復される。

私の目からどちらか

一人が失われなければならないなんて、ひとしくかけがえのない
二人だからどちらも失うわけにはいかないわ。
(五幕二場一五四―六行)

視覚的な差異化に失敗はしたものの、エドリエーナは自分が選ぶべき人間が誰であるかを「知って」いた。本論で取り上げた一連のベッド・トリックも、想定される本来の対象の存在を前提としている。しかるにエミリアと典獄の娘は、ともに選ぶべき相手を分節できない。この差異の消失がベッド・トリックの意義そのものを解体してしまう。自分たちを分節するためのアーサイトとパラモンによる争奪戦に「闇を照らす唯一の星」(五幕三場一八―九行)の役割を要請されたエミリアは、逆に闇の力にすがろうとする。

お互いの姿を照らし出す光の中には憎しみしかないわ。
恐怖を産み落とすと決まっている闇、数え切れぬほど多くの
人の死のとがで被告席に立たされている闇が、今こそ
その黒いマントで二人を覆い、お互いの姿を見えないように
することで、多くの殺人に関与してきたその汚名を
少しは挽回すればよい。
(五幕三場二一―八行)

視覚を奪うことによって差異を消失させるようにと切望された闇は、もはやベッド・トリックの闇とはまったく違う意味を持っているのだ。

むすびにかえて

以上、本論では結婚における女性の積極性、主体性を、ベッド・トリックという演劇的意匠に関係づけて、主としてシェイクスピアの喜劇の展開に重ね合わせつつ考察してきた。『間違いの喜劇』においては、別個の人格、状況にもかかわらずその外見の同一性ゆえに、自分の夫の変節、人格の分裂をみることになりながらもそれをそのまま受け入れようとするエドリエーナの姿に、「頭」として不相応な夫に仕える妻のおかれた理不尽な状況を、多分に喜劇的なデフォルメとともに確認した。女性の積極性は、『十二夜』のように安定した喜劇においてさえも最終的には周到に消去されなければならないことを確認したうえで考察した『終わりよければすべてよし』では、身分の違いによって定められた主人と召使いの関係で甘んじると言っておきながら結婚を望み、その結婚の枠組みのなかであらためて「主人と召使い」の関係を望むヘレナの姿に、同時代の結婚の実体に対する鋭いまなざしを確認した。召使いと妻の間の差異を解消することへの焦燥。彼女は差異のないところに差異をあらしめるためにベッド・トリックを用いる。結婚と主従関係の混同はバートラムの承認によってはじめて差異化され祝福を得ることになる。『尺には尺を』においては、誰の目にも見えない密室の秘事であるはずのベッド・トリックが、公的な結婚制度を補強し強制する根拠となることの矛盾が描かれている。結婚の制度ではなくリアリティを補強するはずのベッド・トリックが権力者の気まぐれな偏在の願望に接続されたとき、愛や欲望をめぐるさまざまな情念は空疎なものとしてそのエネルギーを失ってしまう。騙す側と信じる側の奇妙な、そして微妙な信頼関係がベッド・トリックを、そして男女の関係を支えている――『尺には尺を』はその信頼関係を脅かすことによって、逆説的にトリックに要請される誠実さの問題を招き寄せているように思われる。『二人の血縁の紳士』は『間違いの喜劇』を逆転させた状況を提示している。かつて夫に分裂したふたつの自我を見ることで成立した喜劇は、いまや二人の人間にひとつの、分節できない自我を見る不条理を味わっている。欲望の対象を分節できない苛立ちは狂気へと接続される。そして狂気のうちに光と闇の差異が解体されたあとの空間には、行き場を失ったロマンスの屍が横たわっている。

注

1 これより少し前、一九章八節で、ロトは来訪した二人の天使を群衆のリンチから守るために、この二人の娘を身代わりに差しだそうとするが、強いて構造主義的に読めば、相手を知らない・選べない行為に晒される状況は、三三節から三六節のこのエピソードに対照的に配置されるものと読むことも可能だろう。それだけに二人の娘の主体的行動は際だった印象を与える。

2 Marliss C. Desens, *The Bed-Trick in English Renaissance Drama*, 24.

3 テクストは *The Comedy of Errors*, ed. T. S. Dorsch. なお、以下引用はすべて拙訳。

4 William Gouge, *Of Domesticall Duties* (1622), *Treatise III: Of Wives' Subjection in General* section 5. Of a Wife's Acknowledgement of her own Husband's Superiority in *The Cultural Identity of Seventeenth-Century Woman*, 155–156.
参考までに当該箇所の原文を記す。

Object. 2. But what if a man of lewd and beastly conditions, as a drunkard, a glutton, a profane swaggerer, an impious swearer, and a blasphemer, be married to a wise, sober, religious matron, must she account him her superior, and worthy of an husband's honour?

Answer. Surely she must. For the evil quality and disposition of his heart and life, doth not deprive a man of that civil honour which God hath given him. Though an husband in regard of evil qualities may carry the image of the Devil, yet in regard of his place and office he beareth the image of God [. . .] .

5 *Twelfth Night*, ed. J. M. Lothlan and T. W. Craik.

6 Henry Smith, *A Preparative to Marriage* (1591), 26–42, 55–87 (misnumbered 67), in *The Cultural Identity of Seventeenth-Century Woman*, p. 147. 原文は以下の通り。

The third sign is her speech, or rather, her silence, for the ornament of a woman is silence: and therefore the law was given to the man (to Adam first, and to Moses after) rather than to the woman, to show that he should be the teacher, and she the hearer [. . .].

7 *All's Well That Ends Well*, ed. G. K. Hunter.

8 James I, *Basilikon Doron,* (Harvard Political Classics, 1918), 36.原文は以下の通り。

And for your behaviour to your wife, the Scripture can best give you counsel therein. Treat her as your own flesh; command her as her lord; cherish her as your helper; rule her as your pupil; please her in all things reasonable, but teach her not to be curious in things that belongeth her not. Ye are the head, she is your body; it is your office to command and hers to obey, but yet with such a sweet harmony, as she should be as ready to obey as ye to command, as willing to follow as ye to go before, your love being wholly knit unto her, and all her affections lovingly bent to follow your will.

9 T. S. Eliot, "John Marston" (1934), *Selected Essays,* 226.

10 *The Insatiate Countess*, ed. Georgio Melchiori.

11 イザベラの積極性は、劇中で二番目に多く語る登場人物の二倍以上という彼女の台詞の圧倒的な量からも強調されている。Revels Plays 版の編者の興味深い指摘によれば、ウェブスターの『白悪魔』のヴィットリアでさえ、九〇〇行を越えるフラミネオの台詞にたいしてわずか二七〇行しか与えられていない（*The Insatiate Countess*, Introduction, 39 参照）。女性のパートを演じる俳優の資質の問題を考慮しても、イザベラがジェイムズ朝の演劇中、もっとも饒舌な悲劇的ヒロインであることは注目しておく価値があるだろう。ちなみに女性の美徳が沈黙であることは、注4にも挙げたように、同時代の文献で繰り返し指摘されている。

12 なお、破綻した夫婦関係が再会と妻の改悛で終わるプロットとしては、トマス・ヘイウッド（?）の『エドワード四世』二部作におけるジェイン・ショアのエピソードを参考までに挙げておきたい。国王に誘惑され、臣民としてそれを拒むことができず、やむを得ず夫を残して宮廷に入るジェインは、王権交代後、リチャード三世に疎まれ、やがて路上で餓死するが、死の直前に変装して近づいた夫と再会する。この場合、婚姻の破綻について妻には罪がないにもかかわらず、彼女は夫の「赦し」を得る。いかなる状況でも夫が妻の「頭」であるとする家父長的な言説を前提としなければ、この芝居の受容は困難であろう。なお拙稿「ロマンスの犠牲者――近世初期英国演劇における Jane Shore 挿話の変容」参照。

13 テクストの不完全さについては、*The Insatiate Countess*, Introduction, とりわけ 1–16 参照。

14 この終幕の集団の沈黙を指摘した研究として、Philip McGuire, *Speechless Dialect*, 第四章参照。なお、Vivian Thomas, *The Moral Universe of Shakespeare's Problem Plays* も併せて参照されたい。

15 *The Two Noble Kinsmen*, ed. G. R. Proudfoot.

16 パラモンとアーサイトの双生児性についてのすぐれた指摘については、大橋洋一「『二人の血縁の貴公子』――双生児の政治学」、玉泉八州男ほか編『シェイクスピア全作品論』398–406 を参照。

引用文献

Brennan, Anthony. *Onstage & Offstage Worlds in Shakespeare's Plays*. London: Routledge, 1989.

Dekker, Thomas. *Blurt Master Constable.* English Verse Drama Full-Text Database.

Desens, Marliss C. *The Bed-Trick in English Renaissance Drama: Explorations in Gender, Sexuality, and Power.* New York: U of Delaware P, 1994.

Eliot, T. S. *Selected Essays.* London: Faber, 1950.

Fletcher, John & Shakespeare, William. *The Two Noble Kinsmen.* Ed. G. R. Proudfoot. Lincoln: U or Nebraska P, 1970.

Gouge, William. *Of Domesticall Duties: Eight Treatises.* London: 1622.

Ingram, Martin. *Church Courts, Sex and Marriage in England, 1570–1640.* Cambridge UP, 1987.

James I. *Basilikon Doron or His Majesties Instructions to His Dearest Sonne, Henry the Prince. The Political Works of James I.* Rrepr. from the edition of 1616 with an introduction by Charles Howard McIlwain. London: Oxford UP, 1918.

Keeble, N.H., compiled and edited. *The Cultural Identity of Seventeenth-Century Woman: A Reader.* London : Routledge. 1994

Marston, John & others. *The Insatiate Countess.* Ed. Giorgio Melchiori. Manchester UP, 1984.

McGuire, Philip. *Speechless Dialect: Shakespeare's Open Silences.* Berkeley & London: U of California P, 1985.

Middleton, Thomas. *The Family of Love.* URL: http:// www.tech.org/~cleary/famil.html

Shakespeare, William. *All's Well That Ends Well.* Ed. G. K. Hunter. London: Methuen, 1959. Repr. 1985.

——. *The Comedy of Errors.* Ed. T. S. Dorsch, Cambridge UP, 1988.

——. *Measure for Measure.* Ed. Brian Gibbons. Cambridge UP, 1991.

——. *Twelfth Night.* Ed. J. M. Lothian and T. W. Craik. London: Methuen, 1975. Repr. 1981.

Sidney, Sir Philip. *The Countess of Pembroke's Arcadia (The Old Arcadia).* Ed. Jean Robertoson. Oxford: Clarendon, 1973.

Smith, Henry. *A Preparative to Marriage: The summe whereof was spoken at a contract, and inlarged after.* London: 1591.

暗闇の中の主体性

――『終わりよければすべてよし』における結婚と女性主体――

近藤 弘幸

『終わりよければすべてよし』は、一六〇三―四年の作とされ、同時期に執筆された『尺には尺を』とともに、いわゆる「ベッド・トリック」がその中心を占める作品である。ベッド・トリックとは、暗闇の中で、少なくとも一方の当事者が、もう一方の当事者が別人であると思いこんで性行為を行なう、という演劇的約束事のひとつであり、イギリス・ルネサンス演劇において、世紀の変わり目あたりから、広く用いられるようになった。マーリス・C・デセンスによると、一五九四年ごろの作と推定される作者不詳の戯曲『ドイツ皇帝アルフォンサス』から、一六四一年のトーマス・キリグルー作『牧師の結婚』まで、四四の戯曲で五二のベッド・トリックが描かれているが、そのうち、三〇は、男性登場人物によって仕組まれたものであり（そしてもちろん『尺には尺を』におけるベッド・トリックも、そのひとつである）、父親が、娘の意思に反して自分の選んだ男と結婚させようとするものであったり、ある男性が、別の男性に屈辱を与えるために仕組むものであったりする（Desens 59）。したがって、イギリス・ルネサンス演劇に描かれるベッド・トリックの多くは、男性ファンタジーの発露である。[1]

一方『終わりよければすべてよし』においては、自分の恋する男性と名ばかりの夫婦となった女性主人公ヘレナが、「私がしている指輪を手に入れ、私が父親である子供を身ごもったなら、妻として認める」という、夫が課した実現不可能な条件を実現するために、ベッド・トリックを利用する。こうした点から考えると、シェイクスピアの『終わりよければすべてよし』は、当時の演劇におけるベッド・トリックの典型であるというよりは、むしろ例外である。このことは、『終わりよければすべてよし』という戯曲が、当時の結婚のありようと女性との関わりについて考察する上で、きわめて豊かな場を提供してくれるテクストである、ということを意味している。

『終わりよければすべてよし』によって代表されるような、「妻が夫の不貞を未然に防ぐ」タイプのベッド・トリックについて、デセンスの評価は否定的である。彼女によれば、このタイプのベッド・トリックが女性に与えるのは、「現実世界での本物の力の哀れな代用品でしかない、幻の力」にすぎない（Desens 61）。本論で『終わりよければすべてよし』を論じるにあたり、私はこのデセンスの見方に異議を唱えたいと思う。とりわけ劇後半におけるヘレナは、ただ辛抱強く夫の仕打ちに耐えるのではなく、暗闇の中で巧みに立ち回って、自らの居場所を確保する。確かに、『終わりよければすべてよし』においてヘレナがとる行動は、当時の結婚のディスコースに、根本的な変革を迫るようなものではない。彼女が、規範的な結婚のありようを、大枠において受け入れていることは事実である。しかし彼女はそれをただ受け入れているのではなく、むしろ自分の主体的欲望を実現するために利用しているのである。あるいは、別の言い方をするならば、女性が性的主体となることを禁じる家父長制との関係において彼女が選ぶのは、支配的なディスコースの外部に身

ロイヤル・シェイクスピア劇団上演『終わりよければすべてよし』（1982年）冒頭の場面。トレヴァー・ナン演出。シェイクスピア・センター・ライブラリー所蔵（ストラットフォード・アポン・エイヴォン）

をおき、全面対決する戦術ではなく、内部にとどまりつついわば「抜け穴」を見つけ出す戦術なのである。彼女がそうした戦術を選択するにいたるには、紆余曲折がある。その軌跡をたどるのが、本論の目的である。

多くの批評家が論じているように、ヘレナとパローリスとの間で交わされるいわゆる「処女性をめぐる会話」は、ヘレナという登場人物を理解する上で、重要なものとなっている。この「処女性をめぐる会話」は、彼女の二つの独白に挟まれる形となっているが、そのそれぞれにおいて観客が出会うヘレナ像は大きく異なっており、この会話がヘレナの心理状態に与える影響の大きさの証左となっている。受身で、ただ嘆くことしか知らない悲劇的人物を、主体的に活動する、能動的な喜劇の主人公へと変身させるきっかけとなるのが、このパローリスとの会話なのである。

最初の独白（一幕一場七九—九八行）において、ヘレナは、彼女の謎めいた最初の台詞「私の悲しみは、見せかけでもあり［I do affect a sorrow］、本物でもあります」（同五四行）への答えを明らかにする。[2] 彼女の悲しみの本当の原因は、周囲の人々が考えているように、父親の死なのではなく、バートラムへの報われぬ恋なのである。「悲しみを見せかけている」という彼女の台詞は、「その悲しみに恋をしている」という意味に解釈することも可能である。彼女は、孤児となった自分を引き取り、育ててくれているロシリヤン伯夫人の一人息子に片想いをしているが、二人の間には社会階層において大きな隔たりがある。彼女は、自分の想いを遂げる術を知らず、ただ嘆き悲しむばかりであり、劇中の年長人物たちと同様、死に取り憑かれている。

こうして悲しみにくれるヘレナに対し、「処女性」という話題を持ち出すのは、むろんパローリスである。クウィラ＝クーチとウィルスンは、ヘレナがこのような話題には耳も貸さず、パローリスに背をむけてくれれば、とコメントしているが（Quiller-Couch and Wilson xxv）、実際の彼女は、むしろ積極的にこの話題を追求しているように思われる。どうすれば女性は自らの処女を防御することができるのか、というヘレナの問いかけに対するパローリスの回答のそっけなさ——「男を近づけないことさ」（一幕一場一一四行）——は、この話題について語ることに彼がさほど関心をもっていないことを物語っている。そもそも「処女性についてご瞑想中かい？」（同一一〇行）という最初の彼の問いかけ自体、おそらくひとり物思いに耽る女性を見つけたときの、お気に入りの「セクハラ」的な挨拶の言葉にすぎないのであろう。これに対し、ヘレナはこの話題にこだわりを見せる。

ヘレナ　でも、男性は襲撃してきます。私たちの処女性は、勇敢ではありますが、防御においては弱いものです。何か勇ましく抵抗する方法を教えてください。

パローリス　ありませんな。男は、攻撃するとなると、あなたたちに穴を開けて、あなたたちを爆破します／妊娠させますから［blow you up］。

ヘレナ　穴を開けて爆破するような人たちから、私たちの哀れな処女性が守られますように。処女が、男性を爆破する［blow up men］戦術はないのかしら？　（同一一五―一二二行）

最後の台詞において、ヘレナは、同じ blow up という句動詞の主語と目的語を入れ替えることで、男性と女性の主体と客体の位置を交換している。攻撃的主体性が、女性に与えられているのである。これに対し、パローリスは、次のように答える。「処女性が吹き飛ばされたら［blown down］、男はすぐに爆破される／勃起する［blown up］。もう一度男を吹き飛ばす／射精させる［blowing him down］と、あなた方は、自分の作った割れ目で、処女を失ってしまう」（同一二三―六行）。この台詞においては、処女性は再び男性によって「吹き飛ばされる」ものであり、女性の主体性は、敗北を運命付けられている。とはいえ、このパローリスの論理においてすら、男性もまた「爆破され」「吹き飛ばされる」客体にすぎないことは変わりない。ここまで、自称兵士にふさわしく軍事用語の隠喩で処女性について語ってきた彼が、これ以降、商業用語の隠喩に切り替える背後には、そのことに対する不安があるのかもしれない。商業用語の隠喩においては、処女性は常に売買される客体であり、男性は常にそれを売買する主体である。

かくしてパローリスは、男性＝主体／女性＝客体という規範的関係の転覆の危険性を封じ込め、処女を守ることの不経済性をとうとうと述べ立てる。その一方で、ヘレナは無口になる。おそらく彼女は、パローリスの演説は上の空で、ひとり物思いに耽っているのであろう（Donaldson 39–40）。あるいは、彼の議論が、自分の「処女」がもつ潜在的商品価値を彼女に気付かせたのかもしれない（Neely 67）。いずれにせよ、このとき彼女が何を考えているのかは明らかではないが、少なくとも、異性愛的関係において女性が主体性を発揮する可能性が彼女の心を離れなかったことは確かである。なぜならば、彼女の瞑想は、「女が、自分の望むように処女を失う［lose it to her own liking］には、どうすればいいのかしら」（一幕一場一五〇―一行）という決定的な台詞へとつながるからである。イギリス・ルネサンス演劇に頻出する「寝取られ亭主」のモチーフ同様、自己のセクシュアリティに対する主体的コントロールの可能性が、女性をエンパワーするのである。パローリスとのやり取りを終えたヘレナは、第二の独白で「わが身を救う方策は、私たち自身の中にあるのに、私たちはそれを天に求める。運命を司る天空は、私たちが自由に行動する余地を与えてくれていて、私たち自身が怠けているときに足を引っ張るだけなのだ」と語る（同二一六―九行）。

パローリスとの会話を終えたヘレナは、「自分の望むように処女を失う」にはどうすればよいのかを考える。場を締めくくるカプレットで、彼女は「王のご病気――私の計画は上手くいかないかもしれない、でも心は決まり、決してくじけることはない」（一幕一場二二八―九行）と観客に告げる。彼女がすでに、バートラムを手に入れるために、王の病気を利用することを考えていることは明らかである。つまり、「自分の長所［merit］を示して、愛をえることができなかった女がいるかしら」（同二二六―七行）という彼女の直前の台詞には、実はひとつの段階が省略されているのである。この台詞は、素直に読めば、自分の美点を相手の男性に認めてもらい、その男性の愛をえる、ということを指し示しているように思われる。しかしながら次の台詞で明らかとなるのは、彼女は、自分の才能をフランス王に示すことで、バートラムの愛をえようと考えている、ということである。彼女は初めから、王の権威という家父長的権力を利用することで、バートラムとの結婚を実現させようと考えているのである。男性＝主体／女性＝客体という規範的なパラダイムを逆転させるためにまずヘレナが構想するのは、こうした回り道なのである。

さらに、彼女がフランス王の難病を治療することを可能にしているのは、彼女が父親から受け継いだ遺産である。『ヴェニスの商人』において、ポーシアが、父の遺言に従った箱選びによって、バサーニオウという夫をえるのと同様に、ヘレナは、父から受け継いだ「すばらしく、効果が実証済の処方」（一幕三場二二一―二行）によって、バートラムという夫をえようとするのである。

しかしながら、ポーシアの箱選びは、「男性が女性に求婚する」という大枠からは逸脱しない。彼女が、好ましくない求婚者を排除したり、好ましい求婚者に正解のヒントを与えたりすることはあっても、自分からヴェニスに出かけていって、バサーニオウに求婚したり、彼に箱選びを強要することはない。それに対し、ヘレナは、父の残した処方で王の病を治療することで、「求婚者」という男性的位置を占める存在となる。このため、彼女の主体性は正統でありながら転覆的という、アンビヴァレントなものとなる。一方においては、それは、男性＝求婚者／女性＝被求婚者という家父長制的二分法を侵犯するものである。この点で彼女は、『夏の夜の夢』に登場する同名の登場人物の妹であると言うことができるだろう。『夏の夜の夢』のヘレナもまた、同じ二分法を転覆させるが、それは彼女の言葉によれば、「スキャンダル」である（『夏の夜の夢』二幕一場二四〇行）。しかしながら、『終わりよければすべてよし』においては、女性の主体性が、あくまで正統な家父長的権威に基づくものであるとされることで、このスキャンダルは回避されている。父親という家父長から受け継いだ処方によって、フランス王という別の家父長の権力を回復し、その権力を味方につける、という二重の手続きを踏むことによって、ヘレナは、女性求婚者という自らの位置を正統化するのである。

ヘレナによる夫選びの儀式は、この二面性の不安定なバランスの上に成立している。このため、バートラムとともにこの儀式に並んだ若い貴族たちが、この儀式についてどう感じているか、戯曲のテクストは奇妙に曖昧である。彼らが語る台詞は、彼らが喜んで選ばれようとしていることを示しているように思われるが、その場に立ち会っている老卿ラフューのコメント（二幕三場八六—八、九三—五行）は、彼らがしぶしぶその場にいることを示唆している。こうした曖昧さは、ヘレナの主体性がもつ転覆的側面に対する文化的不安の反映なのかもしれない。[3]

一方でヘレナは、こうした不安を打ち消すかのように、自分は「ありきたりの娘」でしかなく、選択するという男性的位置を占めていることに頬を赤らめている、と主張する（二幕三場六六、六九—七〇行）。自らの選択を明らかにする際には、彼女は、当時の結婚のディスコースをそのまま反復する。

私は、あなたをいただくなどとは申せません。いただくのではなく、
差し上げます、私自身と、妻としての勤めを。生きている限り、
あなたに付き従います。

（二幕三場一〇二—四行）

しかしながら、こうして自らの女性性を強調し、主体としての位置から距離を取ろうとすることによって、ヘレナは力を失ってしまう。この台詞が語られる瞬間までとは対照的に、これ以降、彼女の存在は急激に小さくなる。場面の関心は、ヘレナから、王とバートラムという二人の男性主体の対決に移されてしまうのである。

『終わりよければすべてよし』の材源となった物語では、バートラムに相当する人物ベルトラーモウだけ

でなく、フランス王も、二人の結婚には反対である。[4] ところが、劇化にあたってシェイクスピアは、この点に関して大きな変更を加えている。『終わりよければすべてよし』のフランス王は、断固として、ヘレナと結婚するようバートラムに命じる。ヘレナとの結婚を命じるフランス王と、それを拒否するバートラムとの対決は、それぞれの男性性をかけた対立の様相を帯びている。フランス王が患っていた病――瘻(一幕一場三四行)とされているが、部位は不明――が、どのようなものであったかはよくわからないが、その治療には、性的なニュアンスがつきまとっていた。ラフューは、「手を触れただけで、ピピン王もよみがえり、シャルルマーニュ大帝もペンを手にして恋文を書く」ような「女性医師[Doctor She]」として、ヘレナをフランス王に紹介し、ヘレナとフランス王を二人きりにするときには、自らを「クレシダの叔父」にたとえる(二幕一場七五―九、九七―八行)。[5] こうした治療を受けたフランス王が、「私の行為[my performance]」でヘレナの「欲望[will]」をかなえる、という約束(二幕一場二〇二行)――その性的含意は明らかである――を果たすことは、(性的能力を含めた)彼の男性性の復活を宣言する上で、どうしても譲れない行為なのである。

一方、バートラムにとっても、この結婚が受け入れがたいものであることに変わりはない。バートラム自身が理由として挙げるのは、二人の出自の違いである。しかしながら、「フランス王が、ヘレナに爵位と持参金を与えると約束しているにもかかわらず、それを受け入れようとしないということは、バートラムがヘレナを拒否する理由は階級的偏見よりも性的恐れにあることを示している」(McCandless 52–3)。精神分析批評が明らかにしているように、彼がヘレナを受け入れることができないのは、そうすることが彼の男性性を傷つけ、脆弱なアイデンティティに対する脅威となるからなのである。[6]

こうした男性間の対立の構図において、ヘレナは主体としての地位を失い、男性主体間の権力関係が交渉される第三項となってしまう。彼女の存在感の減退は、量的、質的の二つの側面において、言語的に表現されている。量的側面は明らかで、これ以降、彼女が語る台詞はたったひとつしかない。そしてその台詞は、「陛下がお元気になられたことで、私は満足です。残りのことは、お忘れください」（二幕三場一四七—八行）と、彼女の主体性の基盤を放棄するものとなっている。この彼女の台詞を受けて口を開くのはフランス王であるが、彼の台詞は、ヘレナにむけて語られるのではなく、むしろバートラムに対するものである。さらに重要なことに、ここまで押韻された台詞を語っていたフランス王が、ここで無韻のブランク・ヴァースに切り替える（質的変化）。『終わりよければすべてよし』というテクストでは、押韻された台詞はヘレナの存在と深いつながりをもっている（Leggatt 30）。たとえば、ヘレナが自分の治療を試してみるようフランス王を説得する場面では、二人の同意を強調するために押韻された詩形が用いられている。また直前の、ヘレナが夫選びをする場面では、彼女が押韻されたカプレットで語っているのに対し、バートラムの拒絶はブランク・ヴァースで語られている。こうしたことを考え合わせると、ここでフランス王が押韻された台詞からブランク・ヴァースに移行することは、彼がもはやヘレナを置き去りにし、バートラムとの議論に関心を移していることを意味しているとみなすことができる。バートラムがヘレナを受け入れるか否かは、もはやバートラムとヘレナとの間の問題ではなく、バートラムとフランス王との間の問題なのである。重要なのは、ヘレナがバートラムを勝ち取ることができるかどうかではなく、フランス王がバートラムを服従させることができるかどうかであり、ヘレナの感情など考慮されていない。フランス王が主張するのは、「私の名誉」であり、「私の意思」なのである（二幕三場一四九、一五八行）。

こうしてヘレナは、男性間の競争が交渉される場、それをめぐって二人の男性主体が対決する客体へと変化させられてしまう。この場の冒頭ではヘレナのことを「私の命の恩人」と呼んでいたフランス王が、今では彼女は自分からバートラムへの「贈り物」であると言ってはばからない（二幕三場四七、一五一行）。この点で、われわれは再び『夏の夜の夢』のヘレナを想起することができるかもしれない。彼女はディミートリアスを追って森に入り、気がつくと、二人の男から愛されている。彼女の預かり知らぬところで状況は規範化され、女性は「求愛され」男性は「愛をかけて戦う」(『夏の夜の夢』二幕一場二四一—二行)という、ジラール的な「欲望の三角形」が成立する。『終わりよければすべてよし』のヘレナがおかれた状況は、これとは異なっているが、女性をめぐる二人の男性の争い、というホモソーシャルな構図は共通している。ヘレナとフランス王との間で交わされるはずであった「男性の交換[traffic in men]」は、ヘレナがフランス王とバートラムとの間でやり取りされる「贈り物」へと変貌することで、規範的な「女性の交換[traffic in women]」に回収されてしまう。[7] ヘレナの主体性を支えていた不安定なバランスは、いとも簡単に崩れ去り、家父長制的秩序が再構築されるのである。

国王の権威に屈さざるをえないバートラムは、ヘレナを妻とすることに同意するが、別れのキスさえも拒否して、戦場に旅立つ。こうしてヘレナは、名目上はバートラムの妻となりながら、彼に愛されることはなく、彼女の計画は失敗に終わる。その原因として誰の頭にも浮かぶであろうと思われるのは、「愛は強制してえられるものではない」といった処世訓的なものかもしれない(Brown 187; Shapiro 519)。しかしながら、結末でのバートラムの急激な心変わりを考えると、『終わりよければすべてよし』というテクストが関わっているのは、そうした心理的蓋然性の問題ではないように思われる。劇前半において、ヘレナがバートラムの愛をえることに失敗し、後半において、あれほど唐突に、ほとんど何の合理的説明もなくバートラムがヘレナへの愛を表明するのであれば、その理由は、どこか別のところに求められなければならない。

ここで問い直すべきは、おそらくヘレナの戦術そのものが抱えていた問題点であろう。ラカン派精神分析の観点から『終わりよければすべてよし』を論じるキャロリン・アスプは、劇前半のヘレナは「自分自身のセクシュアリティや欲望よりも、むしろ家父長制度から与えられた贈り物をとおして出来事をコントロールしようとしている」と指摘する。ヘレナが名目上の妻の座を手に入れることしかできなかったことは、「男性の善意に頼りすぎた女性の欲望の限界」を示すものなのである（Asp 183）。

『終わりよければすべてよし』の前半部（三幕二場まで）は、ロシリヤンを去る決意を語るヘレナの台詞で終わる。彼女によれば、バートラムがロシリヤンを後にして戦場へと赴いたのは、自分と一緒にロシリヤンにいるのが嫌だからであり、彼女がいなくなれば、バートラムは危険な戦場から戻ってくるであろう、というのである。この決意は、劇の後半部においても、ロシリヤン伯夫人に宛てた手紙の形で、繰り返される。しかしながら、このことは、必ずしも彼女がバートラムのことをあきらめたということを意味しているわけではない。手紙の中でヘレナは、「私は聖ジェイクイスの巡礼となり、旅に出ます」（三幕四場四行）と語る。この聖ジェイクイスの聖堂は、一体どこにあるのであろうか。多くの研究者が一致して挙げているのは、中世以来ヨーロッパでもっとも有名な巡礼地であるスペイン北西部の都市サンティアーゴウ・ダ・コンポステーラにある聖ヤコブの聖堂である。シェイクスピアや彼の観客の地理的知識を考えると、これ以外の候補は考えにくい。ここまでは問題ないのだが、多くの研究者が頭を悩ませるのは、この後ヘレナが姿を現し、バートラムの噂を聞きつけ、彼を相手にベッド・トリックを敢行するフローレンスと、ロシリヤン、コンポステーラという三つの都市の位置関係である。フランス西部の都市から、スペイン北西部の都市へむけて旅立った巡礼が、どうしてイタリア中部の都市に姿を現すのであろうか。この疑問を受けて、ヘレナはバートラムがフローレンスにいることを知っていて、彼を追っていくのだ、と主張する批評家もいれば（たとえば

Evans 164)、彼女は偶然バートラムのいる土地にやってくるのであり、それは神の導きである、と考える批評家もいる(たとえば Knight 143)。

こうした二つの見方には、いずれもそれを裏付ける「証拠」が存在する。三幕二場でのロシリヤン伯夫人、ヘレナ、貴族のやり取りから、バートラムがフローレンスにいることをヘレナが知っていることは確かである。一方、三幕五場でフローレンスの老未亡人とその娘たちがヘレナと交わす会話によると、この老未亡人が経営する「聖フランシス」という宿屋には、「聖ジェイクイス大聖堂を目指す四、五人の巡礼がすでに泊まって」(三幕五場九四—六行)おり、なおかつ彼女は、ヘレナがフランスから来た巡礼であることに、何の驚きも示さない(同四六行)。ここで重要なのは、いずれの見方にも「証拠」がある、ということは、同時に、いずれの見方にも「反証」がある、ということである。したがって、ここでわれわれが「真実」を確定することはできない。言い方を変えるならば、「真実」は意図的に曖昧なまま残されているのである。

曖昧さ——劇後半におけるヘレナを理解する上でキーワードになるのは、この言葉である。劇後半において、彼女は事件の展開の背景に後退し、彼女が姿を消すとともに、他の登場人物たちは繰り返し彼女を理想化する台詞を語る。こうした台詞を重視する批評家は、劇後半のヘレナを「貞淑で信心深く、『運命』と『正義』が事態を解決してくれるまでじっと耐えるヒロイン」であると考える(Hunter xxxii)。しかしながら、観客が実際にヘレナを目の当たりにするときには、彼女は策略家として登場する。バートラムが老未亡人の娘ダイアナを誘惑しようとしているということを知るや否や、ヘレナはベッド・トリックの計画を立てる。次に彼女が登場するときには、彼女は早くも「金の入った財布」を差し出し、さらなる報酬を約束することで、老未亡人の協力をえようと説得を試みている。こうした彼女の行動が明らかにするのは、じっと耐える受身のヒロインなどではなく、自分がおかれた状況を積極的に利用する女性の姿である。周縁的な位置に退くことで、逆に彼女は周囲の状況をコントロールする。劇前半において、父親の遺産、国王の権力という、正統性をもった権威に頼ろうとして失敗したヘレナは、後半においては、老未亡人とその娘という周縁的な位置におかれた女性たちの協力をえて、自らのエイジェンシーを発揮する。その意味において、ヘレナがこの老未亡人たちと最初に出会う場所が「フローレンスの街の城壁の外」であり、老未亡人の経営する宿屋が「城門のそば」（三幕五場三六行）という境界的な位置に存在していることは、示唆的である。[8]

しかしながら、ヘレナは、ただ策略家としてのみ観客の前に姿を現すわけではない。ここに彼女の曖昧さがある。三幕五場を締めくくる彼女の台詞は、そうした曖昧さに満ちている。

では今夜、
私たちの策略を実行に移してみましょう。もし上手くいけば、
よこしまな意図のもとに正当な行為が、
正当な意図のもとに正当な行為が行なわれることになります。
どちらも罪を犯さず、しかしそれでもなお、罪深いこと。
でも、やりましょう。
（三幕七場四三―八行）

エドマンド・マロウンが、「よこしまな意図」「罪深いこと」をバートラムに、「正当な意図」「正当な行為」をヘレナに振り分けることで、この台詞を解説して以来、彼の解釈は幅広く受け入れられている（Malone 432）。しかしながら、こうした読みは、なるほど理にはかなっているが、「よこしまな」「正当な」「罪深い」

という単語の複雑な連鎖の含意を、単純化することによって、殺してしまう。彼女は、自分の意図が「正当な」ものであることを自分自身に納得させようとするが、しかし同時に自分の計画が「罪深い」ものではないか反芻せずにはいられない。彼女はまた、バートラムの「よこしまな意図」を「正当な行為」に包み込むことによって、バートラムを擁護しようとする。しかし、「それでもなお」という言葉は、彼の行ないが「罪深いこと」であることを際立たせてしまうのである（Hodgdon 58–9）。

同じくベッド・トリックが用いられるもうひとつの「問題劇」、『尺には尺を』における、ヴィエナ公ヴィンセンシオウのベッド・トリック描写には、『終わりよければすべてよし』においてヘレナが見せるような逡巡は、まったくない。彼は単に、「これで、おまえの兄は救われ、おまえの名誉は傷つかず、哀れなマリアーナは利を得、堕落した公爵代理は正体を暴かれるのだ」（『尺には尺を』三幕一場二五三―五行）と述べるだけである。彼もまた、ベッド・トリックの「偽り」（同三幕二場二八一行）には言及するが、彼の関心は、もっぱらそれによってもたらされる実際的な結果にあり、このトリックがもつ道徳的問題点は、気にも留めていないようである。

『終わりよければすべてよし』と『尺には尺を』の間に見られるこうした違いは、興味深い。いずれも、正当な夫婦間に持ち込まれるベッド・トリックでありながら、それが女性によって計画された場合には道徳的不安を引き起こし、男性によって計画された場合には引き起こさないのである。このことは、正当な婚姻関係という言い訳があってもなお、女性が仕組むベッド・トリックを扱う劇作家は、女性がこのように男性に対して性的な力をもつことに対する不安を感じずにはいられなかった、ということを示唆しており（Desens 61）、ヘレナの台詞は、一登場人物の不安にとどまらない、より大きな文化的不安の反映であるということを物語っている。逆に言うと、ヘレナのベッド・トリックが本当の意味で成功する――すなわち、単にバートラムと性行為をもつだけでなく、そのことに対する社会的承認をえる、あるいは、端的に言うならば、この戯曲が、そのタイトルが約束するとおりのものになる――ためには、彼女はこの文化的不安にも対処しなくてはならないのである。[9]

この点で興味を引くのは、ベッド・トリックが実行されたあと、ヘレナがダイアナにさらなる指示を与えている――「ダイアナ、あなたは、私の指示のもと、私のためにもうひと働きしてください」（四幕四場二六―八行）――ということである。ベッド・トリックの暗闇が、劇後半におけるヘレナの戦術の重要な核のひとつをなしていることは確かであるが、それがすべてではない。まだ「もうひと働き」残っているのである。ここで重要なのは、この台詞においてヘレナが、観客に対してすら、一切彼女の計画を打ち明けない、ということである。これ以降の展開から事後的に明らかになるのは、彼女が意図していることは、ダイアナを自らの代理人とし、自身は死を装って身を隠しつつ、あるひとつの指輪の流通を支配することであった、ということである。[10]フェミニズム批評が『ヴェニスの商人』結末部における指輪の流通に関心を払うようになって久しいが、『終わりおければすべてよし』においても、指輪の流通をコントロールすることが、女性の主体形成に大きな役割を果たしているのである。[11]

一方で、家父長制的秩序は、劇を終結させる別の筋書きを用意している。フランス王、ロシリヤン伯夫人、ラフューは、バートラムを再び受け入れる壮大な許しの儀式を行ない、出来事に決着をつけようとするのである。ラフューは、自分の娘をバートラムと結婚させることを提案する。これまで言及されることすら一度もなかった「ラフューの娘」――しかも彼女は、結局、実際に舞台上に姿を見せることはない――が、ここで唐突にバートラムの再婚相手として持ち出されることは、この結婚が機械的なものであることを強く印象付ける。これは、形式的な、政略結婚といってもいいような結婚であり、劇中の年長者たちとバートラムの利害が一致した結果生み出されたものである。年長者たちは、社会の維持、継続のためにバートラムを必要とし、一方バートラムも、その社会の中で「一人前の男」としての地位を獲得するために、彼らの許しを必要としている。そこへ、道化のラヴァッチがバートラムの到着を告げる。筋書きが用意され、役者がそろい、和解の儀式が幕を開ける。[12]

五幕三場で展開される和解の儀式において、フランス王は、のちのロマンス劇の登場人物を思わせる口ぶりで、「すべてを許し、水に流した」と言い、さらには「バートラムは許しを乞うまでもない」とも語る（九、二二行）。彼の心を占めているのは、自分に迫り寄る年齢の影である。

すべてよし、
過ぎ去った時のことを語るのはもうやめよう。
今この時を大切にしよう。
というのも、私はもう年老いた、そして、今すぐに、と命じても、
それもかなわぬうちに、足音を立てない「時」が、
忍び寄ってくるのだ。
（五幕三場三七—四二行）

一方、バートラムはバートラムで、自分に期待されている役割を心得ている。彼は「許しを乞うまでもない」という言葉を聞いていたかのように、王に許しを乞い、最初の妻ヘレナの死を嘆きつつ、第二の結婚を喜んで受け入れる。ここで、バートラムは、彼のいささか不謹慎な服喪のプロセス（四幕三場八七—八行）を、

年長者たちを前にして、神妙な面持ちで反復しているかのようである。年長者たちはそれを受け入れ、バートラムを許すだけでなく、ヘレナを忘却のかなたに葬り去ってしまう。「これをもってやさしいヘレナを弔う鐘の音とし、彼女のことは忘れるがいい」(五幕三場六七行)。バートラムとラフューの娘との結婚の約束が交わされ、バートラムはラフューに指輪を渡す。ところが、この指輪が、年長者たちとバートラムが望んでいたように芝居に幕を下ろすことを不可能にするのである。

フランス王は、その指輪が、自分のヘレナに対する家父長的保護の証であると主張する。

この指輪は私のものであった、そしてこう言ってヘレナに与えたのだ、
もし運命の巡り合わせで助けが必要になったときには、
これを証拠の品として差し出せばよい、
そうすれば私が助けてやると。

(五幕三場八三―六行)

このあと展開する混乱の中で、フランス王は、繰り返し指輪の流通を支配しているのは自分であると主張する。言い方を変えるならば、一連の混乱をもたらしたそもそもの原因である指輪の出自に関し、「自分にはそれがわかっている」と主張することで、フランス王は、その指輪によって引き起こされた状況に対するコントロールを回復しようとしているのである。しかしながら、「自分にはそれがわかっている」という信念からフランス王がたどり着く結論が、バートラムによるヘレナ殺害というものであるのに対し、観客は、バートラムがヘレナを殺してはいないことを理解している。フランス王が、「自分にはそれがわかっている」と主張すればするほど、いかに彼が何もわかっていないかが強調されるという、アイロニカルな効果が生まれるの

である。

いうまでもなく、指輪の流通を支配しているのは、ヘレナである。この指輪は、フランス王からヘレナへ、ヘレナからダイアナを経由してバートラムへと渡ったものである。ここで問題となるのは、観客は、どこまでこの指輪の流通を把握していたか、ということである。なぜならば、この指輪の出現は、観客にとってもひとつの驚きだからである（Adelman 82）。四幕二場においては、それまでバートラムがしていた指輪を手に入れるために、ダイアナがずいぶんと苦労している様子が描かれる。それに対し、このもうひとつの指輪に関しては、ダイアナはただ、「そして今夜あなたの指に、別の指輪をつけてあげます」（四幕二場六一—二行）と語るだけである。もちろん、振り返ってみれば、この指輪が、今問題となっていることは明らかである。しかしながら、劇中のどこにおいても、ヘレナがダイアナに「指輪をつけるとバートラムに告げておくように」と命じたり、その指輪をバートラムに渡すことによって、彼女が何を意図しているかを、観客に向かって明かしたりする場面はない。観客の関心は、当然もともとバートラムがしていた指輪に集中し、このもうひとつの指輪が、五幕においてこれほどの重要性をもつようになるとは思いもしないことであろう。フランス王ほどではないにせよ、観客もまたヘレナに出し抜かれるのである。[13]

バートラムと対決するためにダイアナが登場すると、フランス王は、彼女が自分の見方を裏付けてくれるであろうと期待して、彼女を歓迎する。しかしながら、フランス王のこうした期待は裏切られる。ヘレナの夫選びの後の紛糾において、ヘレナとバートラムの問題が、フランス王とバートラムの問題に置き換えられてしまったことをちょうど裏返すように、ここでは、バートラムとダイアナ＝不在のヘレナの対決が、フランス王と不在のヘレナの対決にずらされる。二人の対決は、ヘレナの指輪をめぐって繰り広げられる。

フランス王　この指輪はおまえのものだと言うのか。
ダイアナ　　　　　　　　　　　　　　　はい、陛下。
フランス王　どこで買ったのだ。あるいは、誰にもらったのだ。
ダイアナ　もらったのでも、買ったのでもありません。
フランス王　誰から借りたのだ。
ダイアナ　　　　　　　借りたものでもありません。
フランス王　ではどこで見つけたのだ。
ダイアナ　　　　　　　　見つけたものでもありません。
フランス王　どれでもないのなら、どうしておまえは、
　あの男にこれを与えることができたのだ。
ダイアナ　あのひとに指輪を与えたりはしていません。

（五幕三場二七〇―六行）

このやり取りで重要なのは、ダイアナが、すべて否定形でフランス王の尋問をかわしていることである。不在を装うことで事態をコントロールすることがヘレナの戦略であるとするならば、これはいかにも彼女の代理人としてふさわしいことであろう。

フランス王と（ダイアナを代理人とした）ヘレナの対決は、メタシアター的な言い方をするならば、どちらがこの芝居の結末を作・演出するのかをめぐる争いである。フランス王によって代理＝表象される家父長制度の側には、「ラフューの娘」という女性の交換による二つの世代の和解、というロマンス劇的な筋書きが

用意されている。ヘレナは、その筋書きに混乱を持ち込み、「自分の好きなように［to her own liking］」芝居の結末を書き換えようとするのである。彼女は、自分の計画をフローレンスの女性たちという周縁的な地位にいる女性たちに打ち明け、彼女たちの協力をえて実行するが、劇中の男性たちには（およびかなりの部分まで観客には）、その計画を打ち明けようとはしない。というのも、もしそうすれば、劇前半における彼女の計画の失敗が繰り返されるだけだからである。すべての混乱を解決するためにようやく姿を現したときですら、彼女は、自らの計画の全貌を明かそうとはしない。バートラムの愛の誓いをえてようやく彼女は、自分がどのようにして不可能に見えるバートラムの条件を満たしたかについて説明することを約束するが、しかしあくまで彼女はその約束をするだけで、実際の説明が劇中において行なわれることはない。逆説的なことに、ヘレナがもたらしたこの結末は、本当の大団円を劇世界の外部に先送りすることによってのみ、結末となりうるのである。

したがってヘレナは、それが彼女の作・演出した結末であるにもかかわらず、この劇に自分で幕を引くことはできない。彼女は、フランス王が幕引きをするまで、ただ結末を引き延ばすだけである。そしてフランス王の幕引きの台詞は、次のように始まる。

この物語の一部始終を教えなさい、
事の真相のありのままが、心地よくこの耳に流れ込むように。
（五幕三場三二五―六行）

フランス王はあくまで、自分が事実関係のすべてを知ることを要求する。しかしながら、もし彼がすべてを知ったなら、何が起こるのであろうか。そのことを暗に示しているのが、ダイアナにむけて語られる次の二行である。

おまえがまだ摘み取られていない花であるならば、
夫を選ぶがよい、持参金はわしが支払ってやろう。

（同三二七―八行）

ここでダイアナに差し出される選択肢が、ヘレナによる最初の「夫選び」の見事な反復であることは、あまりに明らかである。「女性による夫の選択」という一時的な逸脱は、フランス王が持参金を支払い、結婚の後ろ盾になるという行為によって、「女性の交換」に正常化されるであろう。かくして、『終わりよければすべてよし』は、結末の台詞をフランス王に譲る――より正確には、譲らずにはいられない――ことによって、家父長的権威の再生の予感とともに幕を閉じるのである。

『終わりよければすべてよし』が、家父長的権力の再生という影につきまとわれているとするならば、『尺には尺を』は、より明確に、家父長的権力の再生そのものについての物語である。『尺には尺を』のアクションの原動力となっているのは、公爵代理アンジロウの堕落であり、また公爵ヴィンセンシオウはそのことを予見して全権をアンジロウに委任し、修道士に変装するのであるが、彼の第一の目的は、謹厳実直の仮面をかぶるアンジロウの化けの皮をはぐということではなく、むしろ、弱体化した自分自身の権力の再生を図ることである。『終わりよければすべてよし』の後半部分におけるヘレナのように、ヴィンセンシオウは、自らを不在の状態におきつつ、状況を把握しコントロールすることで、目的を遂げようとする。彼は、一度周縁的な場所に退き、それから実は自分が中心であったことを明かすことで、劇の結末において自らの絶対的な権威を主張するのである。

見方を変えるならば、『尺には尺を』におけるヴィンセンシオウは、『終わりよければすべてよし』におけるヘレナの役割と、フランス王の役割の、二つを同時にこなしている、と言うことができるであろう。彼は、自身が家父長的権力を体現する人物であるため、ヘレナのように、自らの主体的戦略を隠す必要がない。ヴィンセンシオウとヘレナは、いずれも綿密に計算された結末を演出するが、その目的は、正反対である。ヘレナが用意する結末が、彼女の主体性を包み隠すために作られたものであるのに対して、ヴィンセンシオウのそれは、彼の全能全知の絶対的優位を声高に宣言するためのものである。

したがって、『終わりよければすべてよし』の結末において、フランス王が「聞く＝知る」ことを要求するのとは対照的に、『尺には尺を』の結末の公爵ヴィンセンシオウは、「語る＝教える」ことを主張し、「さあ、宮殿へと行き、そこでおまえたち皆が知るべきことを、教えてやろう」と述べる（『尺には尺を』五幕一場五三八―九行）。『終わりよければすべてよし』の結末部で、フランス王がダイアナに夫選びの権利を与え、持参金の支払いを約束することが、家父長的権力による女性のセクシュアリティの管理の再開を物語るものであることは、先述のとおりである。しかしながら、そうではあっても、フランス王のこうした申し出は、それがあまりにも劇前半のアクションを機械的に反復するものであるがゆえに、観客の笑いを誘うかもしれない。それに対し、『尺には尺を』の結末部におけるヴィンセンシオウの申し出は、より直接的であり、自己のセクシュアリティを自分自身で管理しようと考える女性にとっては、より大きな脅威となるものである。

親愛なるイザベル、
ずいぶんとお前のためになる提案がある。
おまえがその提案に喜んで耳を傾けてくれるならば、

私のものはおまえのものに、おまえのものは私のものになろう。

（『尺には尺を』五幕一場五三四―七行）

こうしたおためごかしの「提案」をイザベラが断ることは、きわめて困難――事実上不可能――であろう。

『終わりよければすべてよし』におけるヘレナの成功には、暗闇の中で主体性を発揮する限りにおいてしか、彼女は主体ではありえない、という、根本的な逆説が含まれている。このことは、家父長制的秩序の中での、女性主体の在り方についての、ひとつの限界を指し示しているように思われる。もし劇の結末において、彼女が「女性らしさ」の仮面を放棄し、自らの主体的戦略を明らかにしていたならば、彼女の成功はなかったであろう。その意味で、最後の「エピローグ」は、フランス王（役の俳優）に割り当てられた台詞ではあるものの、むしろヘレナのおかれた状況を代弁するものである。

終わりよし、となるためには、この願いが聞き入れられることが必要です。
皆さんが、満足だと言ってくださることが。

（エピローグ一―二行）

『終わりよければすべてよし』という戯曲は、フランス王やバートラム、そして観客が、それ以上の詮索をせずに、舞台上の人物たちの幸福を受け入れるかぎりにおいて、そのタイトルが約束するとおりのものとなることができるのである。

しかしながら、いかにそれが限界をもったものであろうと、ヘレナが劇後半で展開する戦術が、家父長制のヘゲモニーに対抗する上で、重要な可能性を示唆していることは、強調されてしかるべきである。まず、バートラムの欲望の、人格を奪われた「対象物」に身を落とし、次いで死を装って状況を支配することで、ヘレナは、バートラムとの結婚と、彼の愛の誓いという、自分が望んでいたものを手に入れることに成功したのである。こうした彼女の欲望自体が問題含みのものであることは否定できないし、『終わりよければすべてよし』は、家父長制的秩序の再生の予感とともに終わる。それでもなお、この戯曲を『尺には尺を』と比較すれば、状況はずっと明るい。『尺には尺を』が権力を寿ぐ戯曲であるとするならば、『終わりよければすべてよし』は、権力との正面衝突を避けながら、抜け道を探る戦略を提案している。『終わりよければすべてよし』は、「女性らしさ」のマスカレードを、女性のエンパワーメントにつなげる道を模索しているのである。

注

1 『終わりよければすべてよし』もまた、前エディプス的母子関係を保存しつつ乗り越えるという、男性ファンタジーの発露としても読める、ということは、多くの精神分析批評が明らかにしているとおりである。『終わりよければすべてよし』そのものは扱っていないものの、シェイクスピア劇全般をこうした観点から扱った代表的なものとして Kahn を参照。また、実際に『終わりよければすべてよし』を扱ったものとしては、Adelman, McCandles, Neely, Wheeler などを参照。「男性性」の問題を新歴史主義的立場から考察したものとしては、Haley を参照。ただし、これらの批評——精神分析、新歴史主義とも——が描き出す、「男性性」獲得の軌跡が、（擬似）同性愛的関係から異性愛主体へ、というきわめて異性愛主義的なパラダイムと往々にして重なってしまうことに対するSinfieldの批判も参照すること。

2 本論におけるシェイクスピア作品への言及は、すべてリヴァーサイド版の一巻本（第二版）による。引用に際しての日本語訳は、すべて私のものである。

3 この場面を指して、「ブレヒト以上にブレヒト的」と評する批評家もいる（Rutter 117）。

4 Lawrenceが詳細に明らかにしているように、『終わりよければすべてよし』は、民話的モチーフに多くを負っているが、直接の材源は、ボッカチオウの『デカメロン』第三日第九話であり、シェイクスピアが参照したのは、ウィリアム・ペインターの英訳版とされている。ペインターの英訳版（『快楽の宮殿』第三八話）は、Bullough 389–96に収録されている。

5 さらに、ラフューがヘレナにむかって語る「さあ、こっちへ［Nay, come your ways.］」という台詞（二幕一場九二行）と、パンダラスがクレシダにむかって言う台詞「こっちへ、こっちへ［Come your ways, come your ways;］」（『トロイラスとクレシダ』三幕二場四四―五行）の類似性を指摘する批評家もいる（Donaldson 48）。

6 前注1参照。

7 「女性の交換」の概念に関しては、Rubinを参照。

8 三幕五場の冒頭に「フローレンスの街の城壁の外」という記述を加えたのは、一七六七―八年にシェイクスピアの全集を編纂・出版したEdward Capellであり（54）、二つ折り本のテクストにはそのようなト書きはない。しかしながら、彼のト書きは、以後の諸版の多くにとり入れられており、その後の老未亡人の台詞の内容とも一致する。

9 一方で、現代の読者・観客は、むしろ男性が行なうベッド・トリックに、文化的不安を覚えるかもしれない。このことは、『終わりよければすべてよし』におけるベッド・トリックのジェンダーを反転させてみれば明らかである。もしある男性が、名目上妻となったものの性交渉をもつことを拒んでいる女性に対し、ベッド・トリックを用いたならば、その行為は「強姦」と認識されることであろう。また、その男性が、「金の入った財布」と引き換えに性交渉をえたならば、その行為は「買春」と認識されることであろう。このことは、性をめぐる諸ディスコース――結婚のディスコースももちろんそのひとつである――が、いかに歴史的、文化的文脈に規定されたものであるかを物語っている。

10 この点で、ヘレナの使う「私のために［in my behalf］」という表現が、当時の英語においては「私の名において、私の代理として」の意味にもなりえた、ということは興味深い。『オックスフォード英語辞典』における、「〜の名において」の意味での最後の用例は、『終わりよければすべてよし』とほぼ同時期の『トロイラスとクレシダ』（一六〇一―二）から引かれているが、このことは、当時の観客にとって両方の意味が生きていたこと、にもかかわらず、一義的には「私のために」と解したであろうということ、そして、あとから振り返って、「私の名において」の含意を確認したであろうということを、示唆している。

11 『ヴェニスの商人』における指輪の流通に関しては、Engle, Jardine, Newman, Tennenhouse を参照。

12 『尺には尺を』におけるマリアーナの恣意的な登場も、同様の機械性をもっている。「マリアーナ自身は、相対的に見て実体を伴わないキャラクターであり、劇がかなり展開してから、解決不能なジレンマを解決するための *corpus ex machina* として登場する」（Adelman 101）。『尺には尺を』のヴィンセンシオウ公爵と『終わりよければすべてよし』の年長者たちは、ともに自分たちが望むように劇を終わらせるために、それぞれの女性を必要とするのである。

13 あるいはむしろ、この指輪の流通に関しては、観客はフランス王以上に無知である、と言うべきかもしれない。なぜならば、フランス王からヘレナへ、という指輪の流れを観客が知るのは、このときがはじめてである。

引用文献

Adelman, Janet. *Suffocating Mothers: Fantasies of Maternal Origin in Shakespeare's Plays, Hamlet to The Tempest.* New York: Routledge, 1992.

Asp, Carolyn. "Subjectivity, Desire and Female Friendship in *All's Well That Ends Well*." *Literature and Psychology* 32 (1986): 48–63. Rpt. in *Shakespeare's Comedies*. Ed. Gary Waller. Longman Critical Readers. London: Longman, 1991. 175–92.

Brown, John Russell. *Shakespeare and His Comedies*. London: Methuen, 1957.

Bullough, Geoffrey, ed. *Narrative and Dramatic Sources of Shakespeare*. 8 vols. London: Routledge and Kegan Paul; New York: Columbia UP, 1957–75. Vol. 2.

Capell, Edward, ed. *The Works of Shakespeare*. 10 vols. London, 1767–8. Rpt. New York: AMS, 1968. Vol. 4.

Desens, Marliss C. *The Bed-Trick in English Renaissance Drama: Explorations in Gender, Sexuality, and Power*. Newark: U of Delaware P; London: Associated UP, 1994.

Donaldson, Ian. "*All's Well That Ends Well:* Shakespeare's Play of Endings." *Essays in Criticism* 27 (1977): 34–55.

Engle, Lars. "'Thrift is Blessing': Exchange and Explanation in *The Merchant of Venice*." *Shakespeare Quarterly* 37 (1986): 20–37.

Evans, Bertrand. *Shakespeare's Comedies*. London: Oxford UP, 1960.

Haley, David. *Shakespeare's Courtly Mirror: Reflexivity and Prudence in All's Well That Ends Well*. Newark: U of Delaware P; London: Associated UP, 1993.

Hodgdon, Barbara. "The Making of Virgins and Mothers: Sexual Signs, Substitute Scenes and Doubled Presences in *All's Well That Ends Well*." *Philological Quarterly* 66 (1987): 47–71.

Hunter, G. K. Introduction. *All's Well That Ends Well*. Ed. Hunter. The Arden Shakespeare. London: Methuen, 1959. xi–lix.

Jardine, Lisa. "Cultural Confusion and Shakespeare's Learned Heroines." *Shakespeare Quarterly* 38 (1987): 1–18.

Kahn, Coppélia. *Man's Estate: Masculine Identity in Shakespeare*. Berkeley: U of California P, 1981.

Knight, G. Wilson. *The Sovereign Flower: On Shakespeare as the Poet of Royalism Together with Related Essays and Indexes to Earlier Volumes*. London: Methuen, 1958.

Lawrence, William Witherle. *Shakespeare's Problem Comedies*. 2nd ed. New York: Frederick Ungar, 1960.

Leggatt, Alexander. "*All's Well That Ends Well:* The Testing of Romance." *Modern Language Quarterly* 32 (1971): 21–41.

Malone, Edmund, ed. *The Plays and Poems of William Shakespeare*. 10 vols. London, 1790. Rpt. New York: AMS, 1968. Vol. 3.

McCandless, David. *Gender and Performance in Shakespeare's Problem Comedies*. Bloomington: Indiana UP, 1997.

Neely, Carol Thomas. *Broken Nuptials in Shakespeare's Plays*. New Haven: Yale UP, 1985.

Newman, Karen. "Portia's Ring: Unruly Women and Structures of Exchange in *The Merchant of Venice*." *Shakespeare Quarterly* 38 (1987): 19–33.

Quiller-Couch, Arthur, and J. Dover Wilson. Introduction. *All's Well That Ends Well*. Eds. Quiller-Couch and Wilson. The New Shakespeare. London: Cambridge UP, 1929.

Rubin, Gayle. "The Traffic in Women: Notes toward a Political Economy of Sex." *Toward an Anthropology of Women*. Ed. Rayna Reiter. New York: Monthly Review Press, 1975. 157–210.

Rutter, Carol. "Helena's Choosing: Writing the Couplets in a Choreography of Discontinuity (*All's Well That Ends Well* 2.3)." *Shakespeare Criticism* 19 (1993): 113–21.

Shakespeare, William. *The Riverside Shakespeare*. General and textual ed. G. Blakemore Evans. 2nd ed. Boston: Houghton Mifflin Company, 1997.

Shapiro, Michael. "'The Web of Our Life': Human Frailty and Mutual Redemption in *All's Well That Ends Well*." *Journal of English and Germanic Philology* 71 (1972): 514–26.

Sinfield, Alan. "How to Read *The Merchant of Venice* without Being Heterosexist." *Alternative Shakespeares: Vol. 2*. Ed. Terence Hawkes. London: Routledge, 1996. 122–39.

Tennenhouse, Leonard. "The Counterfeit Order of *The Merchant of Venice*." *Representing Shakespeare: New Psychoanalytic Essays*. Eds. Murray M. Schwartz and Coppélia Kahn. Baltimore: Johns Hopkins UP, 1980. 54–69.

Wheeler, Richard P. *Shakespeare's Development and the Problem Comedies: Turn and Counter-Turn*. Berkeley: U of California P,

第四部　女性の主体と結婚

耐えるグリゼルダ、耐えられない夫

――結婚と犯罪のディスコース、その融合と変容――

原　英一

『オセロウ』（一六〇四）の最後の場面で、カシオーがロドリーゴを殺したことを知らせようと夫妻の寝室に入ってきたエミリアは、殺された（はずの）デズデモーナのうめき声に気づく。ベッドに駆け寄り、「誰がこんな仕打ちを？」と問いかけるエミリアに、デズデモーナは、「私が自分でしたのです、さようなら、私の優しい夫にどうぞよろしく」（五幕二場）[1]と言って息絶える。夫に絞め殺される直前には、「ほんの一時のご猶予を」と必死に命乞いをしていた彼女であるが、どうしてここで不自然にも息をふきかえしてまでこんなことを言うのであろうか。古来論議されてきた箇所であるが、演劇的効果等についてあれこれと是非を唱える前に、われわれは彼女の台詞の背景にある「夫の暴虐に耐える貞淑な妻」というイメージについて留意する必要がある。

デズデモーナにはもちろん罪がなかった。彼女に落ち度があったとすれば、螺旋状に深まっていく夫の嫉妬について奇妙にも鈍感であったことだけであろう。妻殺し、そして夫の自殺という極端な形で終わったこの夫婦関係の破綻に一方的に責任があるのは、オセロウである。イアーゴーによる誘導があったとはいえ、ごく客観的に見れば、彼は(少なくとも結婚生活では)きわめて愚劣で非理性的な人間でしかない。その夫に何の罪科もなく殺されたデズデモーナが、それでもなお、夫をかばって死んでいくというのは、彼女の愛情の深さの証拠だとしても、現代的感覚ではなかなか受け入れがたいのである。この場面を理解するための基礎となるのは、このようなタイプの妻が同時代の演劇の中では決して珍しい存在ではなかったということである。それは「グリゼルダ型」の妻と呼ぶことができる。[2] 夫の理不尽な仕打ちにひたすら耐え、黙々と従う妻というこのタイプを理解することは、ルネサンス期の結婚のディスコースを考える際に重要な鍵となるものである。そこには結婚において女性がアイデンティティを確立するための方策として、一つの積極的な意味があった、つまり、表層に見える受動性の下層には能動性が潜んでいると考えられるのである。一方、真っ向から夫に反逆し、夫殺しによって結婚を破壊する「反グリゼルダ型」の妻も、この時代の演劇にはしばしば登場する。

ここでは一六〇〇年前後のドラマ、特に結婚によって成立している「家庭」(household)を舞台とするドメスティック・ドラマ(domestic play / drama)(家庭劇と訳したいところだが、後に述べるような理由で適切な訳語とはいえない)を中心として、夫婦関係のあり方の文化的表現としての結婚のディスコースが、女性による(消極性と積極性の両面での)自己主張によって変容する過程を分析してみたい。その変容の結果、演劇の中で、悲劇、喜劇、そしてロマンス劇というジャンル区分に根本的な動揺が生じ、ルネサンス演劇そのものが変容しつつあることが示唆されることになろう。[3]

辛抱強いグリゼルダ

デズデモーナと同じように、夫の理不尽な暴虐を耐え、その中でなお夫を擁護する、あるいは愛し続ける妻というのはルネサンス期の演劇の中にあっては必ずしも珍しいものではない。同じくシェイクスピアの手になる『冬物語』（一六一〇）では、根拠のない嫉妬の故に幽閉されるハーマイオニと彼女を死なせたと思いこんで苦悩するレオンティーズの夫婦関係が描かれている。こうした夫婦関係の最も極端な例は、『ヨークシャーの悲劇』（作者不詳、一六〇六）の場合だろう。ここでの「夫」（固有名は与えられていない）は、登場したときにはすでに放蕩ですさみきった男であり、「妻」を罵倒し、暴力をふるう。ヨークシャーの名家である先祖代々の資産を蕩尽して追いつめられた彼は、（日本的に言えば）無理心中を図って、幼い子供二人を殺し、妻に重傷を負わせる。さらに、乳母に預けられている末子の乳飲み子を殺そうと馬で出かけたところで追っ手に逮捕される。愛する子供たちを目の前で殺されたうえに、瀕死の重傷を負わされた妻だが、夫に対する嫌悪や憎しみはなぜか彼女にはない。牢獄に引かれていく夫を見送りながら、妻はこう語るのだ。

夫の命は何ものにもまして大切なものなのです。
ひどい出血で、まだふらふらしているこの私ですが、
どうか、神様、力をお与えください。
ひざまずいて彼の命乞いができますように、
友人たちをみんな集めて、どうか愛する夫の命をお救いください、

どうかご赦免を、と懇請したいのです。（D3r）

もちろん、この「妻」の行動や心理は完全に理解を絶したものだとか極度に不自然なものだというわけではない。このような台詞があるからこそ観客の共感を喚起し、悲劇性をいっそう高めることができるのだ。それにもかかわらず、ここまで非道な夫に怒り、反逆することをなぜ彼女がしないのか、どうしてひたすら受け身であることに終始するのか、腑に落ちないことに変わりはない。この「妻」のような存在を生み出した文学的伝統には、実はさらに現代的感覚とはほど遠いものがあった。むしろルネサンス期の芝居に現れた耐え忍ぶ妻の姿は、それぞれの作品独自の文脈の中である程度理解しうる、納得しうるものとして提示されているといってもよい。本来は、この受動的な忍従の妻の姿は、無条件に提示されるものであり、非現実的な一つの模範あるいは鑑ともいうべきものであった。

耐え忍ぶ妻の原型となったのはグリゼルダの物語である。これはボッカチオの『デカメロン』で一〇日目の第一〇話、すなわち掉尾を飾る物語として語られたものであり、チョーサーが『カンタベリー物語』の「学僧の話」として翻案していることからも分かるように、中世・ルネサンス期には広く流布していた物語であった。この物語は、現代のようなフェミニズムの時代から見ると、徹底的に男性中心主義的なものであって、女性すなわち妻の側にとっては、非合理、非道理のきわみともいうべきものだ。論の展開の都合上、ボッカチオに従って、ごく簡単に物語の骨格を示すと、以下のようなものである。

サルッツォ侯爵ガルティエリは領内の貧農ジャニクーロの娘グリゼルダを妻に迎える。グリゼルダは類い希な美貌に恵まれているのみならず、温厚で貞淑な、美徳に満ちた女性であった。ところが、侯爵は妻がどれほど自分に忠実であるかを試そうと考える。まず二人の間に生まれた娘と息子を、卑賤の血を引いているからと、次々に妻から引き離し、家臣の手で殺させたと彼女に思いこませる。さらに、身分の低いお前ではやはり自分とは釣り合わないからといって、グリゼルダを離縁して、高貴な血筋の女性と再婚することを宣言する。侯爵の冷酷な仕打ちはさらに続き、実家に帰されて昔のように貧しい生活を送っていたグリゼルダを呼び寄せると、自分と新しい妻の結婚披露宴の準備を取り仕切るように命じる。ところが、その宴会の席上で、侯爵はグリゼルダこそ自分の真の花嫁であり妻であると宣言し、親類の女性に秘かに養育させていた娘と息子とを彼女に引き合わせてやる。度重なる夫の非道な仕打ちにも何一つ反抗することなく、自分の悲しみや苦しみはすべて胸にしまい込んでひたすら従い続けたグリゼルダは、ついに報われたのであった。(Boccacio II 334-343)

この物語のヒロインは、デズデモーナや『ヨークシャーの悲劇』の「妻」とは違って、現代のわれわれの理解を完全に絶した心理を持っていると言わざるを得ないだろう。ボッカチオの物語は一つの説話であり、イギリス・ルネサンス演劇の心理リアリズムとはまったく異質のジャンルに属するものであるから、それも当然なことである。そもそも、夫に対する貞節、忠節を尽くすことについて一点の疑いもない妻に対して、これでもかとばかり極端な試練を次々に課していく夫の心理と行動それ自体が、リアリズムでは説明できないものだ。また、妻が卑賤の出自であることは最初から承知の上だったはずの夫に、卑しい血が混じったからという理由で子供達を次々に殺され、さらに同じ理由で離縁されてしまうグリゼルダが、一言も抗議することなく、夫の命令に唯々諾々として盲従することは、現代のわれわれの目から見ればむしろ病的ではないかと思われるほどである。

イギリスのグリゼルダたち

それでもこの物語は理想的な妻のイメージを描いたものとして中世・ルネサンス期には広く流布していたものであった。チョーサーが取り上げたことでもそれは分るが、一六世紀後半から一七世紀初頭にかけてのイギリス演劇にもこの物語は、少なくとも二回、取り上げられている[4]。一つはテューダー朝道徳劇であるジョン・フィリップの『辛抱強く温厚なグリシルの喜劇』(一五五九)であり、もう一つはエリザベス朝にトーマス・デッカーがヘンリー・チェトル、ウィリアム・ホートンと共作した『辛抱強いグリシルの楽しい喜劇』(一六〇〇)である。この二つの芝居を比較してみると、イギリス・ルネサンス演劇に特有の結婚のディスコースがどのように成立しているかがよく分かって興味深い。

フィリップの『グリシル』は、ボッカチオの原作にかなり忠実な筋立てであるが、芝居としてはあらゆる点で道徳劇の特徴を備えたものである。登場人物のほとんどが寓意的な名前を与えられていることからもそれは明らかだ。侯爵ゴーティエ、グリシル、父親ジャニクル以外の人物は、「理性」、「勤勉」、「忠誠」、「堅忍」などと呼ばれているか、「母」、「侯爵夫人」、「産婆」などと属性で呼ばれている。道徳劇的特質が最も顕著に見られるのは、グリシルが離縁されてジャニクルの許に帰されたとき、「忍耐」と「貞節」という二人の「美徳」が舞台に登場して、父娘を慰めるという場面である。道徳劇ではおなじみのヴァイス(悪徳)も「狡猾な説得」として登場している。この「説得」は一般のヴァイスと同様に道化役としても振る舞うわけであるが、侯爵がグリシルに試練を与える動機となる「内なる声」の役も果たしている。ゴーティエはヴァイスの説得によって理不尽な試練を妻に与えることを決意するのであり、ボッカチオでは理解困難であった侯爵の行動の心理的メカニズムがそれなりに説明されているわけだ。

こうした道徳劇的特質のために、この芝居はグリゼルダの物語をルネサンス的結婚のディスコースに到達しないところにとどめる結果になった。芝居の展開は、これもまた道徳劇の常道なのだが、妻の夫に対する服従、子の親に対する服従についての長々とした説教調の台詞によってしばしば妨げられ、演劇的緊張をそこなうことが多い。侯爵の忠実な部下である「勤勉」が侯爵の意を受けて、冷酷な刺客を装い、赤子をグリシルから強引に引き離す場面にわずかに劇的な効果が見られる程度といってよいだろう。

それに対して、それから約半世紀後の作品であるデッカーらの『グリシル』はかなり趣を異にする芝居になっている。主筋の筋立てはボッカチオあるいはチョーサーのグリゼルダ物語をほぼ忠実になぞるものであるが、デッカー（あるいはチェトルかホートン、以下煩雑なので作者はデッカーに代表させる）は、それと対照的な関係にある二つの副筋を同時に提示している。その結果、グリシルの物語は、非現実的な道徳説話ではなく、生身の女性の苦難の物語として、より切実な現実感を与えられることになった。この芝居では、登場人物のすべてが（小姓一人を除いて）固有名を与えられているだけではなく、グリシルの家庭環境にも相当な肉付けがなされている。彼女には（フィリップの芝居と違って）母親こそいないが、父のジャニコラと貧困のために学業を断念して帰郷せざるを得なくなった兄ラウレオがおり、饒舌な使用人バブロが付き従っている。周囲の状況を立体的に構築することによって、説話的物語に切実なドラマ性が付与されることになり、さらには「現代劇」としての現実感が強調されることになった。特に道化のバブロとウエールズ人のサー・オーウェンとグウェンシアン夫妻は、グリゼルダ物語をルネサンス期における現実の結婚のディスコースへと変換させることに決定的に重要な役割を果たしている。

バブロが道徳劇のヴァイスに相当するものであることは、彼が侯爵の宮廷の道化に取り立てられることでも明らかだが、フィリップの芝居の「説得」とは異なり、きわめて現実的な存在となっていることに注目すべきであろう。グリシルが宮廷から追放されることになって、道化の彼もお払い箱となったとき、彼はこんなことを言う。

どうやら、おれは運命につきまとわれているみたいだぜ。最初はおれはお馬鹿《フール》だった（何せ生まれたときはまっさら《イノセント》だったもんな）、それから次には旅人《にん》になって、その後は籠編み職人、それから廷臣に成り上がったかと思えば、今はまた籠編み職人、おまけにお馬鹿に逆戻りってわけだ。（三幕一場）

バブロの背後には中世・ルネサンス期の放浪民の姿が透けて見える。出自もはっきりせず、村から村へと放浪しながら、行商やらときには盗みで食いつなぎ、やっと籠編みのジャニコラに雇われたというわけである。さらに、彼には似たような境遇にあるロンドンの徒弟階級との類似性も見られる。侯爵の命を受けた家臣のフリオがグリシルの許を訪れて、子供達を連れ去ろうとする場面がある。実は侯爵自身が籠編み職人に変装してその場に立ち会っているのだが、彼がフリオに抵抗しようとすると、バブロが呼応してこう叫ぶのだ。「いいぞ、徒弟のみんな、棍棒をとれ、組合を［なめるなよ］」（四幕二場）[5]。これはロンドンの職能組合の徒弟達が集団で喧嘩をしたり、町に繰り出して売春宿を襲撃したりする際のかけ声である[6]。バブロはヴァイス役を脱して、現実の庶民の代表としての性格を付与されていると言っていいだろう。

寓意的人物造型が行われないということは、ヒロインの受難物語を立体的に表現しようとするこの芝居の基本的な作劇姿勢に沿ったものである。伝統的な物語を描く主筋に並行して演じられる独自の副筋は、そのような立体化を、とくに結婚という制度について意識的に行っている。一つの副筋は、ウエールズの未亡人グウェンシアンと彼女に求愛する同じくウエールズの貴族サー・オーウェンの求愛と結婚後の主導権争いの物語であり、もう一つは結婚そのものを拒否して独身を通すことを決意する侯爵の妹ジュリアの物語である。少なくとも表面的には結婚を賛美し、妻の夫に対する絶対的服従と貞節を賞揚するというテーマを持つグリシルの物語に対して、こうした結婚否定、しかも女性の主導権、夫からの独立性を主張する物語が二つも併置されていることは非常に興味深い。

デッカーがグリゼルダ物語をこのような形で拡張したことにはいくつかの実際的な理由があったことは確かである。フィリップの道徳劇に明らかなように、この物語を正面から演劇化しようとすれば説教臭い、退屈なものになる可能性が高い。エリザベス朝の商業演劇の観客は目が肥えてしまっているから、一つの芝居の中でもいろいろ味付けを変えたり、新しい趣向を提供したりと、サービスに徹しなければ、そう簡単に彼らの支持を得ることはできなかった。主筋の方は、一歩間違えば悲惨な悲劇になりかねないものであるだけに、屈託なく笑える笑劇的部分がどうしても必要と考えられたのであろう。さらに、じゃじゃ馬馴らしの物語と結婚そのものの否定の物語を併置することにより、理想的な結婚としての侯爵とグリシルの結婚が効果的に描かれることになるという、作劇上の技巧ということも考えられよう。デッカーの意図がどうであれ、結果的には、三つのプロットが併置されることによって、グリシルの物語が相対化されていることは否定できない。そのために、そこには作者の意図を超えたメッセージが生じることになったとも考えられるのである。グリシルはグウェンシアンとジュリアと同一の平面に置かれている。ということは、彼女の忍従、無抵抗は、グウェンシアンの反抗やジュリアの結婚拒絶と同一の志向性を持っていることになるのではないだろうか。それは結婚における女性の積極的な存在主張、アイデンティティー主張の一つのあり方であるのかもしれないのである。

じゃじゃ馬と猿を牽く女

サー・オーウェンとグウェンシアンの物語は「じゃじゃ馬ならし」の物語である。サー・オーウェンは侯爵グワルターの（なぜか）親戚であるウエールズの未亡人グウェンシアンに求愛して結婚する。ところが、「自分の好き勝手にやらせてもらう」というグウェンシアンは、大変なおしゃべり女であるだけでなく、夫に対して非常に反抗的であり、事ごとに彼に刃向かう。たまりかねた彼が「お前を抑えつけるからな」と宣言すると、ますます逆上し、夫に対する腹いせに、侯爵を招いた大切な宴会の食事を乞食たちに食い散らかさせたり、サー・オーウェンが侯爵から預かった高額の証書を引き裂いたりしてしまう。一般庶民であれば「懲罰椅子」[7]にくくりつけられても当然のような極度のじゃじゃ馬ぶりである。この二人のやりとりはウエールズ訛りの英語で行われ、ときにはウエールズ語そのものも混じる。イタリアを舞台とする芝居のはずだが、この部分は実に生き生きとしていて、観客を惹きつけるものがあったことだろう。ウエールズ人やアイルランド人は一八世紀に至るまで喜劇の定番キャラクターとしてしばしば登場するが、ここでは遠い時代のグリゼルダ物語を一気に現実のロンドンに引き寄せるという効果を持っている。たとえば、侯爵から「いずれそのときが来たら、じゃじゃ馬ならしの秘策を教えてやるから、それまでしまっておきたまえ」と言われて与えられた三本の棒をサー・オーウェンが持っているところにグウェンシアンが現れる場面は、こんなふうに展開する。

サー・オーウェン　ほれ、見てみろや、こいつぁけっこうな棒だべ、グウェンシアンや。

グウェンシアン　※［召使いのライスに］リース、あれをぶんどってボキボキおっちまいな。
ライス　何と仰います?
グウェンシアン　何と仰いますだど、この生意気もんめが、こうしろっつぅのを一回でなく、二回も三回も四回も、おめにいわねばなんねのか。あれを折っちょれ。
サー・オーウェン　リースは頭をかち割った方がええってさ。ほれ、リース、これを中さ持ってけ。
ライス　いやはや、こんなところにいるくらいなら、絞首台の方がましってもんだ。
グウェンシアン　やれるもんだばやってみれ、やれるもんだばやってみればええ、ええか、あんた、その棒で何ばする気だ?グウェンシアンの体ばぶって、言うことききかせようっつう魂胆だべな。とんでもねえ、ええか、あたいを殴るようなやつはな、あたいを懲らしめようなんてやつは、あたいに眼付けしただけでも、目ん玉くりぬいてやっからな。ええか、サー・オーウェン。（三幕二場）[8]

※［　］部分は筆者による補充。以下、訳文中ではト書き、説明などの補充部分をこのように示す。

グウェンシアンのすさまじい荒れ狂い方は、ウエールズ訛りで演じられるからこそ大いに迫力があり、また観客の笑いを誘うものであっただろう。一方、この妻を制御できない腰抜けの夫サー・オーウェンもまた田舎貴族という設定のゆえに、ロンドンの観客の優越感をくすぐり、ますます滑稽な存在に見えたものと想像できる。このように強烈に自己主張し、頑として夫の支配下に甘んずることを拒絶するグウェンシアンは、グリシルと正反対の性格であり、「忍耐」に対する「反逆」のアンチテーゼを表している。しかも、重要なことは、この猛妻が最終的に夫に「飼い慣らされて」しまうことはないということだ。

最後の場面で、例の三本の棒で「じゃじゃ馬ならし」の方法を伝授してくれるように求めたサー・オーウエンに、侯爵は「それを曲げてみなさい」と言う。サー・オーウェンが曲げようとすると、棒はポキっと折れてしまう。すると侯爵はこのように彼を諭す。「グリシルが若木のようにしなやかなときに私は彼女に試練を与え、自分の思い通りの形にいくらでも変えることができた。いまさら君の妻を曲げようとしても、折れてしまうだけだ」（五幕二場）。

じゃじゃ馬ならしの方法を教えるという約束を侯爵が果たしたというより、巧妙なごまかしとしか思えない。当然ながら、サー・オーウェンは、「そんじゃおれには女房から逃げ出すか、女房の頭をぶち割るかどっちかしかないじゃねえか」と途方に暮れる。すると、意外なことにグウェンシアンが、「私の従兄弟の侯爵がグリシルを試したのと同じように、私はサー・オーウェンを試しただけなのです」と打ち明ける。つまり、主筋に対して鏡像のような関係にある状況が展開していたということが、ここで明らかになるわけだ。グウェンシアンは夫の愛を確かめるために、じゃじゃ馬ぶりを演じて彼に忍耐の試練を与えていたというのである。しかし、これはとうてい額面通りには受け取れない。彼女の荒れ狂い方はとても「演技」とは思えないものであったのだから、ここで彼女が突然夫の前で殊勝な態度を示しても、それは芝居をまとめるための常套手段以外の何ものでもないことは明らかだ。しかも、グウェンシアンは、「やっと折れてくれた」と喜ぶ夫にこんなふうに脅しをかけるのである。

あたいは折れたわけじゃあないわよ、でもね、サー・オーウェンが頭《かしら》だってのは認めるわ。頭のあんたを怒らせて頭痛にしちまったのは悪かったけど、だからってね、あんた、あんまり勝ち誇って女房を踏みつけにしちゃいけないよ。そんなことしようもんなら、誰が何と言おうがあたいの好きなようにさせてもらうからね。（五幕二場）

さらに彼女は観客に向けて、つまり世の妻たち全員にこう呼びかけるのだ。「夫を尻に敷きたい皆様方よ、グウェンシアンのひそみに倣うといいわ、哀れな女たちがいつも下に置かれるなんて不当なことなんだから。」このように強烈な個性を主張する女性が存在し、最後まで節を曲げないで通すということは、ヒロインのグリシルが示す忍耐の美徳に対して、それを効果的に浮き彫りにするというだけではなく、その非現実性を前景化し、グリシルのようなアイデンティティー保持の手法に対する効果的なアンチテーゼの提示となっている。

一方、結婚そのものを拒絶するのは侯爵の妹ジュリアである。彼女の周囲には多くの求婚者たちが群がり、何とか彼女の気を引こうと懸命になっている。しかし、ジュリアの方は彼らを一顧だにしない。もともと彼女は自分の主体性を失い、夫に隷属することになる結婚という制度、女性にとって一方的に不利な制度に懐疑的であった。彼女は求愛者のオノフリオとファーニーズにこう語る。

オノフリオ　あなたは男たちに嫌われたいのですか?
ジュリア　そうよ、愛されたくはないわ、あらゆる神々の中で私がいちばんお仕えしたくないのは愛の神ヴィーナスなのよ。
ファーニーズ　どうやらあなたは地獄で猿を牽く［"lead apes in hell" 女性が独身のままで死ぬとそのような運命が待っているという俗信］おつもりのようですね。
ジュリア　その悪意に満ちた諺は、現世で結婚したものたちに向けられたものなのよ。なぜなら、結婚することは地獄で生きるようなものですからね。
ファーニーズ　たしかにバーリィブレイク［"barlibreake" 男女のペア三組で行う一種の鬼ごっこ、一組が「地獄」と呼ばれる中心部にいて、周囲のカップルを捕まえる」ではそうですね。

ジュリア　妻こそが猿なのよ、そして、結婚という重荷こそその猿の足を引っ張る重しなのですから、私はそれに縛られるつもりはないわ。ファーニーズ様、大切な処女性こそが私たちを地上の聖人、天上の星々にしてくれるものなのよ。この地上でも処女は立派に見えますが、天上では栄光に満ちているのです。天上では求愛などないのにすべてが美しく、天上では結婚などないのに誰もが愛し合うのです。

（二幕一場）

夫に引きずられる猿に堕することがないようにジュリアは独身を守るというわけであり、いわば人間としての尊厳を維持すること、自分の独立性を保つことにその意義があるというのだ。結婚という制度が、女性の男性に対する従属を決定的に固定化するものであった時代では、女性が自己の存在を守ろうとすれば、ジュリアのように独身を通すという道以外の選択肢は少なかったことであろう。しかも、彼女の周囲では結婚を魅力のないものにする事態が二重に展開している。グリシルは侯爵に不当に虐げられ、一方、サー・オーウェンは荒れ狂うグウェンシアンにさんざん手こずっている。結婚すればあのどちらかになってしまう、いずれにしても幸福にはなれない、とジュリアが考えても当然だ。

グウェンシアンとジュリアは男性の側の論理に従うことを拒否するという点で実は共通のものを持っている。ジュリアは独身を通すことを決意するが、それは結婚という制度が男性による女性支配の制度であることを決して認めようとしないグウェンシアンと本質的に同根の態度であると言えるだろう。幕切れの場面で、グウェンシアンは世の妻たちに夫と対等の立場に立つことを呼びかけたが、この台詞はジュリアのものと対になっている。ジュリアはグウェンシアンの前にこう発言しているのだ。

ここにお集まりの皆様の中には女性の独身者の方々、独身の乙女たちが——自由の中で生き、それを愛する処女の皆様がおいでのことでしょう、結婚という戦いを忌み嫌う皆様は私に共感してくださることでしょう。妻となっていつも地獄の生活を送るくらいなら未婚のまま死んで、地獄で猿を牽いた方がましなのです。
（五幕二場）

ジュリアとグウェンシアンの台詞は観客に向けて語られるものである。しかし、ヒロインのグリシルにはそのような機会は与えられない。侯爵が「これだけ大勢の皆様の中に従順な忍耐の味方となる者はおられないのか？」と問いかけるが、その後はサー・オーウェンが、「グリシルはお疲れのようだから、このサー・オーウェンが辛抱強かったわれわれ二人を代表して話しましょう」と引き取って、まとめの口上を述べて芝居は終わりとなる。女性の饒舌は彼女がじゃじゃ馬であること、男性にとって好ましからぬ存在であることの証拠の一つであるから、ここではグリシルが沈黙の美徳を示しているとも考えられる。たとえ彼女が語ったとしてもそれは忍耐と服従の美徳を称揚する言葉に限定されるだろうから、劇的な効果は薄い。自分の赤子を夫に取り上げられたとき、「もし子供らが口をきけたら何と言うと思うのか」と侯爵が尋ねると、グリシルはこう答えた。「すべてのことで私はあなた様に従いますと申しましたでしょう。」侯爵は、「それなら黙って従え」と冷酷に言い放つ（四幕一場）。この場面ではグリシルの沈黙はむしろ雄弁であったかもしれないが、最後に彼女が話すべきことはもはや残されていない。

自己否定のパラドックス

フェミニズム的読みに慣れた現代の読者はどうしてもジュリアやグウェンシアンのような形での自己主張、女性の自由への雄弁な希求を支持したくなってしまう。そのような読みは、グリシルに対するアンチテーゼが示されていることに積極的な意義を見出そうとするだろう。しかし、われわれは結婚について否定的な二つの副筋が、グリシルの物語をどのように浮き彫りにするのか、その論理的な帰結を再確認してみなければならない。たしかにジュリアとグウェンシアンはグリシルとは正反対の態度を示していた。それが彼女たちの自己肯定であり、夫の束縛から自由であろうとする近代的な自我の主張であったことは間違いない。しかし、だからといって、グリシルのような自己否定が逆説的な自己肯定であることの可能性を消し去ることはできない。少なくともデッカーの『グリシル』においては、反面教師的な二つの福筋が存在するがゆえに、グリシルの忍耐と自己否定が最終的に積極的に肯定されるという論理的帰結が提示されているのである。フィリップ版『グリシル』のようにボッカチオの物語を忠実になぞるだけであれば、自己否定が自己肯定、アイデンティティー否定こそがその確立であるというパラドックスは成立しない。ジュリアの結婚拒否もグウエンシアンの反逆も、そしてまたグリシルの忍耐も、すべて同一の平面にあるのであり、ルネサンス期の女性たちが、結婚という制度の中で、いかにして自己の存在を守るかという共通のテーマがそこを貫いているのである。三者三様に方法こそ異なってはいるが、究極の志向性が同一であることは否定できない。結婚における女性のあり方について、このような複数性が提示されること自体がルネサンス期の結婚のディスコースの特性であるとも言える。耐え忍ぶ妻は反逆の妻と表裏一体の関係にあるだ。女性がさまざまなレベルで自己の存在を主張し自我を防衛しようとし始めたこの時代にあって、グリシルの自己否定は、あるいは最もラディカルな自己主張であるといってもよいのかもしれない。自分を無とすることに実は巨大な有の可能性があることは、グリシルと同じように「試された」コーディーリアがリアに答えた、「何もありません」(シェイクスピア『リア王』一幕一場)という台詞に中によく示されている。デッカーの作品はもちろんそのような広大な可能性を示すものではないが、われわれに対して中世的な美徳の鑑としてのグリゼルダ型の妻が持ちうる潜在的な意味の深さと広がりに注意を喚起しているとは言えるだろう。

女性達は自由を得ようともがいている。しかもジュリアのように独身を通すことが経済的に可能な特権階級の女性は例外であって、大部分の女性たちは結婚という「束縛」の中に「自由」を求めなければならないというジレンマの中にある。デッカーの芝居によって道徳劇はいかにもエリザベス朝的な多様性を持ったディスコースに変貌したが、耐え忍ぶ女性たちはさらに大きな変容をそこにもたらすことになる。

カルバーリー殺人事件

ジョージ・ウィルキンズの『強制結婚の悲惨』(一六〇六)は、『ヨークシャーの悲劇』と同じく、一六〇六年にヨークシャーで実際に起こったウォルター・カルバーリーによる殺人事件を題材とした「実録もの」の芝居である。『ヨークシャーの悲劇』は「ウィリアム・シェイクスピア作」として書籍出版業組合に登録されたために古くから注目を引いていたのに対して、ウィルキンズの芝居はほとんど忘れさられている。この作品は芝居として未完成で、とくに結末部分があまりに安易で粗雑であり、その上冗長であるのだから、忘却されているのも当然であろう。『ヨークシャーの悲劇』が約七九〇行という異常に短い芝居であるのに対して、『強制結婚の悲惨』は三〇〇〇行近くもある長い芝居である。[9] その三分の一を手は込んでいるが退屈なサブ・プロットが占めている。もっとも、複数のプロットが入り乱れるというのはこの時代の芝居ではごく普通のことであるから、そのこと自体がこの芝居の欠点というわけではない。それよりは芝居の結末部分が整理されておらず、筋の展開に矛盾があって、ご都合主義的な問題解決がいっそう不自然なものになっていることの方が欠陥としては際だっている。テクストにこのような矛盾、未整理があるということは、この芝居の少なくとも結末部分はいわゆる「ファウル・ペーパー」すなわち作者自身の草稿をもとに組まれたことを示唆している。一方、主人公のスカーボローが後見人の強制により許嫁のクレアを捨てて不本意な結婚を強いられるという前半部分と、彼の二人の弟が放蕩者のイルフォードを欺くという中間部分は、出来不出来は別として、それなりに完成された内容である。そのため、芝居の全体を通して見ると、作者が最後の大団円の場に至って、それをどのようにまとめあげるか決めかねているかのような印象を受ける。芝居が未完成な状態で放置されたにもかかわらず、出版されてしまったことにはいろいろな理由が考えられよう。いずれすっきりとした形で整理しようと放置していたが、そこに何らかの事情が介在して、作者の意志とは無関係な形で原稿が彼の手を離れ、他人の手に渡ってしまったのかもしれない。しかし、ウィルキンズがこの芝居の終わらせ方について逡巡し、そこで執筆が停滞していたことだけは確かなようだ。そうだとすると、彼のためらいがそのまま残されているかに見える現行のテクストは、そのためらいについての重要な背景を暗示しているのかもしれないのである。そこには結婚のディスコースそのものが変容しつつあるという時代の変化が影響を及ぼしていることもありうるのではないか。いずれにしても、結婚をテーマとしたこの芝居は、その拙劣な内容にもかかわらず、グリゼルダ物語の一変種として、また過渡的な作品として十分に興味の対象となるものなのである。

辛抱のできない夫の悲劇

同じ現実の事件を題材とする芝居なのだから当然のことだが、『ヨークシャーの悲劇』と『強制結婚の悲惨』は、いずれも夫の非道な仕打ちの犠牲となる妻の物語として見ることができる。とくに、『ヨークシャーの悲劇』では、妻の悲惨な運命が短い芝居の中で比較的克明に描かれていて、観客の同情を誘うように作られている。ここでの妻はグリシルの場合と同様に一方的に受動の立場にあり、ただひたすら夫の暴虐に耐えなければならない。しかも、グリシルの場合は、夫による子殺しは偽装であったが、『ヨークシャーの悲劇』の妻は、実際に自分の目の前で子供を夫に殺されてしまうのだ。それでもなお、彼女が夫を愛し続けるというのは先に見た通りである。こうしてみればこのドメスティック・ドラマもまた、グリゼルダ物語の系譜に属することは明らかであろう。

しかし実際には、『ヨークシャーの悲劇』は、妻の側の苦しみのみを描いたものではない。むしろこの芝居は夫の側の悲劇であると見るべきものであろう。なぜなら、夫は放蕩のために無理心中に走り、捕らえられて処刑されることになるのに対して、妻の方は生き長らえ、牢獄へ引き立てられる夫を見送るという結末になっているからである。しかも、モデルとなったカルバーリーの妻はその後再婚したという現実の後日談まであるからである（Sturgess 318）。カルバーリーが「圧殺刑」（*peine forte et dure*）を受けたということも彼の悲劇的最後としてふさわしいかもしれない。この刑は拷問の一種であるが、罪を認めないまま圧死すれば、罪人の財産は没収されないことになっていた（Briggs 28）。放蕩の後でどれほどの資産が残っていたかは分からないし、この刑を受けることに彼自身の意志がどれほど反映し得たものか疑問であるが、残された家族に対してせめてもの償いをした(あるいはさせられた)のかもしれない。

同一の事件を題材にした『強制結婚の悲惨』は、夫の悲劇としての側面をさらに強く備えている。事件の直後、おそらくカルバーリーがまだ処刑されていない時期に上演されたと思われる『ヨークシャーの悲劇』では、夫の放蕩の原因がよく説明されないまま芝居が展開する。導入の部分で、彼が他に恋人がいながら、何らかの事情で意に染まない結婚をせざるを得なかったらしいことがわずかにほのめかされるだけである。[10]それに対して、ウィルキンズの芝居の方は、この部分を入念に描き、強制された結婚がすべての悲劇の原因であることを強調している。父親あるいはそれに代わる人物が自分の選んだ男との結婚を娘に強制し、それを嫌った娘が抵抗する、あるいは不幸に陥るというのは、たとえばマッシンジャーとフィールドによる『宿命の持参金』(一六三二)などのように、ルネサンス期の芝居にもよく見られるテーマである。しかし、結婚を強制されるのは女性ばかりではないのだ。そのような結婚による夫の悲劇を描こうとしたのがウィルキンズの芝居なのである。

相思相愛のクレアという許嫁がいるにもかかわらず、主人公のスカーボローが他の女性との結婚を強制されるのは、彼がまだ未成年であって、後見人のフォルコンブリッジの庇護下にあるためである。スカーボローの全財産について処分権を握っているフォルコンブリッジは、被後見人のこの若者が勝手に婚約したことに憤慨し、自分の親戚の女性との結婚を無理強いする。スカーボローにはそれを拒否することは不可能だ。なぜなら、フォルコンブリッジに勘当されてしまえば、彼は全財産を失い、路頭に迷うことになってしまうからである。

結婚は、西欧資本主義社会の歴史を通じて、常に政治的・経済的行為であったが、特にルネサンス期のイギリスにあっては、大土地所有者である上流階級においても、また新興の商人階級においても、そうした側面が強かった。こうした結婚の制度は経済的安定を与えてくれるのであるから、その中に個人が安住することができるのであれば、問題は生じない。しかし、近代的自我を備えた人間にとっては、重要な自己実現の機会の一つである恋愛と結婚において、周囲からの圧力、すなわち政治的・経済的事情に縛られることは、自己確立との深刻な矛盾を引き起こしうる。ルネサンス期に近代的自我が生まれていて、社会制度や体制とのさまざまな軋轢を生じていたことは、当時の演劇を見れば疑問の余地はない。悲劇においても喜劇においても個人の恋愛と社会の対立が芝居のエネルギーを生み出しているのだ。結婚のディスコースはそのような自己と他者としての社会とのせめぎ合いを先鋭に物語っている。

ドメスティック・ドラマの本質

それゆえに、しばしば家庭内の殺人事件、とりわけ夫による妻殺しや妻による夫殺しを題材として取り扱うドメスティック・ドラマには、実は「家庭」を超えて「社会」を揺るがす転覆的テーマがその根元に存在していることになる。ドメスティック・ドラマは、より一般的にはドメスティック・トラジディーと呼ばれるが、これを「家庭悲劇」と翻訳することは、いろいろな意味で不都合である。英語の「ドメスティック」には日本語の「家庭」には含まれない広い意味があるからだ。この語は、ギリシア・ローマの古典世界、あるいは中世のイタリアやスペインを舞台とすることがほとんどであり、イギリスの場合でも数百年前の時代を扱うことが普通である一般の悲劇とは異なり、「同時代のイギリス国内」を舞台とするという意味がまず第一であると考えるべきだろう。さらに登場人物たちが王侯貴族ではなく、ジェントルマンやヨーマン階級、さらには商人階級ばかりであるということもその意味するところである。「家庭」そのものの実態も現代とこの時代とでは大きく異なっていることに留意しなければならない。この時代の家庭は、階級や財産の多寡によって大きな差はあるが、必ず女中や下男などの使用人を含んでいるのであり、居候のような長期滞在の親類や客人までその範囲に入っていたのである。商人階級の場合には、家庭がそのまま仕事場であり、店舗であったことも念頭に置いておかねばならない。

ドメスティック・ドラマを悲劇に限定することもまた誤りである。これはコメンソーリの最近の研究が詳しく明らかにしていることだが、中世のサイクル劇や道徳劇に起源を持つこのジャンルには喜劇もあればロマンス的作品もある。たしかに代表的な作品とされる『フェヴァーシャムのアーデン』(作者不詳、一五九一)、『ヨークシャーの悲劇』、『美しき女たちへの戒め』(作者不詳、一五九九)などはいずれも悲劇であり、シェイクスピアによるドメスティック・ドラマである『オセロウ』もまたそうである。しかし、すでに見たデッカーの『グリシル』は、舞台がイタリアであったり、「家庭」が侯爵の「宮廷」であったりという表面上の道具立てこそドメスティックではないが、夫婦間の問題のみに焦点をあてているという点であきらかに家庭内の芝居であり、しかも「コメディー」と名付けられている。一方、『冬物語』はドメスティック・トラジディーとしての側面とロマンス劇としての側面を同時に備えている。妻同士の諍いに夫たちが困り果てるというヘンリー・ポーターの『アビントンの諍い女房たち』(一五九九)も同様で、女達の喧嘩や夫たちの狼狽ぶりは滑稽な喜劇であり、最後にコニー・グリーンの森が和解を導くというところはロマンス的という特徴を持っている。

ドメスティック・ドラマの本質がこのようなものであることが確認されるならば、「家庭劇」という訳語がなじまないことは明らかである。特に、「家庭」という日本語が不必要に限定的なイメージを喚起することによって、このジャンルのドラマが示すラディカルなメッセージを捉えそこなう結果が生じてしまう。なぜなら、特に悲劇の場合に、ルネサンス期の人間の意識から考えれば、スペインやデンマークを舞台とした悲劇も同時代のイギリスを舞台とした悲劇も、異種のものとは受け取られず、そこから発せられるメッセージもまた基本的に同じものと捉えられたはずだからである。人間が宇宙の縮図であるのと同様に、家庭もまた国家や社会の縮図なのであり、そこに生ずる問題は反乱や内乱と等しいレベルにあるということなのだ。

ウィルキンズの芝居が、その大団円に至って、大きな混乱を生じている背景には、ドメスティック・ドラマのこうした本質があるのではないだろうか。結婚の破壊が社会の破壊につながりうることに対する危惧が作者のどこかで彼のペンの動きを鈍らせる働きをしたのかもしれないのである。最後の子殺し・妻殺しの試みの場面に至るまでに、この芝居はすでに危険な要素をいくつも抱え込んでいた。愛するスカーボローが他の女と結婚したことを知ったクレアは自決してしまう。取り返しのつかない悲劇がすでに起こっていたのである。さらに、結婚の強制によって自暴自棄になって放蕩するスカーボローのために困窮した二人の弟は、老執事の提案に従い、路上強盗という犯罪に走る。クレアの自決は、二夫にまみえるつもりはないという彼女自身の貞潔の証という古典的な側面があることは確かだが、結果的には、自殺という反道徳的行動に踏み切ることにより、愛による結婚を許さない社会に対する抗議としての意味を含んでいることは否定できないであろう。また、経済的困窮の解決方法として強盗という手段を選ぶことがきわめて反社会的な選択であることは言うまでもない。

こうしたプロットの積み重ねの果てに、スカーボローによる妻子殺しが、現実のカルバーリー事件をなぞる形で、実行されるならば、その反社会的なメッセージはいっそう強められることになりかねない。少なくともウィルキンズがここで大きくためらい、この芝居を悲劇ではなく、一挙に幸福な結末へ導くことによって、深刻な問題の提示を回避しようとしたことは間違いない。本来は、この芝居が殺人によって終わることになっていたのはほぼ確かなことである。スカーボローは、弟の師である大学の博士が彼を諭しに来訪したとき、彼と自分の妻子とに短剣を突きつけてこう言うのだ。


この子等は、お前の所業の故に死なねばならぬ、妻はおれのクレアのために死ぬのだ、
彼女の傷口がこのように（thus）開いて復讐を求めている。

この子等は貧困を免れるために、妻は［本来夫となるべきではなかった自分と関係したという姦通の］罪から解き放たれるために殺してやる。

そして、貴様もまた、天上の言葉を自分の弁舌の道具にしたがゆえに、道連れだ。

悪を善のように輝かせるために聖書を引用した貴様を、
さあ、このようにして（thus）地中の虫の餌食にしてくれよう。

そうすれば、これぞあっぱれな行為だと、天使達も賞賛することだろう。

（二七九二―九九行）


芝居の台詞の慣習として、こうした場面で使用される、「このように」という言葉は普通は実際の動作を伴うものである。つまり、この台詞を単純に読むならば、スカーボローが短剣をふるって、子供たち、妻、そして博士を次々に刺していったと解釈するのが当然なのだ。しかし、次の瞬間、老執事が入ってきて彼を制止する。しかも、執事は、フォルコンブリッジが亡くなったこと、彼がスカーボローに対する自分の不当な仕打ちを悔いて、かつての被後見人に莫大な財産を遺したことを告げる手紙を携えていた。こうして、止めようもなく悲劇に向けて突き進んでいたはずのこの芝居は、突然に方向を変えて、あらゆる問題が一挙に解

決され、あっけなく幸福な結末に至るのである。

作者のウィルキンズに推蔵の時間が十分に与えられていたなら、このような唐突な終わり方ではなく、それなりに納得のいく伏線を芝居の途中から仕組んでおいたことであろう。しかし、現存するテクストは、未完成の状態であるがゆえに、彼の逡巡を明瞭に示している。それは、強制結婚の結果としての凄惨な多重殺人が意味しうる反社会的メッセージに作者が尻込みしたことをテクストの混乱によって暴露しているのである。家庭内の犯罪は社会の秩序を根底から覆す可能性を持っている。社会の圧力によって追いつめられたスカーボローが最後に牙を剥いたとき、危機に瀕するのは結婚の制度のみならず、それを支えている近代資本主義社会そのものなのである。

男装するグリゼルダ

『強制結婚の悲惨』では、結婚が殺人という犯罪行為によって崩壊することが持ちうる社会的波紋が、悲劇を幸福な結末へ待避させるというジャンルの混乱を引き起こした。このことの意味するところを、もう一つのジャンル混淆的芝居である『ブリストルの美少女』(作者不詳、一六〇四)を通してさらに追求してみよう。この芝居ではドメスティック・ドラマとロマンス劇が、不思議なことにとりたてて違和感を生じないままに、有機的に絡み合い、融合しているのである。しかも興味深いことはそこに登場するヒロインが、明らかにグリゼルダ型の妻であるにもかかわらず、ただ耐え忍ぶだけの女性ではなくなっているということだ。アナベルは行動する女性なのである。

夫はヴァレンジャーという男であるが、「ブリストルの美少女」と美貌の誉れ高いアナベルにふさわしい男とはとうてい言いかねる面が多い。彼は親友チャレナーの許嫁であったアナベルに横恋慕する。怒ったチャレナーが決闘で彼を負傷させて逃亡すると、すべての罪を親友になすりつけ、同情するアナベルに看病してもらい、まんまと彼女を妻にしてしまう。ところが、彼は娼婦フローレンスの色香に迷って、従順なアナベルを虐待するようになり、さらには彼女を殺そうと図るのだ。このような非道な夫であるにもかかわらず、アナベルの彼に対する愛は変わらない。実際、彼女の忍耐強さはグリゼルダを上回るほどだといってもよい。夫と愛人のフローレンスの密会の場に現れた彼女は次のような屈辱を受ける。

アナベル登場

ヴァレンジャー　ちくしょう、いったいぜんたいどういう風の吹き回しでここへ来やがったんだ。おい、あばずれ、何の用だ。

［……］

フローレンス［傍白］　私にいい考えがあるわ。うまくいったら、彼女がここから去る前にどれだけ辛抱強いか試せるわよ。

アナベル　あなたと私は肉体と魂のようなものです。あなたがいなければ私は死んでいるのも同然です。

フローレンス　あらまあ、このラバ［"rebato" 飾り襟］すてきだわ。あたいもこんなのが欲しいな。

ヴァレンジャー［フローレンスに］　これが気に入ったのかい、お前。じゃあ、お前にやろう。［アナベルに］

お前なんぞもっと粗末なもので十分だ。

アナベル　よろこんで差し上げますわ、さあ、ご婦人、どうぞお持ちください。家にはもっと上等なものもありますから、ご一緒に来ていただければ、それも差し上げましょう。

フローレンス　これはまあ、何てすてきな仕立てのいいガウンだこと。こんな品物を買うためなら、馬で二〇マイルだって走るわよ。

ヴァレンジャー　お前、さっさとそれを脱げ、お前にはもっと粗末なやつがお似合いだ。

アナベル　ヴァレンジャー様、私の持ち物はすべてあなたのものです。ご自分のものなのですから、どうぞお好きなような誰にでもあげてください。私のものはすべてあげてけっこうです。ただ、あなたご自身だけは残しておいてください［……］。　(C2r)

こうしてアナベルは身につけているものを次々にはぎ取られ、裸同然にされてしまう。[11] 夫とその愛人によってこれほどの屈辱を与えられながらも、彼女は辛抱強く耐えている。最後には、「あなたがどこにいらしたとしても、私と同じように愛する女の心が得られますように」(C2v) と祈って立ち去るのである。

このようなグリゼルダ的態度は、夫がフローレンスのパトロンであるセントローを殺した嫌疑をかけられ、十字軍の遠征から帰還したばかりのリチャード王によって死刑の宣告を受けると、微妙に変化することになる。必死の懇願によって、「ヴァレンジャーの身代わりとなって死ぬ男が出てくれれば命を助けてやろう」という約束をリチャード王から引き出した彼女は、男装して現れ、夫に代わって処刑台に上ろうとするのである。彼女の変装は見破られてこの試みは失敗するが、不実な自分に対する妻の捨て身の愛を知ってヴァレンジャーは心から悔い改め、夫婦の和解が成立する。殺されたはずのセントローも実は彼の従者に変装していたチャレナーによって救われていたことが判明し、芝居は幸福な結末を迎えることになる。

最後の場面でアナベルが男装して夫の身代わりになろうとする行動は、もちろん、彼女のグリゼルダ的本性から少しも外れるものではない。自分の命さえも夫のために投げ出すというのは、耐え忍ぶ妻にとって究極の自己存在の証なのである。また、ヒロインの男装という趣向が当時の演劇では広範囲に好んで用いられたものであったことは周知の通りである。しかし、たとえ自分を犠牲にするための行動、自分を失うための行動であったとしても、アナベルが全面的な受動性を捨てて、一つの積極的行動に出たことは揺るがない事実である。そこには、自分を積極的に殺すことこそが自己確立の道であるというグリゼルダ型ヒロインの持つ究極のパラドックスが鮮明に浮き彫りにされている。

リアリズムとロマンスの融合

さらに興味深いことは、この芝居が、リチャード王が登場する段階に至って、ジャンルの混淆を示すことである。ヴァレンジャーがセントロー殺しの容疑で逮捕されるまでの展開は完全な現代劇であり、都市喜劇かドメスティック・ドラマとしての要素が濃厚であった。「ブリストルの美少女」アナベルを中心として、恋の鞘当て、夫の浮気、妻殺しの企てなどが、ブリストル市長サー・ゴドフリーの「家庭」を軸として展開していた。ところが、十字軍遠征から帰還したリチャード王が登場することによって、突如この芝居は中世を舞台にしたロマンス劇に変容するのである。国王の裁きによってすべてが解決されるという幕切れは、規範的なロマンス劇『クリオモンとクラミデス』（作者不詳、一五七〇）に示されるように、ロマンス劇の基本的な構造に従うものである。

この芝居の結末部分は、一方では、ドメスティック・トラジディーの形式にも合致している。この種の芝居では、犯罪者が処刑されることによって、芝居は終わることになっている。『ヨークシャーの悲劇』や『フェヴァーシャムのアーデン』のように、実際に処刑される前に芝居が完結する場合もあるが、『美しき女たちへの戒め』とロバート・ヤリントンの『二つの悲惨なる悲劇』（一五九四）の場合には、芝居の最後は処刑の場そのものになっている。具体的な演出方法については芝居のテクストから推測する他はないのだが、この二つの芝居では舞台上に処刑台が設定され、模擬絞首刑が演じられたようである（Hara 11–12）。実際には、二段構造の舞台の上部、すなわちバルコニー状の部分を絞首台に擬していたのであろうと思われるが、少なくとも『二つの悲惨なる悲劇』では、役者（あるいは人形か）がそこから首吊り状態でぶら下げられるというかなりリアルな方法が採られたらしいことがテクストからは推定される。『ブリストルの美少女』の最後の場面もまた処刑の場である。ここでも舞台上に処刑台（ただし、ここでは断頭台であろう）が存在したことは確実である。その証拠に、すべてが解決され処刑が中止されると、リチャード王が「その悲劇的道具を片づけよ」（F2v）と命じているのである。

ロマンス劇の終結部が国王による裁きの場であることは、ロマンス劇本来の構造に沿ったものである。国王の手によって善と悪はそれぞれに結婚と処罰という報酬を与えられるのがこの場面だ。『クリオモンとクラミデス』などにはその典型が見られるが、もう一つの規範的なロマンス劇であるナッシュの『夏の遺言』（一五九二）もまた、「裁判」という形式を持っていることを想起しておいてよいだろう。しかし、裁判を通り越して処刑の場が出てくるというのはロマンス劇とは相容れない要素の侵入である。ドメスティック・トラジディーでの処刑の場は、究極的なリアリズム追求の結果として生まれたものであった。アーデン殺し（『フェヴァーシャムのアーデン』）やサンダース殺し（『美しき女達への戒め』）という現実の事件を再現するこれらの芝居は、事実に忠実であることを基本的ドラマツルギーとしている。それが突き詰められたとき、ビーチ殺人事件を扱った『二つの悲惨なる悲劇』で、舞台上で犯人が肉切り包丁で犠牲者の死体を解体したり、処刑台の梯子を外されて彼の体が宙づりになるというショッキングな演出が行われることになったのである。ロマンス劇がこのようなどぎつい写実的リアリズムとは対極にあるジャンルであることは言うまでもない。

アナベルが男装したことが、このようなジャンルの混淆に果たした役割は大きいと言わざるを得ない。男装するということそれ自体が、彼女がひたすら受け身のグリゼルダではなく、自己のアイデンティティー確立のために積極的に行動する女性であることを示している。彼女のように夫に対する愛を自分の存在の拠り所として、そのために行動する妻というのは、ルネサンス期の芝居に何度か登場している。典型的な例を挙げれば、ミドルトンの『女の知恵と細腕に勝るものなし』（一六一一）のローウォーター夫人や、（娼婦が貞淑な妻に変身するという点で）いささか毛色が変わってはいるが、デッカーの『堅気の娼婦』（第一部、一六〇四、第二部、一六〇五）でのベラフロンテなどであろう。いずれも放蕩者の不実な夫のために男装し、身を挺して夫婦関係の危機を救おうと活躍する女性たちである。グリゼルダ的な妻でありながら、彼女たちに同居する受動性と能動性、その究極的パラドックスが近代的なドメスティック・ドラマを古い形式であるロマンスへ変容させ、さらには現代性の極致とも言える犯罪劇の処刑場面をそこに並立させることになったのである。

アナベルは結婚を破局から守るために行動したのであるが、一方では、夫殺しという極端な手段により結婚を破壊しようとする女性たちもドメスティック・ドラマには登場する。『フェヴァーシャムのアーデン』の

『フェヴァーシャムのアーデン』（1633 年の四つ折版）の口絵。アーデンが妻とその愛人、彼らの雇った殺し屋等によって自宅で殺害される場面。

大英図書館蔵 (643 C2)

アリス・アーデンや『美しき女たちへの戒め』のアン・サンダースなどがその典型だ。彼女たちは自分の欲望を実現するために何のためらいもなく殺人に向けて直進していく。そのある意味でのひたむきさは、彼女たちの態度がグリゼルダ的妻の態度と表裏でしかも一体の関係であることを暗示していると言えよう。これらの芝居の方が、カルバーリー殺人事件を題材とする二つの悲劇やデッカーの『グリシル』あるいは『ブリストルの美少女』などのロマンス劇よりもドメスティック・ドラマの代表作として名高いのは、作品としての完成度の高さだけが理由ではない。結婚において弱者の立場にある女性たちがなりふり構わず夫殺しに突き進むという物語には、家庭すなわち国家を、さらに大きく言うならば、近代資本主義社会を崩壊させるような恐るべき可能性が潜んでいる。そのことが与える衝撃がこれらの犯罪に走る妻たちの芝居に大きな力を付与していることは疑いない。

　自分自身を肉体的にあるいは精神的に殺すか、それとも配偶者を殺すか、そのような極端な形式でしか結婚の危機を解決できないというのが、ドメスティック・ドラマに見られる結婚と犯罪のディスコースなのであろうか。トーマス・ヘイウッドの『過ぎたる愛に殺されし女』（一六〇三）は、そのような二者択一ではない、新たな方向を示すものとして注目に値する。ここでの妻アンは姦通の罪を犯す、少し前の時代なら完全な悪妻とレッテルを貼られるべき存在だ。しかし、彼女は、アリス・アーデンのように、邪淫のために夫殺しを図ることなどゆめにも考えない。一方、裏切られた夫フランクフォードもまた逆上して彼女を殺したりはしない。彼は、「過ぎたる愛で殺す」こと、具体的には彼女を別荘に隔離し、悔恨の日々を送らせるという、「飼い殺し」にすることを選ぶのである。このことは妻を心理的に追いつめ、彼女は次第に衰弱していくが、同時に夫の方も心理的苦悩にさいなまれる。死にかけた妻の許に夫は駆けつけ、この夫婦は互いに罪を認め許し合うのである。ここにはグリゼルダでもなければ反グリゼルダでもない、真に近代的な妻の像を見ることができるのではないだろうか。妻殺し、子殺し、夫殺しの犯罪という形により、いわば極限状況の中で厳しい「試し」を受けた結婚というシステムは、人間の錯綜した心理の奥底へ向かうディスコースをついに生み出したのかもしれない。それはまた、一つの歴史的ディスコースの終わりを意味してもいるのである。

注

1 芝居の年代は原則として Harbage に依る。
2 グリゼルダ型のヒロインについては Comensoli (49–64) に詳しい。
3 ドメスティック・ドラマについての包括的研究としては Adams のものが古典であり、他に Carson や Dolan などがある。論文としては Lieblein のものが簡潔にまとまっている。従来はドメスティック・ドラマを悲劇に限定して捉えるのが一般的であったが、Comensoli はこの種のドラマの起源を中世にまで求め、喜劇やロマンス劇などかなり広範なジャンルを含むものと考えている。筆者も、以下の論考に示すように、基本的に Comensoli の見方を支持したいと考える。個別の作品の研究としては特に *Arden of Faversham* について多くの論文が書かれているが、その他の作品は論じられることが少ない。

4 テクストが散逸して現存しないものとしては Ralph Radcliffe, *The Rare Patience of Chaucer's Griselda* (1546) がある。

5 [ ]の部分はテクストが欠落しているため、筆者の推定。

6 "cry prentises and clubs" というかけ声は、例えば、Dekker, *The Shoemakers Holiday*, Scene 18, l. 30 同じく Dekker, *The Honest Whore*, Part 1, IV. iii などに見ることができる。

7 Cucking stool については本書六一—二頁を参照。

8 以下にこの部分の原文を示す。このウエールズ訛りの英語には解釈が困難な部分もある。

Owen. Owe, looge heere, fine wandes Gwenthyan, is not?

Gwe. Rees tag them and preag them in peeces.

Ric. What say you forsooth?

Gwe. What say you forsooth? you saucie knaue, must her tell her once, and twice, and thrice, and foure times, what to doe? preag these wands.

Ow. Rees is petter preake Rees his pate: heere Rees carry her home.

Ri. Would I were at gallowes, so I were not heere:

Gwen. Doe and her tare, doe and her tare, see you now, what shall her doe with wands? peate Gwenthyan? podie and mag Gwenthyan put her finger in me hole: ha, by God by God, is scradge her eies out that tudge her, that tawg to her, that loog on her, marg you that Sir Owen?

9 いずれも Malone Society 版による行数。

10 この部分は後に付加されたものであると考えられている(Sturgess 34)。

11 この場面はグリシルが侯爵から偽りの離縁を申し渡されて侯爵夫人としての豪華な衣装を次々にはぎ取られる場面と照応している。Philip で侯爵はグリシルに服を脱いで裸になって実家へ帰れと命ずる。

Come of dispoyle thy selfe, cast of thy rich araye,
From princlye state, to fathers house, all naked take thy waie.

グリシルはただちにその命令に従う。

Thy will forth with shall straight be done, obedyent I will be,
To doe the things my worthie Lord that you commaunded me.

しかし、さすがに裸のままで旅をするわけにはいかないので、粗末なスモックを着ることを求めて許されるのである。

Grant therfore this request to me wofull wight,
Let pittie subdue and vanquishe rancorus spite,
A symple Smocke to hide and couer my nakednes,
Be it neuer so simple I besech your goodnes, (Philip n.pag.)

引用文献

Adams, Henry Hitch. *English Domestic or, Homiletic Tragedy 1575 to 1642* 1943. Rpt. New York: Benjamin Blom, 1971.

Anonymous. *Clyomon and Clamydes*. Malone Society Reprints, 1913.

——. *The Fair Maid of Bristow*. Ed. John S. Farmer. Tudor Facsimile Texts. 1912. Rpt. New York: AMS, 1970.

——. *The Tragedy of Master Arden of Faversham*. New Mermaids. Ed. Martin White. London: Ernest Benn, 1982.

——. *A Warning for Fair Women*. Ed. John S. Farmer. Tudor Facsimile Texts. 1912. Rpt. New York: AMS, 1970.

Boccacio, Giovanni. *The Decameron*. 2vols. Trans. J. M. Rigg. London : Dent, 1930.

Briggs, John, Christopher Harrison, Angus McInnes, and DavidVincent. *Crime and Punishment in England: An Introductory History*. New York: St. Martin's, 1996.

Carson, Ada Lou and Herbert J. Carson. *Domestic Tragedy in English: Brief Survey*. 2vols. Salzburg: Universität Salzburg, 1982

Comensoli, Viviana. *'Household Business': Domestic Plays of Early Modern England*. Toronto: U of Toronto P, 1997.

Dekker, Thomas, Chettle, Henry, and Haughton, William. *The Pleasant Comedy of Patient and Meek Grissil*. Ed. Fredson Bowers. *The Dramatic Works of Thomas Dekker*. II. Cambridge: Cambridge UP, 1964.

——. *The Honest Whore*. *The Dramatic Works of Thomas Dekker*. II.

——. *The Second Part of The Honest Whore*. *The Dramatic Works of Thomas Dekker*. II.

——. *The Shoemakers Holiday*. Ed. Anthony Parr. New Mermaids. London: A & C Black, 1975.

Dolan, Frances E. *Dangerous Familiars: Representations of Domestic Crime in England, 1550–1700*. Ithaca: Cornell UP, 1994.

Hara, Eiichi. "The Absurd Vision of Elizabethan Crime Drama: *A Warning for Fair Women, Two Lamentable Tragedies, and Arden of Faversham.*" *Shiron* 38 (1999) : 1–36.

Harbage, Alfred. Rev. S. Schoenbaum. *Annals of English Drama 975–1700*. 3rd Edition. Rev. Sylvia Stoler Wagon Heim. London : Routledge, 1989.

Heywood, Thomas. *A Woman Killed with Kindness*. Ed. Brian Scobie. New Mermaids. London: A & C Black, 1985.

Lieblein, Leanore. "The Context of Murder in English Domestic Plays, 1590–1610." *Studies in English Literature 1500–1900* 23 (1983): 181–196.

Massinger, Philip, and Field, Nathan. *The Fatal Dowry*. English Verse Drama Full-Text Database.

Middleton, Thomas. *No Wit Not Help Like a Woman's*. Ed. Lowell E. Johnson. Lincoln: U of Nebraska P, 1976.

Nashe, Thomas. *Summer's Last Will and Testament.* Ed. J. B. Steane. *The Unfortunate Traveller and Other Works.* Harmondsworth: Penguin Books, 1972. 146–207.

Philip, John. *The Commodye of Pacient and Meeke Grissill.* English Verse Drama Full-Text Database.

Porter, Henry. *The Two Angry Women of Abington.* Malone Society Reprints, 1912.

Shakespeare, William. *Othello*. Ed. M. R. Ridley. London: Methuen, 1958.

——. *King Lear*. Ed. Kenneth Muir. London : Methuen, 1964.

——. *The Winter's Tale.* Ed. J. H. P. Pafford. London: Methuen. 1966.

Sturgess, Keith, ed. *Three Elizabethan Domestic Tragedies*. Harmondsworth: Penguin Books, 1969.

Wilkins, George. *The Miseries of Enforced Marriage*. Ed. Arthur Brown. Malone Society Reprints, 1964.

Yarington, Robert. *Two Lamentable Tragedies*. Ed. John S. Farmer. Tudor Facsimile Texts. 1913. Rpt. New York: AMS , 1970.

「結婚のディスコース」と女性の主体、男性の暴力

――女性作家・男性作家の場合――

楠　明子

イギリス・ルネサンス期社会の結婚観[1]は、概して女性の主体を抑圧し、そのディスコースに反した行動をとる女性にはひどく暴力的な措置がとられたが、皮肉にも同時にそれは、女性が自己を認識する絶好の機会を与えることにもなった。近代初期のイギリスを生きた女性たちの多くは、家父長制社会が掲げる女性のあるべきイメージに直面した時、そのイメージと、自分自身が意識する「自己」とが大きく乖離することを認識するようになった。とはいえ、社会から押しつけられたイメージに包含されない「自己」をどんなに強く意識しても、ほとんどの女性は伝統的な結婚観に真っ向から挑戦するようなことはせず、夫に従順で貞節な妻となることで、女性に与えられた役割を演じようとした。

しかし、現存する史料には、伝統的な結婚観に反逆し、性的逸脱に走った女性の記録も多く残されている。特にその例は、貴族階層の女性に多くみられる。たとえば、フィリップ・シドニーが憧憬した女性として知

られるペネロピー・リッチ夫人は、後見人が取り決めたリッチ卿との結婚に満足せず、長年、マウントジョイ卿（後のデヴォンシャー伯）と不倫関係をもち、五人の庶子を生んでいる。結局、一六〇五年にはデヴォンシャー伯との再婚にこぎつけるが、英国国教会はごく特別の場合以外は再婚を認めなかったので、ジェイムズ国王の怒りを買い、宮廷で大スキャンダルとなった（Rawson 278–91）。

また、後に法曹界の大物となるエドワード・クックは、一六一六年に娘のフランセスを、彼女と妻のハットン夫人の強い反対にも拘らず、時の権力者バッキンガム公の兄で精神異常の徴候があったジョン・ヴィリアード（後のパーベック子爵）と無理矢理結婚させた。しかし、フランセスはこの結婚に順応できず、やがてロバート・ハワードと不倫の関係をもち庶子を生む。その子にロバート・ライトという名をつけ、子供が夫の子ではないことを毅然とした態度で世の中に知らしめた（Norsworthy 117–145）。

社会が女性に期待するイメージと、自らが意識する「自己」とのギャップを埋めようとして、当時の「結婚のディスコース」に反旗を翻した女性のうち、最も注目すべきはメアリ・ロウス（一五八七?—一六五一?）である。彼女はフィリップ・シドニーとメアリ・シドニーの姪にあたり、一七歳の頃に大地主の嫡男、ロバート・ロウスと結婚するが、一六一四年に夫が死んだ後、結婚前から恋人の関係にあった従兄のウィリアム・ハーバート（第三代ペンブルック伯）との間にキャサリンとウィリアムという二人の庶子を生んでいる（Wroth, ed. Roberts, *The Poems* 3–40）。メアリ・ロウスは、作家という立場をとることによって、女性のアイデンティティに存在するギャップの意味を徹底的に追究した点で、「結婚のディスコース」を受け入れることができずに不倫に走ったルネサンス期イギリスの他の女性たちとは異なっている。

ロウスは一六二一年、散文のロマンス『モンゴメリー伯爵夫人のユーレイニア』を刊行し、同じ頃、『恋の勝利』と題されたイギリスの女性による初の牧歌劇も書いている。『ユーレイニア』の巻末には、「パンフィリア

アーチリュートをもつレイディ・メアリ・ロウス
ペンズハースト館当主ドゥ・ライル子爵所蔵

からアンフィランサスへ」というソネット詩集が付されているが、これはイギリス初の女性によるソネット詩集である（『ユーレイニア』の第二部は約四世紀もの間、手稿のままになっていたが、一九九九年末、初めて刊行された[2]）。

これら一連の作品を通し、ロウスは一貫して、女性に主体を認めるのを拒絶する社会で女性が自己認識をもって生きるということは、どのような意味をもつのかを探究している。特に『ユーレイニア第一部』には、自らが意識する「自己」と、当時の「結婚のディスコース」が定義する女性のアイデンティティとの不一致に悩む女性が多く登場する。

イギリス・ルネサンス期において社会が掲げる「結婚のディスコース」と女性の自己認識の関係を描いたもう一人の女性作家は、フォークランド子爵夫人エリザベス・ケアリ（一五八五―一六三九）である。ケアリは、一六一三年に出版されたイギリス人女性による初の悲劇である『ユダヤの女王、メアリアムの悲劇』(一六〇三年頃の作)のなかで、社会通念との軋轢を見つめることで「自己」を構築していくヒロインのメアリアムを描いている。メアリアムは、ロウスの描く女性と異なり、不義は犯さない。しかし、ケアリが後に書いた歴史物語、『エドワード二世の生涯と治世そして死』(一六二六年頃)[3]では、イザベラ王妃の置かれた理不尽な状況が強調され、王妃の不倫は一方的に批判されず、寛大に扱われている。この作品は知られている限り、イギリス女性による初の歴史物語である。

このように、ロウスにしろケアリにしろ、女性を作者とするイギリス初のロマンスや悲劇のなかで、物語の展開を当時の「結婚のディスコース」と関わらせている点は注目に値する。

イギリス・ルネサンス期の男性の劇作家も、妻の結婚生活への不満や不倫を扱う作品を多く書いているが、そのアプローチは概して女性作家のものとは大きく異なっている。男性作家のほとんどは妻の不倫や結婚生活への不満を、中世以来女性性の特徴とされていた「弱さ」や強い性的欲求に起因するとして片づけ、女性が「結婚のディスコース」と「自己」の間に感じるギャップの意識を、深く追究することをしない。

男性作家によるイギリス・ルネサンス演劇に登場する男性の多くは、女性のアイデンティティを身体の表面に表われた一貫したものとして捉え、男性から独立した「自己」を内面に保持していることなどあり得ないと考えている。彼らは、女性登場人物の外見が内面とくい違っている場合、女性の「二重性」あるいは「欺瞞」とみなす。これに対し、ロウスやケアリは、女性のアイデンティティを多面性をもつものとして描く。彼女たちの作品においては、女性の内面の想いと外見の間に存在するギャップは、自己認識をもつ女性なら誰もが必ず経験せざるを得ないものとして扱われている。さらに、女性が社会のなかで生きていくには、表面上は周りから期待される女性の役割を演じ、その仮面の下に「自己」を隠す演技をしていくしかないと考えられている。ロウスやケアリの描く女性登場人物の多くは、自らの想いを内に秘め、男性がそれを知ろうとすると拒絶する。男性登場人物はこれらの女性の想いを自分のものにしようとして暴力を用いることもあるが、彼女たちの抵抗はより強くなる。

さて、ここで、これらの女性登場人物が認識する「自己」とは、一体何であったのかを考えてみる必要がある。女性の自己認識は当然ながら、社会のさまざまな要素と関わって構築されるものであって、構築される過程においても、認識される過程でも、周りの社会の影響を強く受け変わりやすく、その存在はきわめて不安定である。女性登場人物自身は自らを主体として考えていても、キャサリン・ベルゼイ（*The Subject of Tragedy*）やジュディス・バトラー（*Gender Trouble*）が論じているように、実際には彼らの「自己」とは文化の構築物にすぎず、社会から独立した絶対的なものが彼女たちの内面に備わっているわけではない。彼女たちの「自己」とは、実はそれが構築される過程で、彼女たちがその束縛を受けるのを拒絶する社会通念の影響を大きく受けているのである。

しかし、社会が決めつける女性のあるべき姿と、自分が考える「自己」との間に、大きなくい違いのあることを女性自身が認識すること自体が、女性に関わる社会通念の変化に重要な意味をもたらす。この認識は、既成の考え方とは異なる角度から女性を、また人間をみる視野を生み出すきっかけとなり、イギリス・ルネサンス期の文化に大きな影響をもたらすことになった。

女性の自己認識に関して、イギリス・ルネサンス期の男性劇作家とロウスやケアリといった女性作家に共通していえるのは、男性の登場人物が、女性、特に妻が彼らのコントロールを超える想いを内面に秘めていると察すると、彼女たちの肉体に暴力を振るったり、あるいは「狂人」とみなすことで精神的な暴力を振るったりする傾向があることである。しかし、男性作家とロウスやケアリによるこの問題の扱い方は異なっている。男性登場人物が女性登場人物の自己認識を抹殺するために暴力を用いる際、男性作家による表象にはグロテスクな要素が取り入れられることが多いのだ。この効果は、女性登場人物が外見の下に隠す「自己」がグロテスクであることを示唆する場合もあるが、またそのような暴力を男性に許容する家父長制のグロテスクな側面を浮き彫りにすることもある。[4]

一方、ロウスやケアリの場合は、女性のアイデンティティに存在するギャップを表わす時にグロテスクなイメージを用いない。その代わり、女性がアイデンティティの多面性を演じる「演劇性」を強調する。「自己」を内面に隠しながら、同時に社会からあてがわれた役割を演じていく過程で生まれるものとして、女性のアイデンティティを描いているのだ。ロウスとケアリの作品には、この演技を上手にこなせる女性と下手な女性が登場する。つまり、自分の想いを男性登場人物、特に夫からうまく隠し通して、伝統的な女性の役割を見事に演じることのできる女性と、それができない女性が登場するのである。

本稿においては、イギリス・ルネサンス演劇における女性の主体と男性の暴力の表象を、当時の「結婚のディスコース」との関わりに焦点を置き、女性作家の作品、特にメアリ・ロウスの『ユーレイニア』における表象と比較しながら検討してみたい。

I

『ユーレイニア第一部』に登場する女性は、自らのアイデンティティをうまく演じきることができるか否かによって、大きく二つのグループに分けることができる。特にリミーナに関わるエピソードは、ロウスが女性のアイデンティティの分裂、すなわち女性が自分自身で認識する「自己」と外部にみせる「自己」との分裂を、最も顕著に表わしている。

リミーナの夫のフィラーガスは、妻が自分と結婚する前に恋仲であったペリサスを今でも愛していると察し、彼女に現在の想いを告白させようと、次々と精神的あるいは肉体的な拷問にかける。エリザベス・ハンソンが論じているように、拷問とは、拷問にかけられる人の肉体に「真実」が隠されていると想定し、暴力によってその真実を引き出そうとする行為である（Hanson 24）。フィラーガスがリミーナに与える拷問は、彼が夫であるために、彼自身の立場を複雑にする。つまり、当時の「結婚のディスコース」では、夫は妻の真意を知る権利があり、また夫は妻の「頭《かしら》」（"head"）であって、妻は夫に絶対的に従順でなければならなかった。つまり、逆に言えば夫のアイデンティティは、妻の精神的および肉体的な意味での「貞節」に大きく依存していたのである。したがって、もしフィラーガスの拷問が成功し、妻の真の気持ちが明らかになれば、彼は夫としても男性としてもアイデンティティを失うことになる。こうした矛盾を抱えながらも、フィラーガスは執拗に妻を拷問し続ける。

そんなフィラーガスに対するリミーナの態度は彼を激昂させ、かつ戸惑わせる。彼女は、性的に夫を裏切っていないという理由で、夫から与えられた〈不貞な妻〉というレッテルを拒絶するばかりか、夫といえども自分の内面の「真実」を知ることはできないと、堂々と言ってのけるのである。リミーナは、自分の内面に存在する「自己」は、夫の暴力によって傷つけられる肉体とは全く別のものであるとして、分裂したアイデンティティを主張する。彼女は、召使に託した愛するペリサス宛ての手紙のなかで、自分は夫に対して次のように言ったと報告している。

確かに私のこの不幸な肉体は、夫であるあなたの手中にあるのですから、お望みなら死に至らしめようともご自由です。けれど私の肉体は、陰謀に甘んじるような、またみじめな状況に屈服してしまうような心を宿すほど堕落してはおりません。

（『ユーレイニア第一部』一三頁）

のちにリミーナはペリサスと再会するが、その時彼女は、夫が自分に与えた拷問を再び語って聞かせる。この時のリミーナの話では、二点に注目する必要がある。一つは、フィラーガスが彼女の肉体に暴力を与えた様子と、彼女が毅然と拷問に耐えた様子をペリサスに語る際に、自分が夫の権威に包含されない「自己」を保持したことを強調していること。もう一点は、リミーナは恋人のペリサスと応対する時でさえ、主体としての自分を主張していることである。リミーナはナレーションを操作して、ペリサスに自らの高潔さを印象づけようとしているばかりか、自分の肉体の美しさを披露して、彼を魅惑しようとしているのである。

「フィラーガスは私の胸元をはだけて、たくさんの傷を負わせました。その跡はほら、まだここに残っています」（フィラーガスの残忍さの痕跡を見せようとして、彼女は上着をさらに少し下ろした。）

その傷は、いまではすっかり癒えてはいるものの、見る側のペリサスの心は新たに傷を負い、これまで彼が経てきたいくつもの冒険で受けた傷のどれよりも、はるかに大きな痛みを与えた。

（『ユーレイニア第一部』八七頁）

このように、リミーナに関するエピソードでは、夫の暴力にも拘らず、彼女が毅然と「自己」を保ち続ける様子が描かれ、最終的な勝利はリミーナに与えられている。そればかりでなく、自分が受けた拷問をペリサスに報告する時に、彼の欲望を刺激するようにナレーションを操作することを、作者のロウスはリミーナに許しているのである。

　フィラーガスとの結婚生活を通して、リミーナは外見上は夫に従順な妻の役割を演じることで、恋人に対する気持ちを隠し、演劇的な「自己」を演じるのにある程度は成功した。しかしフィラーガスが、リミーナの外見と内面が一致していないと気づくからには、彼女の演技が完璧であったとはいえない。フィラーガスが彼女に「真実」を語らせようと拷問を与え始めると、リミーナは演技を止めてペリサスへの想いを告白し、夫への憎悪をあらわにする。そして、自分の心の内部に宿る「自己」を夫が所有することをはっきりと拒絶し、彼女のアイデンティティに存在していた亀裂を明らかにする。このように、リミーナは「自己」を演技することに長けていた演技者というわけではないが、ロウスはこのエピソードをハッピー・エンディングで終わらせている。フィラーガスは妻を拷問で苦しめた後、悔悛をして死ぬ。そして死に際には、リミーナがペリサスと再婚することを許しさえするのだ。

　しかし、『ユーレイニア』に登場する分裂したアイデンティティをもつ女性のほとんどは、リミーナのような幸福を得ることはない。ロウス自身をモデルにしていると一般にみなされているベラミーラ[5]の場合は、恋人がいるにも拘らず、強制的にトレボリウスと結婚させられる。結婚式で彼女は、分裂した自分を認識する。

そのあと、結婚式が続いた。私は愛人とトレボリウスの間に立ち、そして自分自身を愛する人からトレボリウスへと渡さなければならなかった。何という苦しみであったことか。トレボリウスではなく、もう一人の男性の方を向くことができたらどんなによいかと思った。しかし、私の想いはかなわず、私の肉体はトレボリウスに、そして心は愛するあの方に渡した。こうして私は、自分自身を二つに分裂させてしまった。といっても、二等分したのではなく、大きい方を愛する人にあげたのだった。

（『ユーレイニア第一部』三八八頁）

リミーナと異なり、ベラミーラは恋人と結ばれることは永遠にない。それどころか、夫が生きているうちから、彼女に欲望を抱くダルマティア国王に追いかけ回される。夫の死後も王との関係はさらに続く。このように、ベラミーラは永遠に自己分裂に悩む女性として描かれている。

女性の主体との関係で、ルネサンス期イギリスの「結婚のディスコース」の最大の問題点は、妻の心に宿る「自己」を夫が所有する権利があるとみなす考えである。社会で当然のこととされていたこの考えに、メアリ・ロウスやエリザベス・ケアリは大きな疑問を投げかけた。エリザベス・ケアリは『メアリアムの悲劇』のなかで、この通念をコーラスに代弁させ、自分の想いを夫に知らせまいとするメアリアムを非難させる。

妻が夫に添い遂げるということは、
自分を完全に捨てるということではないのでしょうか?
それとも夫に体は与えても、心は渡さないということなのでしょうか。
最も尊い心は夫以外の人に捧げられるように。
　いやいやそんなことは許されません。妻の想いは妻のものではないのです。
だから夫以外の誰にも知らせるべきではないのです。
そんなことをすれば、妻は夫の権利を侵すことになります。

（『メアリアムの悲劇』三幕三場一二三七―四三行）[6]

しかしケアリは、夫の権利を主張するコーラスの考え方とメアリアムの認識を、大きくくい違うものとして描いている。

メアリアムは夫のヘロルドが、主体をもつ人間としてではなく美しい所有物として自分を扱うことに強い反感を示す。ヘロルドはシーザーに呼ばれてローマに旅立つ前、腹心の臣下ソヒーマスに、メアリアムとその母を幽閉し監視するように命じた。さらに、もし自分がローマから無事に帰還できない場合は、メアリアムが再婚しないように彼女を殺害するよう命じておいた。このことをメアリアムはソヒーマスから聞き、憤慨する。そして、夫が無事帰還しても歓迎せず、また夫と床を共にすることを拒絶する決心をする。帰国したヘロルドは、妻の思いがけない反逆に接し、メアリアムが自分の留守中、ソヒーマスと不義を犯し自分を裏切ったと思い込み、平素からメアリアムに悪意を抱いていたヘロルドの妹サロメに唆されたこともあって、メアリアムを処刑してしまう。処刑を目前にしたメアリアムは自らの人生を振り返り、自分の高潔さを信じるあまり、社会が妻に要求する夫への「従順さ」の重みを充分考慮しなかったために、命を落とすことになったと悟る。つまり、自分は「賢い」生き方をしなかったことを強く認識するのである。

私が美しさだけでなく謙虚さをももっていたならば、
賢く生きることができたでしょうに。
私自身が自分の貞節さを知っているのだから、
高潔の証しとしては、それで充分だと思っていた。

貞節であれば、謙虚さをもそなえた女性の栄光を表わすことができると思っていた。
けれど、貞節さと謙虚さのどちらか一つが欠けている場合は、
一体誰が味方になってくれるというのでしょう。
(『メアリアムの悲劇』四幕八場一八三三―四〇行)

メアリアムは自分が、演劇的「自己」を演じるのが下手であったことを認める。しかしこの後直ちに、「結婚のディスコース」の束縛を受けない「自己」を再び主張し、主体をもって生きてきた自分の人生に誇りを感じて死んでいく。

つらい思いをしたけれど、
常に潔白であったことが私の喜び。
あの人たちが私の命を破壊できたとしても、
私の魂はどんな邪悪な力にも屈しない。
(『メアリアムの悲劇』四幕八場一八四一―四四行)

ヘロルドは妻の肉体に、ソヒーマスに対する欲望という「真実」が隠されていると思い込み、拷問にかけてその「真実」を引き出そうとする。アイデンティティの演じ方を誤ったために、メアリアムは自らの死を招いてしまったが、最後に作者は彼女に勝利を与えている。ヘロルドは『ユーレイニア』におけるフィラーガスのように、自分が妻を苦しめたことを深く悔やみ、フィラーガスと違って死にはしないものの、メアリアムの死後、半狂乱となり、彼女の命が復活することを熱願する。このように、ロウスもケアリも女性の主

体の構築の基盤を、女性自身の心に存在する自己認識と、社会通念が定義する妻のあり方との間にある矛盾に置いている。

男性作家によるイギリス・ルネサンス演劇でもしばしばこの矛盾は扱われているが、その対応の仕方は、ロウスやケアリといった女性作家とは大きく異なっている。男性作家の場合は、女性が認識するこの矛盾を女性独特の「二面性」あるいは「欺瞞」とみなし、時には、妻の不倫を夫殺しにさえ発展するものとして描いている。

たとえば、作者不詳の劇『フェヴァーシャムのアーデン』(一五九一)のアリスは、野心の強い土地成金のアーデンとの結婚生活に日頃から不満を抱いていた。しかし、彼女はその不満も、恋人モズビーに対する欲望も、夫からうまく隠し、「妻」の役割を上手に演じていた。そのため、夫のアーデンは妻の背信にも、妻が自分に殺意を抱いていることにも全く気づかず、結局、モズビーと共謀したアリスの策略によって殺される。

トマス・ミドルトンもほとんどの作品において、女性の自己認識に対して同様の姿勢をとっている。たとえば『女よ、女に心せよ』(一六二一)において、リヴィアは女性の「欺瞞」をまさしく体現する女性として描かれているが、彼女の姪の年若いイザベラは、叔父のヒッポリトとの情事を続けるための手段として「欺瞞」を身につけていく。一方、ヒロインのビアンカは劇の初めから「二面性」をもつ人物として登場する。外見は無知で従順な良家の子女であるにも拘らず、両親を騙し、社会階層のずっと低いレアンティオと駆け落ちして、フィレンツェに連れてこられたところから劇は始まる。ここで美しいビアンカは、彼女を見初めたフローレンス公爵に凌辱されてしまう。ところが、彼女はやがてその公爵を愛するようになる。愛人となった公爵への欲望を夫から隠そうとして、ビアンカがもともともっていた「二面性」は、ますます複雑なものへと変貌していく。そして、ついには劇世界を混沌の渦に巻き込み、最後に舞台に残るのは死体の山である。ミドルトンはこの作品においても、あるいはウィリアム・ロウリーとの共作『チェンジリング』(一六二二)においても、女性がもつ「二面性」は「欺瞞」へと発展し、それは劇世界全体を不条理で混沌とした結末に導く要因であるとして描いている。ちなみに、ビーアトリス=ジョアナというヒロインの名前そのものにも彼女の「二面性」が示唆されている。

このように、イギリス・ルネサンス演劇においては女性の欲望が、劇全体のアクションの中心に結びつけられることが多いが、そのほとんどは、妻の不倫という形で表わされる。男性作家の多くが女性の欲望を、中世以来女性の本性とみなされていた「二面性」や「欺瞞」と関わらせて描いているのに対し、このようなステレオタイプな描き方をしていない例外的作品がある。たとえば、ジョン・ウェブスター作『モルフィ公爵夫人』(一六一四)とシェイクスピアの『アントニーとクレオパトラ』(一六〇七)がそれにあたるが、これらの作品については後に考察する。

男性作家による劇に登場する男性のなかには、女性のアイデンティティに外見と内面のギャップが存在すると察すると、肉体的あるいは精神的暴力を加えたり、拷問を与えたりして、このギャップを抹殺しようとする人物がいる。この場合、特に注目すべき点は、男性登場人物が女性登場人物の「自己」を支配できないと認識して彼女を拷問にかける時、男性作家はそのアクションを描くのにグロテスクな要素を取り入れる傾向があることである。舞台上で演じられる互いにかみ合わないアクションから生まれるグロテスクな残酷さは、男性の権威に屈しまいと必死に抵抗する女性の主体を軽視したいという、男性登場人物の願望を表わす効果もある。

その一例として、『モルフィ公爵夫人』のなかのファーディナンドによる公爵夫人の拷問の場を考えてみたい。四幕一場でファーディナンドは、暗闇のなかで兄の許しを求める公爵夫人に、和解を承諾して手を差しのべたようにみせかけ、実は死人の腕を渡す。またこの後、身分違いのアントニオとの秘密結婚の正当性を信じて抵抗し続ける公爵夫人の信念を挫こうと、ロウ人形で作ったアントニオと息子の死体を彼女に見せる。兄と和解できたと思って兄の手をしっかりと握っているうちに夫人がその手の異様さに気づいていく前者の場、また夫と息子が殺害されたと思い込み、公爵夫人が半狂乱になる後者の場では、公爵夫人のショックと悲しみ、そして戸惑いが、たとえがたく大きいことは言うまでもない。しかし、ファーディナンドの科白から、すでに実情を知っている観客の目からみれば、いかに公爵夫人が哀れに思えても、ロウ人形という模造品を本物の夫と息子と思って絶望する彼女の有り様は、どこか滑稽であるし、また彼女が死人の腕を兄の手と思ってしっかり握る場も、おぞましいと同時に滑稽でもある。恐ろしさ、悲しみ、滑稽さが混在するこれらの場では、夫人の絶望感はどこか空虚にみえてしまう。もちろん、これらがファーディナンドの仕掛けた芝居であることを観客が知っていること自体が、夫人の置かれた状況の残酷さを強調し、彼女の感情をより痛ましくしていることも事実である。

ファーディナンドが公爵夫人に与える拷問のグロテスクな面は、次の場である四幕二場でも強調されている。これほどまでに苦しめられてもアントニオとの結婚を後悔しない公爵夫人の自己認識を完全に破壊しようと、ファーディナンドは家臣のボゾラに命じて、この場で夫人の館に狂人を放す。さまざまな原因によって正気を失った狂人たちと、夫と子供たちが殺害されたと思い込んで絶望に沈み、それでもなんとか正気を保とうと努力する夫人との間に、意味の通じない会話がもたれる。この不条理な、そして滑稽な場は、しばしば観客の笑いを誘う。ファーディナンドが仕掛けた拷問の残酷さと、精神的なバランスを崩そうとしている公爵夫人の深い悲しみを、観客は充分理解している。しかし同時に、夫人の悲しみは、狂人たちが口にする辻褄の合わない言葉の滑稽さと不自然に混ざり合い、結果としてグロテスクな効果をもたらす。

ファーディナンドは、喜劇的な要素と悲劇的な要素が不釣り合いに混在している拷問を用いることにより、家父長としての兄たちの権威や王族である彼女自身の地位に対して彼女が不条理な反逆行為を犯したことを暗示する。同時にこのグロテスクな拷問は、夫人の「自己」の主張や精神的な苦悩からその意味を剥奪しようとするファーディナンドの意図をも表わしている。しかし、ウェブスターはファーディナンドによる拷問を、結局は夫人の自己認識を破壊することができないものとして描いている。何をされても夫人はアントニオとの結婚を悔やまない。むしろファーディナンドの拷問は、無意識のうちにも妹に強い欲望を抱く彼自身のグロテスクな面を強調することになる。しかも、最後に正気を失うのは夫人ではなく、拷問を繰り返すファーディナンドの方であり、間接的とはいえ、作者が夫人の主体の主張に理解を示していることがうかがえる。

男性登場人物が女性の主体を破壊しようとして行なう拷問に、グロテスクな要素が取り入れられている他の作品は、シェイクスピアの『タイタス・アンドロニカス』(一五九四)である。ゴート族の女王タモーラは、劇の冒頭でゴート族を打ち破ったローマ軍の捕虜として登場する。ローマの将軍タイタスは、タモーラの長男を犠牲として殺させたことから、彼女の恨みを買う。タモーラの復讐を果たすために、彼女の愛人エアロンは彼女の二人の息子たちを唆し、タイタスの娘ラヴィニアを強姦させる。さらに、ラヴィニアが誰にも告げ口できないように、彼女の舌と手足を切断させる。それでもラヴィニアは、口に杖をくわえ地面に敵の名を書くことによって、自分をみじめな姿にしたのが誰であったかを父に知らせる。そして、皇帝の弟殺しの罪を着せられた息子たちの件でも騙されていたことを知ったタイタスは、タモーラに対する最も効果的な復讐を計画する。タイタスは、彼女の二人の息子を殺し、彼らの肉入りのミート・パイを作り、最終幕の饗宴の場で、タモーラに食べさせるのだ。ミート・パイを宴会場に運んでくるのはコックの格好をしたタイタスである。実際にこの場を見た観客の多くは、口にしたミート・パイの中身が息子の肉であることを知ったタ

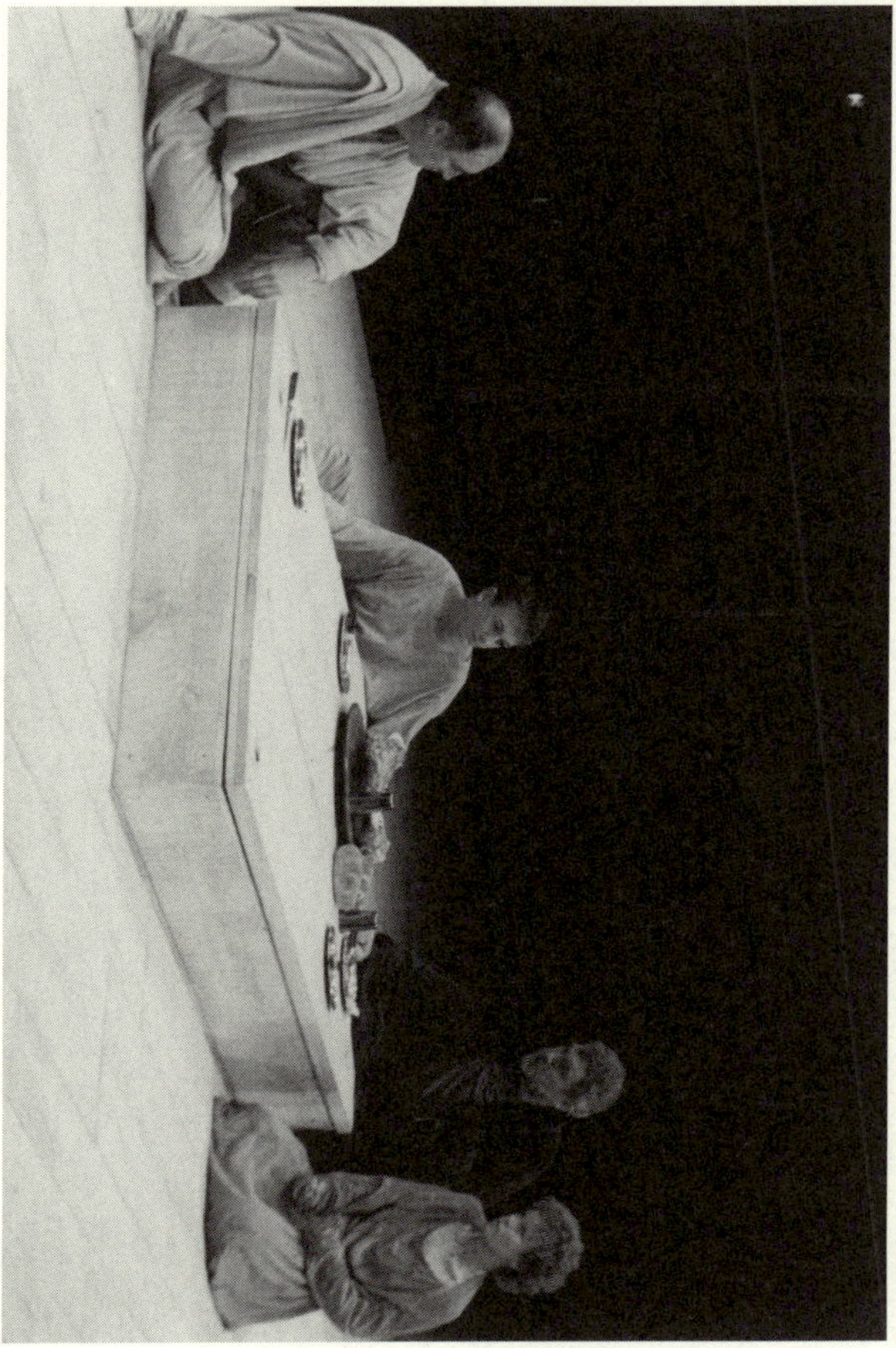

ロイヤル・シェイクスピア劇団上演（1987年）『タイタス・アンドロニカス』五幕三場「ミート・パイ」の場面。
デボラ・ワーナー演出、シェイクスピア・センター・ライブラリー所蔵（ストラットフォード・アポン・エイヴォン）

モーラのショックと悲しみを、感情的には理解できるものの、笑いをこらえることはできない。[7]

ローマの新皇帝サターナイナスがタモーラの性的魅力に屈してしまい、捕虜であった彼女はローマ皇帝の妃となる。しかし彼女には、ゴート族の女王であった時からエアロンという黒人の愛人があり、劇中、彼女はエアロンの子を産む。子供の肌の色が黒かったため、自分の不倫が人々に知られるのを恐れたタモーラは、生まれてきたばかりの赤ん坊を殺そうとさえする。このように自己中心的で欲望の強いタモーラには、普通の復讐のやり方では効果がないことをタイタスは承知していた。

この場でタイタスの復讐がもたらすグロテスクな効果は、ウェブスターが描く公爵夫人の拷問の場におけるように、タモーラの理不尽な自己主張を明らかにすると同時に、その意味を剥奪しようとするタイタスの願望を表象している。『モルフィ公爵夫人』に登場するファーディナンドのように、タイタスも、主体性の強い女性を屈服させるには、グロテスクな効果をもつ攻撃のみが有効であることを認識していたのだ。

ファーディナンドにしてもタイタスにしても、公爵夫人やタモーラのような、どんな苦しみをも撥ね返す強い精神力をもつ女性の場合には、普通に苦しみを与えるだけでは男性の権威に従わせることはできないことを知っていた。別の言い方をすれば、ウェブスターにしてもシェイクスピアにしても、当時のイギリス社会で常識とされていた「結婚のディスコース」が、モルフィ公爵夫人やタモーラに代表されるような自己主張の強い女性には通用しないことを、これらの作品のなかで明らかにしているのだ。

近年、イギリス・ルネサンス演劇の上演の際に女優が不在であったことの意味が、社会的およびセクシュアルな文脈から活発に研究されてきた。[8] しかし、男性作家が少年俳優という男性の肉体を通して女性の自己認識を表象する際に、グロテスクな要素が取り入れられる傾向があることの意義は、まだあまり注目されていない。観客が舞台上のアクションの虚構性を認識していること、特に、主体であることを主張する女性登場人物が実は少年俳優が演じる虚構の人物であるという意識は、どのような効果をもたらしたのであろうか。女性の主体を認めない当時の家父長社会において、男性の自己認識にとって脅威となり得る女性の自己主張が男性の俳優によって演じられることにより、その虚構性は男性観客の感じる脅威を和らげる効果をもったであろう。さらに、男性登場人物が女性の自己認識を剥奪しようとして行なうアクションの表象に、グロテスクな要素が組み入れられることは、すでに述べてきたように、女性の「自己」の認識の意味を剥奪しようとする男性登場人物の意図を表わす役割も果たす。その場合、男性の俳優が女性を演じるという虚構性がはっきりと想定されている舞台の方が、このようなグロテスクなアクションは演じやすかったのではないだろうか。同様なことが、いくつかの歌舞伎の作品にもいえるように思われる。[9]

II

男性作家とは対照的に、メアリ・ロウスもエリザベス・ケアリも、女性の自己認識の強靭さを描く時にグロテスクな要素を導入することはない。その代わりに彼女たちは、女性が認識する「自己」と、社会から要求される「自己」とのギャップの意味を徹底的に追究する。すでに述べたように、ロウスの場合は女性登場人物を大雑把に二種類に分ける。つまり、社会から期待される「自己」を上手に演じ、自分のアイデンティティの二面性をバランスよく演じ分けることのできる女性たちと、その試みに失敗する女性たちである。

『ユーレイニア第一部』における最も上手な演技者は、もちろんパンフィリアである。彼女のアイデンティティは複数の面から成る。パンフィリア王国の女王であり、モウリア国王の従順な娘でもあり、またナポリ国王アンフィランサスに恋する情熱的な女性でもある。アンフィランサスが不貞であるために、彼女は常に内面に悩みを抱えているが、彼に対する忠実な愛を貫くことにより、「自己」を構築しようとする。アンフィランサスの度々の裏切りにも拘らず、他人の面前では幸福そうに振る舞い、女性に与えられた役割を見事に演じることにより、心に宿る「真実」をうまく隠し通すことができる。パンフィリアが演技上手であることは、ヘザー・ワイデマンが指摘しているように（Weidemann 191–209）、彼女の女王としての権威を保つことには役立つが、同時に、内面と外面のギャップから生じた自己分裂の状況に彼女を永久に追い込み、時には自己認識を揺るがすことにもなる。パンフィリアの苦しみを見かねた彼女の親友のユーレイニアは、不誠実な恋人のために自己を犠牲にするのは無駄であるから、アンフィランサスに忠実を貫くのは止めたほうがよいと忠告する。しかしパンフィリアは、問題はアンフィランサスが忠実か否かということではなく、自分が忠実さを保つことによって「自己」を確立できるかどうかにあると言って、ユーレイニアの忠告を退ける。

あの方が不実であるからといってあの方を捨ててしまうのだったら、私が愛しているのはあの方ではなく、私自身ということになるでしょう。彼が私を愛したから私も彼を愛したけれど、彼が離れていってしまったから私も別れてよいということになります。とんでもない、ユーレイニア。私はあの方そのものを愛したのであって、たとえ彼が私を愛してくれなくても私は愛していただろうし、たとえあの方が私を侮蔑なさっても愛するでしょう。これこそが本当の愛というもの。［……］パンフィリアの性格が変わらない限り、あなたの言うような考え方がパンフィリアの忠実な胸の中に入り込むことはありません。私の胸は情熱的な愛情のみが息づく聖域で、愛が私にしっかり教えてくれたように、愛とその教えを決して捨てることなく、徳高き忠実さを守っていきます。

（『ユーレイニア第一部』四七〇）

頁）

このようにロウスはパンフィリアを、アンフィランサスへの忠実さを保持することにより「自己」を構築していく女性として描く。すなわち、パンフィリアの主体はアンフィランサスの始終変わっていく「自己」からも、また女性の外観のみに注目する世間からも独立していることを示す。したがって、ワイデマンが指摘するように、確かにパンフィリアは、自らのアイデンティティを「演技」することにより限界をもつことにはなるが（Weidemann 202-4）、少なくとも「第一部」では主体性を発揮しながら「自己」を構築していく。ただし「第二部」になると、ワイデマンの見解はある意味では妥当となる。パンフィリアとアンフィランサスは、教会の儀式を経た公式の結婚ではないが、五人の友人を証人として私的な結婚（*de praesenti* contract）（『ユーレイニア第二部』四五頁）をする。にも拘らず、アンフィランサスの師であるフォーサンダラスがついた嘘が原因で、パンフィリアはタータリア王ロドマンドロと結婚する羽目になる（『ユーレイニア第二部』二七四—六頁）。結婚後もアンフィランサスへの想いは変わらず、彼女は自己分裂に悩む。やがて彼女の夫と幼い息子が亡くなり、アンフィランサスとの交際は続いていく。[10]

パンフィリアが内面の想いを表現するのは自作の詩においてや、自分の経験によく似た他の女性の悲話を友人たちに語ることによってである。ロウスが『ユーレイニア』のなかで用いた二つの文学ジャンル、すなわちソネット詩形式とロマンスの形式は、男性作家、特に叔父のサー・フィリップ・シドニーからロウスが受け継いだものである。それゆえに彼女は、彼女独特の文学形式を用いて女性の主体の構築を表現することができなかったとみなす批評家もいる。[11]しかし、男性作家が発展させた文学形体を使ってはいても、『ユーレイニア』のなかでロウスは一貫して、女性についての既成観念、特に当時の「結婚のディスコース」において定義される女性観に疑問を呈し、男性作家とは別の視点から女性のアイデンティティの分裂を扱っている。女性の自己認識に対するロウスの態度が男性作家のそれと大きく異なることは、女性による復讐のテーマにも表われている。『ユーレイニア第一部』四巻でヴェラリンダが語るエピソードは、その興味深い例である。ヴェラリンダの父であるフリジア国王は、数多くの女性を誘惑しては捨ててきた。ヴェラリンダが騎士の一団を従えてフリジア王国に帰国した時、初めて出くわした光景は、国王である父が怒り狂った女性の一群から攻撃されている場であった。

国王は縛られ、王の周りを武装した男性たちが囲み、六、七人の女性が（非常に残酷なのでジェントル・ウィメンとはとてもいえないが）、国王の上半身を裸にして、大きな棒を鞭にして王の体を打っていた。鞭がきつくて体に大きな苦痛を受けた国王は、弱音を吐き、気の毒なほど苦しそうな悲鳴を上げていた。
（『ユーレイニア第一部』五六二頁）

国王の欲望の犠牲となった女性が「できる限りの復讐」（五六三頁）を遂げるために、一団となって国王に暴力を振るっていたのである。ヴェラリンダの臣下は女性軍と戦おうとするが、戦局はますます悪化するばかり。ヴェラリンダの夫である勇敢なレオニウスの助けで、国王はやっと女性軍から救われる。

このエピソードはおそらく、『ユーレイニア』出版の前年に刊行された作者不詳の劇、『女嫌いのスウェットナム、女に裁かれる』（作一六一八頃）の最終場を念頭に書かれたものと思われる。ジェイムズ朝のベストセラーの一つであったジョセフ・スウェットナム著の『淫らで怠惰、生意気で不貞な女たちに対する糾弾』という女性攻撃のパンフレットは、一六一五年に出版されるとたちまち大人気となり、その後約二〇年の間

SWETNAM,

THE

VVoman-hater,

ARRAIGNED BY

WOMEN.

A new Comedie,

Acted at the *Red Bull*, by the late

Queenes Seruants.

LONDON,

Printed for *Richard Meighen*, and are to be ſold at his Shops

at Saint *Clements* Church, ouer-againſt *Eſſex* Houſe, and

at *Weſtminſter* Hall. 1620.

『女嫌いのスウェットナム、女に裁かれる』の初版本（1620 年）のタイトル・ページ。 大英図書館所蔵（c34b48）

に一〇版を重ねた。一六一六年にはレイチェル・スペイトをはじめとする女性名による三本の反論が出版される。さらに一六一八—一九年には、戯曲『女嫌いのスウェットナム』が赤牛座で上演された。この劇の最終場でスウェットナムは、構成メンバーが全員女性の裁判に引き出され、女性たちから裁かれ、そのうえ肉体的な攻撃を受ける。この劇でスウェットナムが女性から暴力を受ける場は、明らかに諷刺の色が濃く、女性による復讐は女性の自己主張を茶化す効果をもつ。それに対し、『ユーレイニア第一部』に登場するヴェラリンダは国王を救出した後、父への復讐を望む女性たちの言い分に耳を傾ける。女性による復讐の正当性をロウスが真摯に描いている背景には、復讐という行為が女性に主体としての「自己」を表現する可能性を与えることを示唆すると同時に、男性が女性の欲望を身勝手に利用することへの批判がうかがえる。

　ロウスの『ユーレイニア』が当時の他のロマンスと大きく異なるのは、ストーリーが登場人物の会話で進む場が多い点である。ロウスが演劇の手法を用いて『ユーレイニア』を書いたのは明らかであるが、[12]全体としてはロマンスの形体をとるので、劇場での上演を考慮する必要はなかった。同様にエリザベス・ケアリも、『メアリアムの悲劇』をいわゆる「書斎劇《レーゼドラマ》」として書いたので、劇場での公演を念頭に置く必要はなかった。したがって、これらの女性作家は男性の劇作家の場合と異なり、女性の自己認識を表象するのに男性の身体を借りるという虚構の形をとらなくてすんだ。このことは、女性作家が女性の主体の主張という当時としては「非現実的」なテーマを扱う時に、現実離れした印象を与えるグロテスクな要素を取り入れず、一貫してリアリスティックな表現を用いていることと関わりがあるように思われる。

『ユーレイニア第一部』において、演劇的な「自己」をうまく演じられない女性の一人は、ネリアナである。ネリアナはスタラマイン王国の誇り高い王女であるが、内面は情熱的で、自らの欲望を主張する意志の強い女性でもある。ネリアナの問題点は、自分の公的なアイデンティティと内的な「自己」を混同し、私的な領域においても王女としての権力を振るおうとするところにある。このような混乱は、パンフィリアの場合には起こらない。彼女は、アンフィランサスへの愛は私的な領域、すなわち女性の友人との会話や、彼女の部屋でかわされる恋人アンフィランサスとの会話以外では表わさない。一方、ネリアナは、ステリアムスに恋し、王女であるがゆえに彼を自分のものにする権利があると思い込み、拒絶する彼を追いかける。彼女はステリアムスが自分を拒絶するのは、彼がパンフィリアに恋しているからだと誤解して、「恋敵」のパンフィリアを見るためにわざわざモウリア王国まででかけていく。彼女が女性にふさわしくない行動をとると、人々は彼女に「気狂い」というレッテルを貼る。ステリアムスを追いかけて森の中を彷徨するネリアナは、別の女性に失恋し本当に気が狂ってしまったアラニウスに出会う。アラニウスは、ネリアナが自分を捨てた恋人だと思い込み、彼女に異様な服を着せて森の女神に仕立て、崇拝する。

ジョスリン・キャティが指摘するように、ネリアナの場合は強い欲望をもったために、肉体的ばかりか精神的な意味においても男性の暴力の対象となる（Catty 197–8）。アラニウスがネリアナの凌辱を試みたことが暗示されているが、同時に彼は、自分が崇拝する女神にネリアナを無理やり仕立てることで、彼女のアイデンティティを変えようとするのだ。

やっとのことでアラニウスを引き離し、孤独と飢えに苦しみながら森の中をさまようちに、彼女は謙虚さを学び、人間的にも成長していく。やがてペリサスに出会い、彼に自らの恋の話をするが、ペリサスのほうは彼女を「狂女」とみなして去っていく。

このように、リミーナの場合と同様にネリアナの描写においても、ロウスは女性の欲望を、女性の本質を成すものとみなしている。そして、女性が社会から与えられた役割を演じることにより自らの欲望を上手に隠さなければ、周りの人々から「狂人」のレッテルを貼られてしまうことを指摘している。ここで注目しなければならないのは、ロウスは女性の欲望を女性の本質の一部として描いてはいても、周りの男性の自己認識に脅威を及ぼすものとは描いていない点である。

『ユーレイニア』において演劇的「自己」を演じるのに失敗して「狂人」とみなされるもう一人の女性は、アンティシアである。彼女は子供の頃、二人の男性に強姦されそうになった時のトラウマを今も引きずっている。アンフィランサスに恋し、彼と親しくなるが、アンフィランサスの心変わりで捨てられる。アンフィランサスと共にパンフィリア王国へやってきて、彼が本当に愛しているのはパンフィリアであることを知り、激しい嫉妬を感じ、その後正気と狂気の境を行き来する。それでも「第一部」ではなんとか精神のバランスを保っているが、「第二部」では狂気の徴候がますます強くなる。アンティシアのエピソードにおいてもロウスは、女性の欲望を、当時の「結婚のディスコース」で説かれるのとは異なり、抹殺することはできない人間性の一部として描いている。しかしアンティシアの場合においても、彼女の欲望は子供時代の不幸な経験が残した心の傷と相応し、狂気の淵まで彼女を追い込むことはあっても、男性の自己認識にとって脅威となるとは描かれていない。

一方、男性作家の書いた劇では、女性の欲望が男性の自己認識に大きな危機をもたらすことが多い。その好い例は、ミドルトン作の『女よ、女に心せよ』と、ミドルトンとロウリーの共作『チェンジリング』である。ビアンカにもビーアトリス＝ジョアナにも、内面の「自己」というものは存在せず、彼女たちは自分の欲望を「自己」と取り違えている。これらの作品で、ミドルトンは強姦を、女性が「自己」を構築する一要素とみなす。ビアンカもビーアトリス＝ジョアナも、自分を凌辱したフローレンス公爵を、あるいはディ・フローリーズを、やがて愛するようになるのだ。ロウスとは異なり、ミドルトンは女性の内面の「自己」の存在を認めず、「人間の自己は行為によって構築されていく」（『チェンジリング』三幕四場一三七行）ものとして描く。強姦によって一時は自己分裂を経験したこれらのヒロインだが、やがてそれまでとは異なる欲望が彼女たちの心に目覚め、自らと周りの男性を、そして社会を破滅させていく。

このように、イギリス・ルネサンス演劇の男性作家は、女性の欲望を男性にとっての脅威として描くことが多いが、諷刺の形をとる場合もある。特にミドルトンとデッカー作の市民喜劇には、この特徴がよく表われている。なかでも、妻の欲望を知った時の夫の反応が諷刺をこめて描かれている。たとえばミドルトン作の『愛の家族』（一六〇二）では、パージ夫人が「愛の家族」というセクトの会合に敬虔な信仰を理由に行きたがるが、実は彼女の真のお目当ては、そこで繰りひろげられる放縦なパーティに参加することである。ミドルトンの諷刺は、愚鈍な夫を騙し欲望を満たそうとするパージ夫人にも向けられてはいるが、その最大の標的は、会合で妻が「従順」と「貞節」の重要性を学んでくると信じ込んでいる夫のパージである。ミドルトン作の『狂った世界だよ、旦那がた』（一六〇六）でも、敬虔な信仰心を装い「貞節」を学んでいると夫にみせかけて、恋人のペニテント・ブロセルとの浮気を楽しむヘアブレイン夫人が登場する。そして、娼婦のフランク・ガルマンを信仰心の厚い女性であると誤解して妻の教育を託す夫のパージが、痛烈な諷刺の対象となっている。

ロウリー、デッカー、フォード共作の『エドモントンの魔女』（一六二一）では、女性の欲望はウィッチクラフトにさえ結びつけられている。この劇に登場する農夫は、妻の浮気の現場を目撃するが、妻の欲望は

「魔女」のエリザベス・ソーヤがかけたウィッチクラフトのせいだとする（四幕一場五―九行）。

男性作家が描くこれらの男性登場人物は、女性の外見と内面は一致し、一貫したものと想定し、女性登場人物が伝統的女性観と一致しない欲望をもっている場合は、その女性を「狂人」とみなしたり、あるいは悪い霊にとりつかれたとみなしたりする。一方ロウスは、女性の欲望は女性の「自己」の構築に不可欠な要素とみなし[13]、ネリアナやアンティシアのように「狂人」のレッテルを貼られる原因を、彼女たちが演劇的な「自己」を上手に演じられないからとして描いている。

男性作家によって書かれたイギリス・ルネサンス演劇のうち、女性の欲望に対してロウスと同様な考え方が表われているのは、シェイクスピアの『アントニーとクレオパトラ』である。『ユーレイニア』におけるように、この作品のアレキサンドリアの場では、女性の欲望は必ずしも女性にふさわしくないものとしては描かれていない。クレオパトラはパンフィリアと同様に、演劇的「自己」を見事に演じてみせる。しかし、三幕一三場でシーザーの真意を知るためにシーザーの使者の前で演技をする場を除いては、彼女の演劇性は常にアントニーの愛情をとどめておくために用いられている。パンフィリアの場合は、内面の「自己」を保持するために演技をする。彼女が信じる内面の「自己」とは、アンフィランサスからは独立してはいるものの、同時に心変わりの激しいアンフィランサスからは独立している。ロウスがパンフィリアの「自己」を、男性から独立したものとして描いているのに対し、クレオパトラの「無限の変化」は、実はほとんどの場合、アントニーを意識して演じられているといってよい。

これまでみてきたように、ルネサンス期のイギリス社会において掲げられていた「結婚のディスコース」が女性の置かれている状況を包含していないことを、ロウスやケアリといった女性作家も、男性の劇作家の多くも強く認識しており、女性の内面と外見のギャップを作品のなかで描いている。しかし、その表象の仕方には大きな違いがある。男性の劇作家の場合は、女性の自己認識を男性俳優の肉体を通して表象しなくてはならず、女性の強い自己主張がもたらした脅威を表わすのに、しばしばグロテスクな要素を取り入れている。しかし観客の側からすれば、女性の自己主張がこのように二重の意味で虚構化されることにより、その現実感は薄れ、かえって安心して観劇できたのかもしれない。

女性作家の場合は作品の上演を念頭に入れる必要がなかったからか、そのギャップを描くのにグロテスクな要素は入れず、徹底的にリアリスティックな手法でその意味を探究していく。

このように、男性の身体を通してのみ女性の主体を表わすことができたイギリス・ルネサンス期の演劇は、「結婚のディスコース」に対する違和感を源に形成された女性の自己認識を表象するのに、独特な形態をもたらしたといえる。一方、「結婚のディスコース」と女性の自己認識との軋轢を探究していくロウスやケアリの真摯な姿勢は、間もなく登場するアフラ・ベーンやマーガレット・キャヴェンディッシュに引き継がれ、本格的な近代女性作家の誕生を迎えることになる。

注

1　イギリス・ルネサンス期社会の結婚観一般については、本書五一一〇頁を参照のこと。

2　*The Second Part of The Countess of Montgomery's Urania by Lady Mary Wroth.* なお本論における *Urania* Parts I and II からの引用は拙訳に拠る。

3　この作品は二つ折版と、その縮小版ともいえる八つ折版の二つの形で出版され、作者名は夫のヘンリー・ケアリとなっているが、今日ではメアリの作と一般に考えられている。作者の問題については、Lewalski 317–20 を参照のこと。

4　本稿において「グロテスク」という言葉は、*OED* で定義される意味〔grotesque B. 2. a. および grotesqueness〕に拠り、性質の異なったものの不自然な融合や、不条理にゆがんだ状況や出来事を指す。

5　『ユーレイニア』におけるロウスの自伝的要素に関しては、Wynne-Davies 76–93 を参照のこと。

6　『メアリアムの悲劇』からの引用は拙訳による。

7　一九八七年、デボラ・ワーナー演出のRSCによる『タイタス・アンドロニカス』では、この場のグロテスクな効果が特に強調された。

8　これらの研究書として代表的なものには Orgel, Shapiro, Traub がある。視点は異なるが、Callaghan においても興味深い問題が議論されている。

9　たとえば女性の欲望を蛇で表象する『道成寺』や、女性の自己主張をグロテスクに変形させた女性の肉体で表象する『東海道四谷怪談』にも同様なことがいえるように思われる。Kusunoki, "Female Selfhood and Male Violence in English Renaissance Drama" を参照のこと。

10　二人の関係はメアリ・ロウスとウィリアム・ハーバートとの関係を想起させる。メアリとウィリアムは秘密結婚をしていた可能性がある（Roberts 121）が、やがてメアリはロバート・ロウスと結婚することになる。しかし結婚後もメアリとウィリアムの関係は続き、ロバートの死後間もなく二歳の息子のジェイムズも亡くなり、メアリはウィリアムとの間に二人の庶子を生む。『ユーレイニア第二部』において、結婚後のパンフィリアとアンフィランサスの関係はプラトニックなものとする見解もあるが、Faire Designe を二人の息子とみなすことも可能である。

11 この見解と、それに対する反論については以下を参照のこと。Waller 238–56; Lewalski 243–307; Miller, "Engendering" 154–72; *Changing the Subject*; Cavanagh.

12 ロウスの演劇的手法については、Miller, "Engendering" 154–72 を参照のこと。ロウスのロマンス作家としての特徴に関しては、Hackett, *Women and Romance Fiction*, 159–182 を参照のこと。

13 この問題については以下を参照のこと。Miller, "Engendering" 154–72; Kusunoki, "Representations of Female Subjectivity" 154–60.

引用文献

Arden of Faversham. The New Mermaids. Ed. Martin White. London: A & C Black, 1997.

Belsey, Catherine. *The Subject of Tragedy: Identity and Difference in Renaissance Drama*. London: Routledge, 1985.

Butler, Judith. *Gender Trouble: Feminism and Subversion of Identity*. London: Routledge, 1990.

Callaghan, Dympna. *Shakespeare Without Women: Representing Gender and Race on the Renaissance Stage*. London and New York: Routledge, 1999.

Cary, Elizabeth. *The Tragedy of Mariam 1613*. The Malone Society Reprints. Ed. A.C. Dunstan. 1914; Oxford: The Malone Society, 1992.

Catty, Jocelyn. *Writing Rape, Writing Women in Early Modern England: Unbridled Speech*. London: Macmillan, 1999.

Cavanagh, Sheíla T. *Cherished Torment: The Emotional Geography of Lady Mary Wroth's Urania*. Pittsburgh, Pennsylvania:

Duquesne UP, 2001.

Hackett, Helen. "The Torture of Limena: Sex and Violence in Lady Mary Wroth's *Urania*." *Voicing Women: Gender and Sexuality in Early Modern Writing*. Ed. Kate Chedgzoy, Melanie Hansen and Susan Trill. Keele: Keele UP, 1996. 93–110.

——. *Women and Romance Fiction in the English Renaissance*. Cambridge: Cambridge UP, 2000.

Hanson, Elizabeth. *Discovering the Subject in Renaissance England*. Cambridge: Cambridge UP, 1998.

Kusunoki, Akiko. "Representations of Female Subjectivity in Elizabeth Cary's *The Tragedy of Mariam* and Mary Wroth's *Love's Victory*." *Japanese Studies in Shakespeare and His Contemporaries*. Ed. Yoshiko Kawachi. Newark: U of Delaware P, 1998. 141–65.

——. "Female Selfhood and Male Violence in English Renaissance Drama: A View from Mary Wroth's *Urania*" *Women, Violence, and English Renaissance Literature*. Ed. Linda Woodbridge and Sharon Beehler. New York: Medieval & Renaissance Texts & Studies, 近刊.

Lewalski, Barbara K. *Writing Women in Jacobean England*. Cambridge, Mass.: Harvard UP, 1993.

Middleton, Thomas. *The Family of Love*. Ed. A. H. Bullen. 8 volumes. New York: AMS, 1964. Vol. III.

——. *A Mad World, My Masters*. Regents Renaissance Drama Series. Ed. Standish Henning. London: Edward Arnold, 1965.

——. *Women Beware Women*. The Revels Plays. Ed. J. R. Mulryne. Manchester: Manchester UP, 1983.

Middleton, Thomas and William Rowley. *The Changeling*. The New Mermaids. Ed. Patricia Thomson. London: Ernest Benn, 1977.

Miller, Naomi J. *Changing the Subject: Mary Wroth and Figurations of Gender in Early Modern England*. Lexington: UP of Kentucky, 1996.

——. "Engendering Discourse: Women's Voices in Wroth's *Urania* and Shakespeare's Plays." *Reading Mary Wroth: Representing Alternatives in Early Modern England*. Knoxville: U of Tennessee P, 1991. 154–72.

Miller, Naomi J. and Gary Waller, ed. *Reading Mary Wroth: Representing Alternatives in Early Modern England*. Knoxville: U of

Tennessee P, 1991.

Norsworthy, Laura. *The Lady of Bleeding Heart Yard: Lady Elizabeth Hatton 1578–1646*. London: John Murray, 1935.

Orgel, Stephen. *Impersonations: The Performance of Gender in Shakespeare's England*. Cambridge: Cambridge UP, 1996.

Rawson, Maud Stepney. *Penelope Rich and Her Circle*. London: Hutchinson, 1911.

Roberts, Josephine A. "'The Knott Never to Bee Untide': The Controversy Reading Marriage in Mary Wroth's *Urania*." *Reading Mary Wroth: Representing Alternatives in Early Modern England*. Ed. Naomi J. Miller and Gary Waller. Knoxville: U of Tennessee P, 1991. 109–32.

Rowley, William, Thomas Dekker and John Ford. *The Witch of Edmonton. Three Jacobean Witchcraft Plays*. The Revels Plays. Ed. Peter Corbin and Dougles Sedge. Manchester: Manchester UP, 1986.

Shakespeare, William. *Antony and Cleopatra*. The Arden Shakespeare. Ed. John Wilders. London and New York: Routledge, 1995.

——. *Titus Andronicus*. The Arden Shakespeare. Ed. Jonathan Bate. London and New York: Routledge, 1995.

Shapiro, Michael. *Gender in Play on the Shakespearean Stage: Boy Heroines & Female Pages*. Ann Arbor: U of Michigan P, 1996.

Swetnam the Woman-hater: The Controversy and the Play. Ed. Coryl Crandall. West Lafayette, Ind.: Purdue U Studies, 1969.

Traub, Valerie. *Desire and Anxiety: Circulations of Sexuality in Shakespearean Drama*. London and New York: Routledge, 1992.

Waller, Gary F. "Struggling into Discourse: The Emergence of Renaissance Women's Writing." *Silent But for the Word: Tudor Women as Patrons, Translators, and Writers of Religious Works*. Ed. Margaret P. Hannay. Kent, Ohio: The Kent State UP, 1985. 238–56.

Webster, John. *The Duchess of Mulfi*. The Revels Plays. Ed. John Russell Brown. Manchester: Manchester UP, 1981.

Weidemann, Heather L. "Theatricality and Female Identity in Mary Wroth's *Urania*." *Reading Mary Wroth: Representing Alternatives in Early Modern England*. Ed. Naomi J. Miller and Gary Waller. Knoxville: U of Tennessee P, 1991. 191–209.

Wroth, Mary. *The First Part of The Countess of Montgomery's Urania by Lady Mary Wroth*. Ed. Josephine A. Roberts. Binghamton,

New York: Medieval & Renaissance Texts & Studies, 1995.

——. *The Second Part of the Countess of Montgomery's Urania by Lady Mary Wroth.* Ed. Josephine A. Roberts, completed by Suzanne Gossett and Janet Mueller. Tempe, Arizona: Renaissance English Text Society in conjunction with Arizona Center for Medieval and Renaissance Studies, 1999.

——. *Lady Mary Wroth's Love's Victory.* Ed. Michael G. Brennan. London: The Roxburghe Club, 1988.

——. *The Poems of Lady Mary Wroth.* Ed. Josephine A. Roberts. Baton Rouge and London: Louisianna State UP, 1983.

Wynne-Davies, Marion. "'So Much Work': Autobiographical Narratives in the Work of Lady Mary Wroth." *Betraying Our Selves: Forms of Self-Representations in Early Modern English Texts.* Ed. Henk Dragstra, Sheila Ottway and Helen Wilcox. Basingstoke: Macmillan Press, 2000. 76–93.

あとがき

原　英一

古代小アジアにあった王国フリギアの王ゴルディオスが考案した結び目は、神託によれば、アジアの支配者となるべき者のみが解けるとされた。アレクサンダー大王がそれを剣で断ち切ったというのは、「女から生まれた者には害されない」とされたマクベスが、「帝王切開」で生まれたマクダフに殺されるのと同工異曲の、いわばごまかしである。誰にも解けないこの結び目は、結婚の固い絆を表すにふさわしいメタファーであろうが、同時にそれは、結婚という制度あるいはその文化的表現である「ディスコース」が持つ、はてしなく錯綜した内実の象徴と言ってもよいだろう。これを本書のタイトルとして掲げたのはその複雑で固い結び目をいくらかでも解きほぐそうという私たちの試みの無謀さを認めることであるかもしれないが、同時に積極的な挑戦の意思表明でもある。

イギリス・ルネサンス期演劇では、プロテスタント的「結婚のディスコース」が一つの重要な背景であった。女性に対して抑圧的なこのディスコースは、そこに内在する矛盾のゆえに、演劇の中で基軸的葛藤の源泉を提供し、その結果、それぞれのテクストは多種多様な派生的「言説《ディスコース》」を生み出していくこととなったのである。そうしたさまざまなディスコースには、しかしながら、一本の太い線のように、一貫したテーマあるいはモチーフといったものがある。それは、単純化して言えば、結婚を自己実現のための重要な契機と捉えようとする女性と「結婚のディスコース」との相克であると言えよう。女性が個としての存在を意識し始めたのはこの時代であり、それに伴って、個人としての自己実現のためにさまざまな形での葛藤を経験するようにもなった。現代人は、当時の女性が、自己を主張しようとしたとき、途方もなく不利な状況に直面していたことをあらためて思い起こすべきであろう。結婚は、女性にとって自己実現のためのほとんど唯一の機会でありながら、そこでも彼女の自由意志が尊重されることはまずあり得なかった。それは結婚が政治・経済・社会制度と不可分の関係にあったからに他ならない。そうした背景の下、時代の文化・社会状況の表現である演劇の中で、結婚をめぐるディスコースはいかに展開していったのであろうか。そこで実にさまざまな問題が扱われていることは、本書の内容に十分に示されている。父権制、女性の主体（また、それと表裏の関係にある男性の主体）の問題をはじめとして、非婚論、夫婦間の暴力（犯罪）、結婚・家族制度の政治性、ジャンルの変容などの問題が取り上げられている。もちろん本書は、ルネサンス期演劇に見られる複雑に錯綜した結婚のディスコースについて、その全容を捉えるものではない。特に、商業資本主義の発展渦中にある市民階級における結婚のディスコースが、ミドルトンやデッカーの都市喜劇等を通じていかに変容・展開していくのかを、十分に取り上げることができなかったのは残念であるが、それでもなお、かなり幅広い形でこのテーマを追求することができたのではないかと思っている。

本書がまとめられるきっかけとなったのは、二〇〇〇年度の日本シェイクスピア協会でのセミナー「結婚のディスコースと英国ルネサンス演劇」であった。イギリス演劇を本格的に読み始めてまだ旬年を経ない私も、楠明子氏のお誘いにより、メンバーとして参加したが、これはまことに得難い経験となった。セミナー・メンバーの熱意は感動的なほどであり、素人の気楽さでのんきに構えていた私は、いささか恥じ入らされることになった。とりわけ女性メンバーたちの発表はいずれも入念に準備された刺激的な内容であり、私は大いに感銘を受けたのであった。セミナーの最中から、これをこのまま終わらせてしまうのは何としても惜しいという気持がつのり、終了後ただちに楠氏に、一冊の本にまとめてはどうか、と提案したのであった。楠氏がこの分野で我が国の第一人者というべき研究者であるにもかかわらず、セミナーではコーディネイター役に徹しておられたため、私としては氏の発言を聞く機会がなかったことを残念に感じていたこともある。幸いにも楠氏をはじめとして、メンバーの快諾を得て、本書の企画はスタートすることになった。本書がここにこうして刊行されるに至ったのは何といっても楠氏の功績である。セミナー・メンバーに入っていなかった近藤弘幸、境野直樹、高田茂樹の三氏の参加により全体を大きくふくらませることを実現させたのは、楠氏のアイデアと実行力のおかげである。こうして男女同数の執筆陣がこのテーマに切り込むことになり、「結婚のディスコース」というタイトルにふさわしいユニークな内容構成となった。後から参加することになった男性研究者たちが、編者の期待を大きく越える貢献をしてくれたことは嬉しい驚きであったが、若手の女性研究者たちの寄稿内容もまた、時間の限られたセミナーでは燃焼不足であったところを十分に補って余りあるものとなった。しかも、彼女たちはそれぞれ豊かな国際性を特徴としている。楠氏の国際的な活躍ぶりは周知の通りであり、女性研究者が我が国の英文学研究の重要な担い手であることを実感させられた編集作業であった。

とはいえ、本書の実質的な編集者は楠氏である。私は組版オペレーターであったというのが正確であろう。楠氏の多大な貢献に心からの敬意を表するとともに、本書の刊行をお引き受けいただいた松柏社の森有紀子氏にも深く感謝申し上げたい。

二〇〇一年十二月

＊翻訳：スティーヴン・グリーンブラット『ルネサンスの自己成型——モアからシェイクスピアまで——』（みすず書房）

竹村　はるみ（たけむら　はるみ）
姫路獨協大学 外国語学部講師
主要著書・論文等

＊「"A good soldier to a lady; but what is he to a lord?" ——『空騒ぎ』における笑いの輪《ネットワーク》——」、大谷大学西洋文学研究会『西洋文学研究』第 17 号
＊「フロリメルの嘆きにおける詩人像」、福田昇八・川西進編『詩人の王スペンサー』（九州大学出版会）
＊「"Loue which is penned and not practised" ——ユーフュイーズ的恋愛のパラドックス」、内田能嗣・植苗勝弘・山本紀美子編『英語・英米文学の光と陰』（京都修学社）
＊"'Whilest louing thou mayst loued be with equall crime'?: *The Faerie Queene* and the Protestant Construction of Adulterous Female Bodies," 『姫路獨協大学外国語学部紀要』第 14 号

原　英一（はら　えいいち）
東北大学大学院文学研究科教授
主要著書・論文等

＊"The Absurd Vision of Elizabethan Crime Drama: *A Warning for Fair Women, Two Lamentable Tragedies* and *Arden of Faversham,*" *Shiron* 38
＊「女性による王政復古期劇場の征服について」、『東北学院大学論集——英語英米文学——』第 87 号
＊"The Crime of Story-telling: Defoe's *Roxana* and the Form of the Novel", ed. Eiichi Hara et al, *Enlightened Groves: Essays in Honour of Professor Zenzo Suzuki* (Shohakusha)
＊"Stories Present and Absent in *Great Expectations,*" *ELH*, Vol 53, No. 3; rpt., ed. Roger Sell, *Great Expectations: A New Casebook* (Macmillan); ed. Michael Cotsell, *Critical Essays on Dickens's Great Expectations* (G.K. Hall)

『英学論考』32 号
＊「ドラマツルギーとしての女性嫌悪――『クルーシブル』は何をするのか？」、東京学芸大学英語教室編『英学論考』31 号
＊翻訳：フレドリック・ジェイムソン『サルトル――回帰する唯物論』（共訳、論創社）

境野　直樹（さかいの　なおき）
岩手大学教育学部助教授
主要著書・論文等
＊「『尺には尺を』と王政復古――ダヴェナントの翻案劇をめぐって」『岩手大学教育学部研究年報』第 54 巻第 1 号
＊「ロマンティック・コメディのゆくえ」、『英文学の杜』（松柏社）
＊「電子テキストのあやうさ」、『コンピュータ＆エデュケーション』(CIEC 会誌) vol. 8
＊「ロマンスの犠牲者――近世初期英国演劇における Jane Shore 挿話の変容」、『岩手大学英語教育論集』No.3

阪本　久美子（さかもと　くみこ）
日本大学生物資源科学部助教授
主要著書・論文等
＊"The Use and Abuse of Patriarchy: the Father-Daughter Bonds in Two Shakespearean Romances," *Rikkyo Review of English Language and Literature* 19
＊「絶対王政のジレンマ――『ヘンリー 8 世』のキャサリンの場合」、川崎淳之助編著『変容する悲劇――英米文学からのアプローチ』（松柏社）
＊"'O God's Will, Much Better She Ne'er Had Known Pomp': the Making of Queen Anne in Shakespeare's *Henry VIII*," *Shakespeare Studies* 37
＊"'Why Shakespeare in Japan?': resituating the Japanese Shakespeare," *Shakespeare Volume* (タイトル未定) , ed. Sukanta Chaudhuri and Chee Seng Lim (Palgrave)（近刊）

高田　茂樹（たかだ　しげき）
金沢大学文学部助教授
主要著書・論文等
＊"*The First and the Second Parts of Henry IV*: Some Thoughts on the Origins of Shakespearean Gentleness," ed. Takahashi, Yasunari et al, *Hot Questrists after the English Renaissance: Essays on Sheakespeare and His Contemporaries* (AMS)
＊「人を駆りたてるもの――『トロイラスとクレッシダ』の世界――」、高橋康也編『逸脱の系譜』（研究社出版）
＊「『フォースタス』の悪魔」、玉泉八州男編『エリザベス朝演劇の誕生』（水声社）

執筆者紹介

五十音順

楠　明子（くすのき　あきこ）
東京女子大学文理学部教授
主要著書・論文等

* ＊『英国ルネサンスの女たち――シェイクスピア時代の逸脱と挑戦』（みすず書房）
* ＊"Female Selfhood and Male Violence in English Renaissance Drama: A view from Mary Wroth's *Urania*," *Women, Violence, and English Renaissance Literature,* ed. Linda Woodbridge and Sharon Beehler (Medieval & Renaissance Texts & Studies)（近刊）
* ＊"Representations of Female Subjectivity in Elizabeth Cary's *The Tragedy of Mariam* and Mary Wroth's *Love's Victory*," *Japanese Studies in Shakespeare and His Contemporaries*, ed. Yoshiko Kawachi (U of Delaware P)
* ＊"'Their Testament at their Apron-strings': The Representation of Puritan Women in Early Seventeenth-Century England," *Gloriana's Face: Women Public and Private in the English Renaissance*, ed. S. P. Cerasano and Marion Wynne-Davies (Harvester Wheatsheaf)

小林　かおり（こばやし　かおり）
同朋大学文学部講師
主要著書・論文等

* ＊"Shakespeare Wallah: Geo. C. Miln's Shakespearean Productions in India," *Australasian Drama Studies* 33
* ＊"Can a woman be liberated in a 'Chauvinist's Dream': Michael Bogdanov's Production of *The Taming of the Shrew* in 1978," *Shakespeare Studies* 35
* ＊「シェイクスピア上演と社会 的コンテクスト――バリー・ジャクソンの『じゃじゃ馬ならし』（1928）と「モダンガール」の時代」、『世紀末のシェイクスピア』、磯野守彦ほか編（三省堂）
* ＊"Touring Companies in the Empire: The Miln Company's Shakespearean Productions in Japan," *Shakespeare and his Contemporaries in Performance* (Ashgate Publishing)

近藤　弘幸（こんどう　ひろゆき）
東京学芸大学教育学部講師
主要著書・論文等

* ＊「『じゃじゃ馬ならし』における結婚と強姦」、日本シェイクスピア協会編『シェイクスピア――世紀を超えて』（研究社）
* ＊「"I don't want REAL-ism"――『欲望という名の電車』における異性愛的な／異性愛という暴力」、東京学芸大学英語合同研究室編

ゴルディオスの絆

結婚のディスコースとイギリス・ルネサンス演劇

二〇〇二年六月十日　初版発行

編　者　楠　明子／原　英一

発行者　森　信久

発行所　株式会社　松柏社

〒一〇二―〇〇七二　東京都千代田区飯田橋一―六―一

電話　〇三（三二三〇）四八一三（代表）

ファックス　〇三（三二三〇）四八五七

Eメール　shohaku@ss.iij4u.or.jp

装幀　加藤光太郎デザイン事務所

組版・印刷・製本　モリモト印刷株式会社

ISBN4-7754-0014-2

定価はカバーに表示してあります。